桜の血族

吉川英梨
Eri Yoshikawa

双葉社

目次

装画　西川真以子
装丁　國枝達也

桜の血族

序章

向島春刀《むこうじましゅんとう》はコテージの階段を駆け上がった。砂埃が舞い、サンダルを履いた足が汚れる。日本の刑事が二人、周辺をうろついていた。カンボジアの首都プノンペン、トンレサップ湖畔にいる。観光地だ。スーツの人間なんか歩いていない。うちひとりは見知った刑事だった。

大阪府警のマル暴刑事、桜庭《さくらば》功《いさお》だ。

向島はフロントにいたコテージのオーナーに「刑事を通すな、時間稼ぎを」と伝え、現地通貨のリエルをいくらか握らせた。東屋《あずまや》ふうのかやぶき屋根のロビーでは、欧米のバックパッカーたちが寝転がっている。去年――二〇〇四年にスマトラ島沖地震があって以降、被害を受けたリゾート地からこの湖畔へ旅行者が流れてきた。コテージは繁盛している。

何組かのカップルが身を寄せ合い、湖を見つめる。トンレサップ湖に夕日が落ちようとしていた。空が燃えるように赤い。

向島は階段を上がり、客室エリアに出た。宿泊していた部屋に飛び込む。湖畔に突き出たベランダに飛び出す。パンチパーマの男がハンモックに揺られて寝ていた。

「水本《みずもと》さん、マル暴が来ました」

水本が飛び起きた。向島は更なる逃亡を支援すべくバッグに貴重品を放り込んだが、水本はハンモックから足を出しただけで、のんびりしている。

「もうええで、向島」

「えっ」

「府警の桜庭やろ。こんなとこまでよう突き止めよった。あっぱれや。わしの完敗や」

大儀そうに立ち上がり、裸足のまま室内に入ってきた。向島の左肩を叩く。

「東京から悪かったな。世話かけた。お前だけでも先に逃げや。犯人蔵匿《ぞうとく》罪も最近はヤクザいうだけで倍食らうからな」

「水本さんが逮捕されることがあれば、お前も一緒にと親分に言われています」

向島は頭を下げた。

水本は大阪を拠点にする日本最大の暴力団、吉竹《よしたけ》組系列の組の組長だ。向島は同系列の組の下っ端だ。親分に逃亡の手助けを命令され、一緒にプノンペンまで流れてきた。

外からカタコトの日本語で「やめてください、勝手に入らない！」と咎《とが》める声が聞こえてきた。耳を澄まし、会話を聞く。

「あんた日本語できんの。カンボジア人でもなさそうやな」

「私、韓国人。ここのオーナーだ。勝手に入らない」

「インターポールの書類や。よう見とけ」

この湖畔のコテージは韓国人マフィアが経営している。吉竹組のトップと大阪・鶴橋の利権を分け合う縁だ。長年、吉竹組系組員の逃亡先として部屋を提供してくれていた。

ここまでかぎつけたマル暴刑事は桜庭功が初めてだ。

扉が蹴破られ、刑事がどっと入ってきた。水本は抵抗せずに逮捕された。

桜庭は大阪にいたころと変わらない格好だ。ダブルのスーツにスキンヘッドの頭で、色付き眼鏡をかけている。プノンペンでこの格好だと、華僑《かきょう》系のマフィアに見える。

桜庭が向島に気づいた。

「お前――」

足を早う洗えと言うたやろ。桜庭の心の声が聞こえてきそうだ。

「逃亡を手伝うてたんか」

「はい」

「犯人蔵匿罪な。手錠かけるで」

向島は右手首を差し出した。桜庭は右手首にワッパをかけたあと、困った顔をする。水本の逮捕を執行しているもう一人の若い刑事を振り返る。

「こういう場合、どないするんやったか」

向島は、左腕がない。肘下から切断されている。若手刑事も首を傾《かし》げた。

「しゃあないな。車に乗るまでここにおれ」

桜庭は向島をベランダに出し、手すりにワッパをかけた。わざと二人きりになったと向島は察する。事実、桜庭は部屋とベランダを仕切る窓をきっちり閉めた。

――あの話をするためだ。

桜庭は煙草に火をつけながら、訊く。

「お前、いくつになった」

「二十九です」

桜庭は背を向けて、湖畔に向き直る。

「見事な夕日やのう」

真っ赤な丸い玉が、湖面に反射している。まるで湖面に赤い絵の具を垂らしたかのように、ろうと型を作る。空は薄紫色に光り、湖畔に立つ寺院の白い壁がオレンジに光っていた。

「妻や娘と来たかったわー。ええとこやな」

桜庭が呟く。振り返り、厳しく言う。

「お前は足を洗わなあかん。せやろ。いつまでこんなことしよる」

「簡単ではありません」

「わかっとるがな。親分に恩義もあるやろうが、それよりも大事なもんがあるやろ」

桜庭が再び前を見据える。澄んだ空気と幻想的な落日に、息を呑んでいた。

「――あの娘《コ》に、見せてやりたい」

第一章　銃撃

「藪《やぶ》てつこさん、ですね」

目の前に座る薄汚い男が言った。

「あきこ」

藪哲子《あきこ》は即座に訂正した。

「失敬。ルビを振ってくれたらいいのに。警察官の名刺はそうはいかないか」

男は合皮が剝がれかけたバッグからＩＣレコーダーを出し、動作確認する。ここは新宿の路地裏の喫茶店内だ。ランチ客が引いて客もまばらになりはじめていた。

「藪さんはいかにも雰囲気が『てつこ』っぽいですよ。なんていうの。鉄の女」

それはイギリスのサッチャー元首相だ。

「見た目もお美しい。身長は僕より高いんじゃないですか。おめめもキリっとしている。さすが警視庁初の女性マル暴刑事ですね」

「それ、男にも言うの？」

「えっ」

「おめめって。男のマル暴刑事にも言うのか。あなたのおめめは鋭いですねって。私が女だから言うんだよね」

薮はまあいいやと手を振った。この手の反論を二十年やってきている。飽きた。手のひらを出す。

「例のもの。早く見せて」

「まあそう焦らずに」

男はＩＣレコーダーのスイッチをオンにした。彼はアングラ雑誌によく投稿するフリーの記者だ。数多の暴力団員のインタビュー記事やノンフィクション、写真集まで出している。

「いよいよ今日ですね」

「そう。今日なんだよ。忙しいから早く」

「もうちょっと雑談させてください。本日、四課消滅の日を迎え――」

「消滅じゃない。名前を変えて再出発するだけ」

「組織は大幅縮小でしょう。三課と四課がいっしょくたにされるなんて」

薮は警視庁組織犯罪対策部に所属している。暴力団や半グレ、海外マフィアなどの、反社会的勢力が起こす事案を担当する部署だ。

昨日まで組織犯罪対策部は五つの課に分かれていた。

一課と二課は不良外国人犯罪、三課は暴力団の規制や排除などの行政手続きを担当してきた。五課は薬物と銃器の取り締まりをしている。

薮が所属する四課は、暴力団員が絡む事案なら殺人だろうが薬物銃器の密輸だろうが万引きだろうが、なんでも担当する部署だ。

他の課は『罪』を捜査する。

四課は『人』を捜査する。

かつて組織犯罪対策部は、刑事部の一つで捜査四課と呼ばれていた。この『四課』のブランドを継ぐマル暴捜査の本丸として、『組織犯罪対策四課』は暴力団の脅威から東京の治安を守ってきた。

今日、二〇二二年四月一日から、三課と四課が統合されて『暴力団対策課』が発足した。一般市民に名前がわかりやすくなっただけなのだが、二つの課が統合したことで、縮小と見る人もいる。

一九九二年の暴力団対策法施行以降、暴力団組織は年々減って現在の暴力団構成員および準構成員は二万三千人を切っている。二〇一一年に全国の自治体で施行が完了した暴力団排除条例がとどめだった。暴力団と利益関係があれば一般人でも処罰の対象となる。組員が事件を起こせば『共謀共同正犯』が問われて組長クラスも同罪で投獄される。暴力団員と認定されたら銀行口座も作れず、家を借りることもできないし、ローンを組むこともできない。出入りできない飲食店や施設は数多に及ぶ。一般人と偽って入店すれば詐欺罪で逮捕される。

日本国民の中でこれほどまでに人権を奪われている存在は、他にいない。シノギは先細り、食うに困った暴力団員は足を洗いカタギになっている。

「マル暴刑事としての本音を聞かせてくださいよ、藪さん」

記者が身を乗り出した。

「暴力団員が激減して抗争もなくなり、四課ブランドも消滅したいま、マル暴刑事の存在意義が問われていると思うんですよね」

――藪は目をひん剥いて記者を睨んだ。

「正直なところ、抗争のひとつでも起こってくれた方が助かるんじゃないですか？」

テーブルに拳を振り下ろした。

「抗争なんかない方がいいに決まっている！　これまで何人の一般人が抗争に巻き込まれて死んだと思ってんの！」

まばらに座るテーブル客たちが、一斉に藪を振り返る。構わない。

「だいたいね、マル暴刑事の日常業務は抗争の後始末じゃない。暴力団の内偵なの！　二十四時間三百六十五日、担当組織に張り付いて、犯罪の動きがないか監視している。事件が起こったら監視を一旦中止して捜査にいかなきゃならない」

しかも暴力団へのしめつけが厳しくなりすぎて、組織はどんどん地下に潜っている。犯罪も暴力も見せてなんぼ、見られてなんぼの暴力団が、最近はマフィア化して巧妙に犯罪を隠すようになった。

「四課は暇じゃないし存在意義もある。これまで以上に！」

藪はテーブルから立ち上がった。

「具体的に、なにか起こりそうな火種があるってことですね」

知っているくせに、記者がけしかけてくる。

「日本最大の特別指定暴力団、吉竹組」

警察に、マル暴に言わせたいのだ。藪はお望みを叶えてやる。

「分裂して一年が経った。本格的な抗争が始まるとしたら、そろそろだ」

地下鉄半蔵門線に乗り、曳舟《ひきふね》駅で下車した。東京スカイツリーに見下ろされながら、駅前の喧騒を抜ける。雑居ビルやマンション、昔ながらの住宅が入り乱れる地域だ。隅田川沿いを走る首都高速道路の高架陸橋を横目に、玉虫色のタイルで装飾された『立山ビル』に入った。築五十年近い五階建て雑居ビルだ。

一階には豆腐店が入っていたが、潰れた。潰した当人がこのビルのオーナーだ。警視庁に快く監視拠点を提供してくれた。藪は最上階までエレベーターで上がった。非常階段から屋上に出る。貯水タンクの向こうから、冷たい風が吹きつける。隅田川がゆったりと流れ、その向こうに浅草の下町が見える。隅田川を背にして、藪は西側の隅っこに置かれた物置小屋の前に立つ。周囲に人の目、尾行の気配がないことを確認し、鍵を開けて中に入った。

「遅いっすよー！」

部下が口を尖らせる。四・五畳しかない物置小屋の壁に向かってあぐらをかいていた。物置小屋の壁にあけた穴に望遠レンズをはめ込んでいる。

「うわ、くっせぇこの部屋」

藪は消臭スプレーを撒き、ついでに後輩刑事の頭にもふりかけた。「やめてくださいよもう」と仲野《なかの》賢治《けんじ》が咳き込む。藪の相棒だ。三十五歳になる。立派に加齢臭がしてきた。

「新妻に嫌われちゃうわよー。まだ二十八だっけ」

「だから早く交代に戻ってって言ったんすよ。三時に待ち合わせしていたのに。奥さん待ちくたびれてますよ」

　賢治はもう帰り準備だ。

「シャネルの香水の新作が今日発売なんです。買ってやろうと思って」

　藪は傍らに積みあがった段ボール箱から缶コーヒーを出し、望遠鏡の前にあぐらをかいた。

「また愛人に貢物？」

「だから、愛人じゃなくて、愛妻です」

　賢治は結婚して三年だ。デパ地下グルメだのブランドものだの花束だの、記念日でもないのに妻に貢ぐ。天然記念物だと藪は思っている。

　賢治が革靴を履きながら報告をあげる。

「向島は今日も十時に事務所に入っています。スーツを着ていたんで、人を迎えるか人に会いに行くかってところですかね」

　藪は望遠レンズをのぞいた。

　立山ビルの屋上からは、一軒家を挟んで北隣にあるベージュ色の五右衛門ビルがよく見える。この六階にある６０６号室は表札が出ていないが、向島一家という独立系暴力団の事務所だ。二代目総長の向島春刀を筆頭に、構成員が八十人いる指定暴力団だ。

　この道二十年の藪が、いま、最も警戒する暴力団でもある。

「抗争を防ぐためにマル暴は不眠不休で監視しているんだっつーの、あのバカ記者め」

　そういえばと靴ベラを持った賢治が顔を上げる。

「例の画像。手に入ったんですか」

「あ」

忘れていた。向島春刀の背中に入った刺青《いれずみ》の情報を探っていたのだ。あの記者から提供してもらう予定だった。

向島春刀は四十六歳の暴力団組長で、左腕がない。暴力団員の指詰めはよくあるが、腕一本落としている組員は、藪が知る限り向島のみだ。なぜ腕を落とすに至ったのかの事情も不明だった。

向島一家そのものは戦後の下町で誕生した博徒系の暴力団だ。向島は二十歳で盃を交わして正式に構成員となり、先代と養子縁組して向島春刀と名乗るようになった。

この向島が、特別指定暴力団吉竹組の分裂抗争の鍵を握っている。

向島は盃を交わすまでの経歴が全くわかっていない。無戸籍児でもあり、出生も謎に包まれている。藪は向島の素性を暴くべく情報を集めていた。

犯人蔵匿罪で向島が服役していた甲府刑務所の刑務官から、向島が背中に彫っている特異な刺青の情報を摑んだ。彫師を片っ端からあたっていったところ、向島の刺青の写真を持っているというアングラ系記者に行きついたのだ。

賢治が、「そんなこったろうと思った」とスマホを出す。

「記者からメールもらってます」

賢治がスマホを藪に突き出した。頼りになる部下だ。

それにしてもまどろっこしい、と賢治はため息をついた。

「組員の刺青なんて、ひと昔前のマル暴なら、件《くだん》の組員と一緒に飲みに行って、〝ちょっと背中見せてくれよ〟って言うだけで済んだ話ですよ。もしくは別件で逮捕して〝ワレはどこの生まれじゃコラ〟と迫るかね」

「ヤクザ映画の見過ぎ」

藪は釘を刺し、ライターから届いたメールの添付画像を開いた。背筋が粟立つ。

「なにこの刺青」

血みどろの浮世絵だった。上半身裸のちょんまげの男の傍らに、刃渡り五十センチはありそうな刀が畳に突き刺さっている。ヤクザの刺青といえば桜吹雪や昇り竜、虎や鯉などが人気だ。人物が描かれているものだと水門破りの竜五郎が多い。

「こんな残虐な刺青は初めて見た」

向島の広い背中にいるちょんまげの男は、血塗れの人間の上半身を足で踏み潰し、顔面の皮を素手で剥いでいた。血塗れの男は頭皮までも剥ぎ取られたのか、毛髪がない。まん丸の目玉を剥いて悶絶している。

「調べました。月岡芳年《つきおかよしとし》の『英名二十八衆句《えいめいにじゅうはっしゅうく》』のうちの一枚、『直助権兵衛《なおすけごんべえ》』と呼ばれる浮世絵ですね」

直助権兵衛は江戸時代中期の凶悪犯罪者だ。横領や窃盗、一家惨殺事件を起こした末に、市中引き回しの刑を受けて鈴ヶ森で磔の刑にされた。稀代の極悪人として、歌舞伎や狂言に登場する。

「直助権兵衛を背負うのもどうかと思うのに、人を惨殺して顔面の皮を剥いでいる絵なんか、背中に彫ろうと思うかね」

タトゥーなどは、酔った勢いとか、若気の至りで入れてしまう人もいるが、背中をキャンパスにした刺青となると、筋彫りだけで一年、色を入れるのに二、三年はかかる。

「向島春刀。よほど残忍な奴なんじゃないですか」

＊

仲野誓《せい》は銀座の老舗デパートの前で夫を待っていた。時間よりも、隣に立つ妊婦が気になる。

「もう先に帰ってて。お腹に障《さわ》ったら大変だよ」

彼女は同じ官舎に住む警察官夫人だ。銀座でランチをしていた。夜勤明けの夫と待ち合わせをしていると知るや、「ご挨拶させてよ」とついてきた。

「大丈夫、妊娠中期はむしろ動いた方がいいくらいなんだから。誓ちゃんを溺愛するご主人のお顔を拝んでおきたいしー」

この奥様は詮索好きだ。自宅に招くと勝手に棚を開けて、「有名店のチョコがある」だの「またブランド物のバッグを買ってもらってる」だの羨ましがる。

もう一人、ハスキーボイスの奥さんが妊婦の横に立っている。

「そりゃあ、誓ちゃんの旦那さんの顔を見たい気持ちはわかるけど」

「でしょう〜。釣った魚に何年も餌をやり続ける男がこの世に存在するなんてね」

「私は珍しいから見たいんじゃないのよ。うちは夫が同じ部署だし」

ねえ、とハスキーボイスの奥様が誓に親密そうな視線を送る。彼女の夫は組織犯罪対策部の所属で、夫の後輩にあたる。妊婦の奥さんは夫の仕事関係などどうでもよさそうだ。

「うちの旦那に誓ちゃんのご主人の話をしたら、夏には子供が生まれるのにブランド物のプレゼ

ントなんかできるか、って

「その方が健全よ。ちょっと心配になるもの、貯金できているのかなって」

家計は賢治が管理している。誓は毎月食費とは別におこづかいを五万円もらっていた。余ってしまうので返すと、「エステでもなんでも行けばいいのに」と賢治は言う。

「ご主人のその溺愛っぷりはさ、結局、誓ちゃんに対する負い目だと思うよ」

ハスキーボイスの奥様が、人目を気にしてひっそりと言う。

「誓ちゃんは大阪府警の伝説のマル暴刑事の一人娘でしょ。本部勤務で将来を嘱望されていたって話を夫から聞いたよ」

誓もかつてはマル暴刑事だった。

「マル暴で桜庭誓の名前を知らない人はいなかった。誓ちゃんが〝夫を陰ながら支えたいと思います〟って退職の挨拶をしたとき、みんな嘆いたとか」

誓の父親は桜庭功という大阪府警のマル暴刑事だった。見た目は怖いが家では優しい父だった。誓はいたずらっ子だったのでよく叱られた。説教の内容が独特のものだった。

〝ここがヤクザの家やったら大変やで。なにかやらかしたら指をチョキンや。もっとひどいと、腕一本落としてこんかいコラァってどやされるんや〟

父は誓が中学生のときに病死した。専業主婦だった母は会社を経営している友人を頼って誓を連れて上京した。その会社で働きながら、なんとか誓を高校にやってくれた。誓が高校三年生のときに母は交通事故で亡くなった。

誓は十八歳で警視庁に入庁した。二十三歳のときに巡査部長に昇任すると同時に刑事研修を受けて、マル暴刑事となった。所轄署で修業後、晴れて本部に呼ばれて、組織犯罪対策四課に異動した。誓の指導にあたったのが、夫の仲野賢治だった。誓が寿退職するや、賢治は周囲からひんしゅくを買ったらしいが、本人は「伝説のマル暴刑事の娘を娶った」とはしゃいでいた。

夫からメッセージが届いた。もう二階のシャネルの売り場にいるらしい。地下鉄銀座駅直結の出入口から入ったのだろう。誓は適当な理由をつけて、奥様方と別れた。人からあれやこれや羨ましがられるのは苦痛だ。

二階へ行こうとエスカレーターを探していると、賢治からメッセージが入った。

『いまから玄関の方に行くから、待ってて』

誓は賢治のスマホに電話をかけた。夫はコール音なしで電話に出た。

「ごめんね、私が二階に行くよ」

「いや、もう下りエスカレーター乗っちゃったところ」

ちょうど、誓は下りのエスカレーターの前を通りかかった。

「あ、いたいた」

スマホと、見上げた先から、同時に夫の声がした。夫がエスカレーターを下りてくる。誓に手を振っていた。もう買い物を終えた後か、シャネルの小さな紙袋を左手首に下げていた。

誓も手を振り返そうとして、左手から横に走る閃光を見た。なんだろうと思う間もなく、パンという破裂音がする。スマホからは、破裂音が耳をつんざくほどに聞こえてきた。

賢治は隣の上りエスカレーターを振り返り、表情を一変させている。彼が手首から下げたシャネルの袋が大きく揺れるのと同時に、二度目の破裂音がした。賢治は両腕で頭を守るようにして、しゃがみこんだ。右側のガラスに蜘蛛の巣状のヒビが入る。三度目の破裂音がした。

隣の上りエスカレーターから、夫に向けられた銃口が火を噴いていた。

「賢ちゃん伏せて！」

夫はしゃがみこんでいたが、やがて頭からエスカレーターを転がり落ちてきた。

賢治は千駄木《せんだぎ》にある大学付属病院の高度救命救急医療センターに搬送された。

救命救急センターはえんじ色の腕章をつけたスーツ姿の人間で溢れていた。警視庁の刑事たちだ。誓は茫然自失で処置室前のベンチに座っていたが、看護師に促され、血塗れの両手を洗ってきたところだ。一瞬で刑事たちに囲まれる。

背の高いすらりとした女性が目についた。目を真っ赤にさせ、名刺を出す手も震えている。

「ご主人の相棒の藪です」

藪哲子警部補——マル暴刑事を三年で辞めてしまった誓でも、その名前は知っている。警視庁で初めて女性でマル暴刑事になった人だ。誓の父以上に『伝説』と言える女性だろう。誓がマル暴刑事になったとき、すでに女性の数が全体の一割はいた。彼女はその道を切り拓いてきた人だ。最悪の初対面だった。藪は泣いている。

「ご主人の容体は」

「意識不明の重体で運び込まれました。これから緊急手術だそうです」

誓も元マル暴刑事だ。知った顔がいくつもある。しっかりしなくてはならないが、頭の中は真っ白だ。

「大丈夫か」

乗鞍匡志《のりくらまさし》というベテラン刑事が顔を覗き込んできた。誓が二十三歳でマル暴研修を受けたとき、講師を務めていた人だ。

誓は目撃者だ。医師から聞いた話も含め、必死に証言する。

「夫はエスカレーターですれ違いざまに撃たれたようで……」

言わなくていい、と乗鞍が首を横に振った。

「防犯カメラにちゃんと映っていたから大丈夫だ。いまは、ご主人のことだけを考えて」

こらえていたものが、わっと目から溢れて来る。

「犯人は？」

「渋谷方面へ逃走中だが、あちこちの防犯・監視カメラに姿が映っている。捜査支援分析センターが逃走経路を追跡中だ。一両日中に足取りが判明する。緊急配備も敷いている」

「夫はどこの組を担当していたんですか」

マル暴刑事が撃たれたのだ。暴力団員の報復と考えるのが普通だ。付き合っていたころはよく事件の話をしたが、誓が警察を辞めたあと、夫はほとんど仕事の話をしなくなった。守秘義務があるからだろう。

「向島一家という、墨田区の独立系暴力団です」

藪が答えた。

「独立系？　向島一家は吉竹組系列でしたよね」

吉竹組は大阪を拠点とする日本最大の特別指定暴力団だ。ロシアのマフィアに続き資金力があるとされ、世界第二位の反社会的勢力と言われている。

「その吉竹組は去年、上層部がもめて分裂しているんです」

確かにそのニュースをテレビの報道や新聞記事で読んだ。夫と仕事の話はしなくとも、さすがにこの件については意見を交わした覚えがある。本家吉竹組と、関東吉竹組に分裂したのだ。

「向島一家はそのどちらにもついていないのですか？」

藪が大きくうなずいた。

「分裂した吉竹組が和解するのか抗争に発展するのか――両組織のトップに顔がきく向島一家がカギを握っていると言われているの」

目の前の自動扉があいた。ストレッチャーに乗せられた夫が運ばれてきた。

「賢ちゃん！」

看護師に呼び止められる。

「これから弾の摘出、下腹部大動脈と損傷した膀胱《ぼうこう》を再建する緊急手術も同時に行ないます」

夫は誓のもとに転がり落ちてきたときから、意識がない。いまは血の気もなく顔が真っ白だ。

現場は血の海だった。誓は、エスカレーターの隙間に流れていく血が、ごぼごぼと音を立てていたのを思い出した。夫が目の前で撃たれているのに棒立ちでなにもできなかった。

――許さない。

手術室前まで付き添うように言われたが、誓は病院を飛び出した。

日が暮れかけていた。強い西日が、墨田区にある五右衛門ビルのベージュの壁を焼いている。

周辺は野次馬が集まり始めていた。警察車両が十台も入口付近に並んでいるからだ。

暴力団の事務所はネットで調べればすぐにわかる。組のトップの名前もだ。

向島春刀というらしい。

向島一家の事務所はこの五右衛門ビルの六階にあるが、すでに警察官が出入りしている。エレベーター前には制服姿の警察官がいた。非常階段で立ち話する赤と黒のベストをつけたマル暴刑事たちも見えた。ガサ入れ——家宅捜索目前といったところだ。

刑事がパトカーの無線機に向かって話す声に、耳を澄ませる。

「向島春刀は関東吉竹組の本部にいるようです。ガサはどうします。本人が戻ってからにしますか」

関東吉竹組の本部は、六本木にある泉《いずみ》ビルヂングという古い雑居ビルに入っている。組長の泉が所有するビルだ。誓はタクシーで向かう。その車内で、吉竹組のことを思い出す。誓が退職する前は分裂しておらず日本最大の暴力団として君臨していた。

旧吉竹組は組長をトップに九千人ほどの組員がいた。組長の下にナンバー2の若頭《わかがしら》、ナンバー3の本部長をはじめ、直参《じきさん》と呼ばれる幹部が二十人ほどいる。直参も自分の組を持っていて、二次団体と呼ばれる。向島一家はこの二次団体にあたる。二次団体の幹部たちも組を運営している。三次団体にあたるこれら下部団体は『枝《えだ》』ともいわれる。組長と子分は盃を交わすことで疑似親子関係を形成するのがヤクザの特徴だ。

末端の三次団体組員からすれば、上部団体トップの組長は親の親の親にあたり、まさに雲の上の存在だ。顔を拝むチャンスすらない場合もある。ヤクザ社会は完全なるヒエラルキー構造になっている。

旧吉竹組を飛び出した関東吉竹組も下部団体がいくつもあるはずだ。組員は何人だろうか——誓はスマホで調べようとして、やめた。知りすぎると腰が引けてしまう。

タクシーを降り、泉ビルヂングを見上げる。

向島一家からは東京スカイツリーがよく見えたが、関東吉竹組本部からは東京タワーがよく見えた。最上階の六階に関東吉竹組の本部があるはずだが、看板は出ていない。

近隣のビルやマンションのどこかに、関東吉竹組を内偵する監視拠点があるだろう。いまのところ警察官や刑事の姿は見えない。

誓はエレベーターに乗った。上がっている間、階数表示の変化をじっと見ていた。文字が赤いというだけで、夫の血塗れの体を思い出した。一生思い出すだろうと思った。一生許さない、と心に誓う。

六階に到着した。薄暗い廊下の目の前に扉がある。看板は出ていない。

誓は扉を乱暴に叩いた。

オールバックに色付きメガネをかけたチンピラがオラオラと体を揺らしながら扉を開けた。

「どちらのお嬢さんでしょう。フロア間違えてまへんか」

元は大阪を拠点とする巨大組織の一員だったからか、枝の組は全国にあり、関西系もいるだろう。二次団体、三次団体の組員たちが当番制で上京し、本部を守る。

「ここに向島一家の総長が来てるよね。会わせて」

チンピラは戸惑ったように頭の先から足の先まで誓を見る。

「お嬢さん、どちらの人や。まずは名乗るのが礼儀やろう」

「警視庁組織犯罪対策部、暴力団対策課の仲野！」

その妻とまでは言わず、巻き舌で凄んだ。

「ここに向島一家の総長がおるのはわかっとんねんコラァ！　中に入れんかい！」

誓は大阪育ちだから、興奮すると関西弁が出る。チンピラの胸を両手で思い切りどついて、中に押し入った。狭い玄関のすぐ目の前に革張りのソファとガラステーブルがある。壁に『関東吉竹組』の木彫りの表札が張り付けてある。『吉』の字が笹の葉に囲まれている代紋は、本家吉竹組と全く同じだ。

表札の下で若手の組員が何事かと立ち上がり、誓を見ている。

「向島は」

ここにいる連中はみんなひよっこに見える。貫禄のないチンピラばかりだ。

「刑事さんかい。桜の代紋は」

「刑事の妻だ」

「あん？」

「桜の代紋はない。ここに逃げ込んどる向島一家に夫を銃撃されたマル暴刑事の妻や！　とっとと向島を出さんか！」

組員たちは棒立ちだ。誓は六畳もない応接室を突っ切り、奥の扉を勝手に開けた。

「おいコラ令状は！」

「あとでいくらでも出るわ、ボケが！」

扉の先は廊下だった。両隣に扉が二つずつ並び、突き当たりには重厚そうな扉があった。組長が鎮座する部屋だろう。向島はここの組長ではない。どこの部屋にいるのか。誓は片っ端から扉を開けていった。どこかで犬が吠えている。

手前右の扉は鍵がかかっていた。舌打ちし、隣の扉を開ける。デスクが四つ並べられ、パソコンになにか入力しているビジネスマンみたいな三人組がいた。誓を睨みつけながら立ち上がる。向島ではなさそうだ。

向かいの扉を開ける。つなぎ姿の若い男性が床に正座させられていた。左目が大きく腫れあがり、鼻血を垂らしている。ガラスでできた大きな灰皿を持った組員がどやしていた。二人とも若い。向島ではないだろう。その隣の扉を開けようとして——。

名前を呼ばれた気がした。

振り返るのと同時に、鎖の音がした。

光沢のあるグレーのスーツを着た男が、組長室と思しき重厚な扉を背に立っていた。豊かなオールバックの黒髪が廊下の白熱灯に反射して光る。茶色の色付き眼鏡をかけていた。目元がよくわからない。腰ほどの背高があるドーベルマンを従えていた。グレーの目でじっと誓を見据えている。飼い主がゴーサインを出せば、いつでも飛び掛かってきそうだ。チェーンの首輪の先にリードはついていない。男はスーツの左袖の先から、手が出ていなかった。右手はある。

「なんの御用ですか」

男が静かな声で尋ねた。誓は呼吸を整える。威勢を張らずに会話できる相手だとはわかるが、強烈な存在感で呼吸が止まりそうだった。

「銃撃事件が起きたことは知っている？」

「ええ。先ほど若い衆から電話がありました」

「私は撃たれたマル暴刑事の妻です」

男はさっと誓の全身を見た。ワンピースのあちこちに夫の血がついたままだ。

「あなたは」

「向島一家総長の、向島春刀です」

不思議と怒りはわいてこなかった。この男がとても静かだからだろうか。

「夫はお宅を内偵していた。その直後に銀座のデパートで銃撃された。お宅の若い衆の仕業ではないですか」

「知りません。私は命令していませんし、うちの若衆もなにもしていません」

「そんな言い逃れが成立する世界じゃないってわかってるよね。マル暴刑事を襲撃したことを永遠に後悔することになる」

「あなたは警察関係者としてここに来ているのですか。マル暴の妻が暴力団に怒鳴り込みに来るなど、警視庁にとっても迷惑な話かと思いますよ」

「共謀共同正犯！」

誓は声を張り上げた。

「警視庁は犯人を挙げたら即座にあんたが命令した証拠をかき集めて、ワッパをかける。警官銃撃だから二十年はかたい。ムショから出て来るころにはヨボヨボだ。だからいまのうちにその顔を拝みにきてやったんだ！」

誓は向島の顎の下で、思い切りメンチを切った。

向島は誓の横をすり抜けて、応接室の方へ行く。ドーベルマンが誓を一瞥《いちべつ》し、飼い主を追った。

「お帰りください」

向島が扉を開けた。誓はその横を通り過ぎる際、わざと向島の肩にぶつかってやる。チンピラみたいなことをしたのは、負け惜しみではない。

腕がどうなっているのか、確かめたかった。

誓の肩に棒のようなものがぶつかったが、誓の腕や手は向島のわき腹に触れた。

このヤクザは、左腕の肘から下がないようだ。誓は、父が昔ヤクザをまねて言った言葉を思い出した。

〝腕一本落としてこんかいコラァ〟

向島はなにかやらかしたのだろうか。


誓は三年ぶりのラッシュアワーに耐えていた。東西線が荒川を越えて、やがて地下に入る。電車は超満員だ。真夏の八月一日にパンツスーツ姿だから暑い。日比谷線に乗り換えて、霞ヶ関駅で下車する。

朝の桜田通りはスーツ姿の男たちで埋め尽くされていた。女性の数はまだまだ少ない。

初めて警視庁本部勤務が決まったときのことを誓は覚えている。前日は関西に帰省し、両親の墓前に喜びを報告したものだ。

〝お父さんのようなマル暴刑事になるよ〟

　警視庁本部庁舎の正面玄関を上がる。通行ゲートを抜けて、エレベーターで六階に上がった。組織犯罪対策部は警視庁本部の各フロアにばらばらに入居している。薬物銃器対策課は三階に、国際犯罪対策課は五階にある。

　六階の『暴力団対策課』という真新しい木札が掲げられた部屋に入った。広々としたフロアにデスクのシマが六列並んでいる。

「来たか」

　窓を背にした上座で、ワイシャツ姿の男が立ち上がる。乗鞍警視だ。四月に夫が銃撃された日、暴力団対策課の管理官に就任したばかりだった。

「今日から改めてよろしくお願いします」

　うん、と乗鞍は眉を寄せて頷いた。嬉しさ半分、悲しみ半分といった表情だ。そのまま上座のデスクの前に立たされた。

「みんな、ちょっといいか」

　就業時間前だ。新聞を読んでいたり、おにぎりを頬張ったりしていた刑事たちが、顔を上げる。

「今日付けで暴力団対策課に配属になった、仲野誓巡査部長だ」

　挨拶して、と促される。

「初めましての方もお久しぶりの方もいらっしゃると思いますが、改めまして」

　咳払いを挟んだ。

「このたび警視庁に再採用されました、旧姓桜庭の仲野誓巡査部長です。現場復帰は三年ぶりですが、この三か月間の再採用研修とマル暴研修である程度は取り戻したつもりです。今後ともご指導ご鞭撻のほど、よろしくお願いします」

深々と頭を下げた。夫のことについては、触れなかった。泣いてしまうから。

拍手はまばらだった。百人分のデスクがあるのだが、内偵や捜査でみんな出払っている。本部に残っているのは、各暴力団担当の連絡係のみだ。

眼鏡をかけた刑事が手を挙げて、誓を呼んだ。顎に肉がでっぷりとついている。

「仲野さんのデスクは、こちらです」

第一暴力犯捜査一係の札が天井からぶら下がっている。太った刑事が恭しく椅子を引く。

夫が座っていた席だ。

夫の私物が残っている。文房具やファイル、警部昇任試験のテキストも置いてあった。ペン立てに、ボールペンがささっていた。夫のイニシャルが刻まれている。まだ恋人同士だったころ、警部補に昇任したお祝いに誓が贈ったものだった。

引き出しの中には、はさみやのりの他、クリップやカッターナイフも揃っている。夫が使っていたというだけで、愛しかった。太った丸顔の刑事が遠慮がちに自己紹介してきた。

「私、一係で連絡係をやっている丸田《まるた》と申します」

体型とリンクした苗字は覚えやすい。

「ご存じとは思いますが、ここ第一暴力犯捜査は、特別指定暴力団吉竹組系列の組を担当しています。二係と三係が関東吉竹組を、四係が本家吉竹組を担当しています」

本家より小さい関東吉竹組に人員がさかれているのは、その本部が警視庁管内にあるからだ。

本家吉竹組の総本部は大阪にある。大阪府警のシマなので、警視庁は手を出せない。

「我ら一係は、向島一家を担当しています」

分裂した吉竹組が和解するか抗争に発展するか。いまは独立を保っている向島一家の動きで勢力図が変わると言われている。まるまるひとつの係を投入して内偵しているらしかった。

「それにしても、奥さんには申し訳ない限りです。マル暴刑事を銃撃なんて、本来なら一気に頂上作戦に持ち込める案件です」

頂上作戦――暴力団の組長や幹部を逮捕・起訴し、組織の壊滅を図ることを言う。

「それが、いまだに向島春刀へのフダ一枚取れない上に、ホンボシも逃走したままで……」

銃撃事件から三か月経っている。

警視庁は誰一人、逮捕できていない。

銃撃犯の素性はわかっている。花岡亨《はなおかとおる》という四十歳の元ヤクザだ。十年前まで、旧吉竹組の二次団体、大山《おおやま》産業の構成員だった。組の拠点は名古屋にあったが、解散届を警察に出し、十年前に認定解除されている。花岡も暴力団員としての登録を解除され、大山産業のフロント企業だった産業廃棄物処理業者で働いていた。五年前に退職している。以降の経歴がわかっていない。

夫を撃つに至るまでの空白の五年間、いったいどこでなにをしていたのか。

「ご主人、最近のおかげんは……？」

丸田がいまにも泣き出しそうなので、誓は適当に流した。

「元気にしていますよ。大丈夫です」

もう二度と、このデスクには座れないだろうが。

誓は乗鞍と組織犯罪対策部の幹部へ挨拶回りをすることになった。

「白昼堂々の、買い物客で混雑している銀座のデパートでの犯行だった。あちこちの防犯・監視カメラに犯人が映っていたというのに、取り逃がしてしまった」

廊下を共に歩きながら、乗鞍が懺悔した。

「改めて被害者家族としてのお前に、謝罪する。申し訳ない」

乗鞍は一度立ち止まり、律儀に頭を下げた。

「乗鞍さん、やめてください」

「しかし――」

「さっきの丸田さんも、奥さん奥さんって連呼するんです。確かに私は仲野の妻ですけど、もうマル暴刑事に復帰しました。被害者の妻として接するのはやめてください。これから私も捜査の当事者になるんですから」

乗鞍の表情は曇ったままだ。

「仲野の具合はどうなんだ」

歩き出そうとしていたのに、誓は足が止まった。

「先月から、見舞いを拒否されるようになった」

「察していただければと」

「復帰はもう本当に無理なのか」

「歩けませんから」

二発目の銃弾が大動脈と脊髄を損傷させた。

「懸命にリハビリに励んでいますが、歩けるようになる可能性は限りなく低いということです」

三発目の銃弾は膀胱を破裂させた。再建手術をしたが、未だ自力の排尿はできない。膀胱留置カテーテルを陰茎に挿入している。

向島一家への家宅捜索は五度も行われた。なにも出なかった。

だが、内偵していた一係の監視記録に、花岡の名前が残っていた。五年前――ちょうど花岡が大山産業を退職したころだ。向島一家を訪ねている。三日間も居座り、立ち去った。

向島は当時のことをこう弁明する。

〝会社を追い出されたので雇ってくれということでしたが、うちには合わないと思い、断りました。腹を空かしている様子でしたので、飯と寝床を三日ほど提供し、小遣いを与えて追い出した。それきりです〟

花岡はこの三日間で向島と盃を交わし、組員になったと警察は見ている。警察に把握されないように組員であることを隠したユーレイ組員だ。最近はこの手の組員が増えてきている。

組織犯罪対策部長の部屋に入った。本来なら再採用された末端の刑事が直接挨拶に伺うことはないが、誓は被害者家族でもあるので、表敬訪問がセッティングされた。

組織犯罪対策部長はキャリア官僚の席だ。許可を得てソファに座る。早速、お見舞いの言葉を受けた。

「ご主人の仇討ちで戻ってこられた。警視庁はあなたのような気概ある警察官を歓迎しますよ」

誓は一礼した。

「一方で奥様でもありますよね。ご主人の介護は大丈夫ですか」

「姑《しゅうとめ》が都内におりますし、日中はリハビリで自宅にはいません。朝晩はヘルパーさんも来ます。お気遣いありがとうございます」

「組織犯罪対策部の仕事は激務です。ご主人がそうだったから知っているでしょうが」

「夫云々《うんぬん》の前に私自身がマル暴刑事でした。よくわかっています」

部長は事務職員が出した茶をすすり、乗鞍と誓にもすすめた。

「二〇二二年四月一日。組織犯罪対策部が十九年ぶりの組織改編を行った、その初日に起こった銃撃事件です」

乗鞍は茶を飲んでいたが、すぐに置いて背筋をピンと伸ばした。

「かつての暴力団は任侠《にんきょう》の文字通り、責任を取るため犯人もしくは責任者を警察に出頭させたものだが、それもない」

暴力団も時代の流れに沿って変化してきているのだ。

「暴対法、暴力団排除条例によって地下に潜りマフィア化することを私は懸念していたが、その通りになった」

執務室の空気が張り詰めていく。

「仲野警部補銃撃事件は、新たなる体制となったマル暴に対する、新・暴力団の挑戦だとみている」

部長が厳しい視線を乗鞍に向けた。

「それが三か月経ったいまも、頂上作戦にすら持ち込めていないばかりか、実行犯すらあげられていない」

　乗鞍は拳を膝の上にのせ、いまにも頭を下げそうだ。部長が誓を見据えた。

「君はマル暴の妻だがマル暴の娘でもあるそうだね。最強じゃないか。期待している」


昼前には今後の相棒となる刑事が本部まで迎えにくると聞いていたが、十二時を過ぎても誰も来ない。誓は自ら出向くことにした。

　地下鉄に乗り、曳舟駅で下車する。隅田川に向かって歩くうち、銃撃事件当日にこの界隈に来たことを思い出した。相棒は立山ビルの屋上の監視小屋にいると聞いた。エレベーターはひとつしかなく、しかも遅い。じっとこらえて待っていると、一階の部屋の扉があいて、老人が顔をのぞかせてきた。

「あんた、刑事さん？」

　このビルのオーナーだろう。ビニール袋を渡された。タッパーに張られた水の中でお豆腐が揺れている。

「これ、藪さんに渡しておいて。俺が作る豆腐大好きなのよ」

　誓は一礼して受け取った。エレベーターに乗った。最上階フロアから階段を上がり、屋上への扉を開けた。強い日差しで一瞬視界が白くなった。パンプス越しでもコンクリートの熱さを感じる。

　こんな場所に置かれた物置小屋が監視拠点なら、中は灼熱地獄だろう。誓は引き戸をノックした。どうぞぉ、と女の声が返ってくる。扉を開けたらひんやりとした冷風が顔に降りかかった。

窓用エアコンが据え付けられていた。六畳用のシールが貼られている。四・五畳の狭い空間をキンキンに冷やしていた。

「ごめんねー、迎えに行けなくて」

悪びれる様子もなく藪哲子警部補が言った。今日から誓の相棒となる人だ。女性マル暴刑事の第一人者として密かに尊敬していたが、一緒に捜査したい相手かと言ったら別だ。

藪さんがやらかしただの、藪さんの尻ぬぐいだの、賢治からよく愚痴を聞いていた。

「今日からよろしくお願いします。第一暴力犯捜査一係の仲野誓巡査部長です」

「知ってるー」

藪は誓が入って来てから、一度も望遠鏡から目を離さない。振り返りもしなかった。

「十一時半に向島が入室したんだわ。退室まで目が離せないから迎えも無理だった」

それならそうと連絡は欲しかった。誓は二時間も本部で待ちぼうけだった。

「悪いんだけどお腹すいたから、ランチ買ってきてくんないかな。駅ビルのカフェに美味しいサンドイッチ屋があるの」

「オーナーからお豆腐預かりましたけど」

「それは夕飯。冷蔵庫に入れといてくれる」

この物置小屋は電気が通っているようだ。卓上のコンロはガスボンベ式だからガスは通っていない。壁際にペットボトルが並んでいるから水道も通っていないのだろう。

「あの、お手洗いはどうしてるんです？」

「トイレはオーナーの部屋のを借りられる」

二千円渡された。

「エビとアボカドのサンドイッチセットで、飲み物はレイコー。デザートにワッフルつけて。クリームたっぷりで」

誓は金を受け取らず、靴を脱いで藪の隣に座った。

「ご自分で買いにいかれたらどうですか。監視代わります。お昼休憩どうぞ」

あん、と藪は顎を突き出して軽く凄んだ。

「新人に監視を任せられない」

「新人じゃなくて再採用です。監視も内偵も慣れていますので」

藪は「あっそ」と言い、刑事とは思えないピンヒールを出して監視小屋を出て行った。

なんて女だ。賢治の相棒だったというのに、夫に対する見舞いの言葉ひとつも、犯人にワッパをかけられなかった詫びのひとつすらない。

――いや、詫びなんか、ない方がいいのだけれど。

望遠鏡をのぞく。六階のエレベーターが開き、髪をひとつに束ねた中年女性が出てきた。五右衛門ビル管理会社のパート従業員だ。毎週月曜日にフロアを掃除して回る。

誓は懐から、革の手帳を取り出した。夫が持ち歩いていたものだ。向島一家の出入りを監視する中で気になったことや目についた人物をメモしていた。

誓は革のぬくもりを指先に感じながら、五月一日の朝、昏睡状態だった賢治の意識が戻った日のことを思い出した。

第一声は「手帳」だった。この手帳はジャケットの左胸ポケットに入っていた。犯人が放った弾の一発目はシャネルの香水瓶を破壊し、この手帳にめり込んで脇腹に打ち身を作った。手帳の上部にはまん丸い銃弾の痕がぽっかりと開いている。

賢治はその時まだ一日のうち目覚めている時間は数分だった。疲れるようですぐに寝てしまう。一か月寝たきりで全身の筋肉が落ち、口から物を食べることもできなかった。点滴と胃ろうからの栄養分だけで生きていた。手帳を渡したが開くことも持つこともできない。

誓は賢治の目の前で最初のページから開いてやった。賢治は眠たそうな目で見ていたが、やがて、ここだと指さした。

『掃除の女、要確認』

この女性が銃撃事件に関わっているということか。誓はこの情報をすぐさま乗鞍に伝えたが、二週間後にシロの判定が出た。

この女性のなにが気になったのか、賢治に再三確認したが、賢治は自分が死の淵にいたときの言動を一切覚えていなかった。

誓はまだこの掃除の女性が気になっている。望遠鏡をのぞいて彼女が六階の廊下を掃除していく様子を観察する。

白髪が何筋か見える長い髪をいつもバレッタでひとつにまとめている。乗鞍の情報によると、群馬県伊勢崎市出身のシングルマザーの女性だという。今年大学受験の高校生の娘と、足立区で二人暮らしをしている。

「たっだいまー。誰か出入りは」

藪が紙袋を提げて戻って来た。

「毎週月曜日の掃除の女性が」

「鹿島《かしま》良《りょう》子《こ》ね」

藪はテーブルに紙袋の中身を次々と出す。

「彼女、毎週月曜日の昼前後に掃除に来ていますが、変わったことはありますか」

藪は小さなため息をつきながら、アイスコーヒーの中にガムシロップを二つとミルクを二つ入れた。甘党らしい。

「まあ、気持ちはわかるよ。三か月経っても花岡の行方がわからない。捜査に間違いはなかったのか。疑いたくなるよね」

「夫が意識を取り戻して初めて示した人物が、鹿島良子だったんです。本人はどうして彼女のことを口走ったのかいまになってはわからないというし……。銃撃事件の現場に居合わせていた可能性はありませんか」

「防犯カメラには映っていなかった。アリバイもある」

誓は望遠鏡の監視に戻った。良子は向島一家の玄関扉の前でハンディ掃除機をかけているところだった。しゃがみこみ、銀色のヘラのようなものでコンクリートの廊下をこする。向島一家に出入りするのはガラの悪い人間が多く、帰り際にガムを廊下に吐いていく輩もいるようだ。

誰が吐いたガムだろうか。監視記録をめくった。先週、関東吉竹組系二次団体の組長が若い衆を三人連れて向島一家を訪ねていた。入るときも帰るときも若干もめたらしい。そこの若い衆が帰り際にガムを吐き捨てている。うちひとりは鍵穴にガムを詰め込む嫌がらせまでしていた。

誓は改めて望遠鏡をのぞく。

「606号室だけ扉の色が違いますね」

「去年の暮れに落書きされたのよ。弱虫とか卑怯者とか。本家吉竹組の枝の組のもんの仕業」

藪は監視中だったからすぐさま現場に飛んで器物破損でワッパをかけたらしい。彼らはわざわざ向島一家に嫌がらせするためだけに新幹線に乗って上京していた。

「やることがみみっちいですね」

「十年前ならカチコミくらいはするでしょう」

建物の壁に銃弾を撃ち込むとか、ダンプカーで突っ込むとかの殴り込みだ。

「三十年前ならとっくに抗争になっていますよ」

すでに何人か死んでいただろう。

「向島一家は分裂騒動の際にどちらの組にもつかず、双方から嫌がらせを受けているということですか」

「下っ端の組がやっているのよ。上部団体の方は味方になって欲しくて両手を広げて歓迎しているけどね」

「私の夫が銃撃されたのは、吉竹組の分裂騒動と関連があるんでしょうか」

藪は無念そうに首を横に振った。「そうだ」と膝を叩き、スマホの動画アプリを誓に見せた。

「これ、ヤクザ関係の動画を漁っていて見つけたの。三十年前のワイドショー映像」

『昔のヤクザと警察はガチだった！』というタイトルがつけられている。誓はタイトルを見ただけでなにを見せられるか察する。げんなりした。

「当時の吉竹組総本部に大阪府警がガサ入れしたときの映像よ。ワイドショーの取材陣が駆け付けて、生放送されていた」

藪が再生した。

〝ワレどこのもんやコラァ、一歩も入らせへんぞ！〟

三代目吉竹組の組長だ。就任してすぐに射殺されてしまったが、襲撃の際に実行犯四人を道連れにしている。元祖武闘派だ。

〝ワレもくそもあるかい！　大阪府警のマル暴や！　道あけんと全員公妨でしょっ引くでぇ!!〟

大阪府警のスキンヘッドの刑事が前に出た。いまではテレビカメラの前でこんなことを言えないが、血の気の多さは迫力がある。実際かつてはよくヤクザが公務執行妨害で逮捕されていた。

当時の吉竹組は大阪ミナミで敵対する会派との抗争真っただ中だった。大阪府警のガサ入れを阻止しようと全国から枝の組員を集めて、四百人近い暴力団員で出入口を固めたのだ。対する大阪府警も関西中の県警のマル暴刑事をかき集め、三百五十人の大所帯で周辺を封鎖していた。

「この大阪府警の最前列でどやしているの、お父さんでしょ」

「はぁ、まあ」

「府警では伝説って言われたマル暴刑事だったとか。本部長賞が二十回、刑事局長賞が五回に長官賞まで取ってるんでしょう？」

父の授賞記録は未だどのマル暴刑事にも破られていない。

「この映像で一般の人に認知されたことも大きいですね。ヤクザの親分とやり合う姿が生放送されて、府警の狂犬なんてあだ名つけられて」

誓は鼻で笑っていた。

「実際は失敗も多かった。このときもミナミの抗争を防げずに一般市民八人が犠牲になっていますから」

「ふうん。お父さんへのジャッジ、厳しいんだね。逮捕したヤクザは百人近いし、海外逃亡ルートをことごとく潰していった功績はすごいと思うけどなぁ」

藪が映像の途中でスクリーンショットを撮った。吉竹組の外門の前に陣取る若い組員たちをとらえた場面だった。夏場で気合を見せるためか、半分以上の男たちが上半身裸で屈強な肉体を晒していた。

「この男」

若々しい肉体を晒すひとりの男を拡大した。誓は思わず飛びついた。

「向島春刀？」

「さすが、よくわかったね。刺青はないし、左腕もまだあるけど、本人よ」

誓は画像を限界まで拡大した。

「ほっぺがちょっと赤いですね。ニキビ面だったのかな」

「計算すると、この時まだ十三歳」

「十三でもう暴力団事務所に出入りしていたんですか」

盃は交わさず、学校へ行きながら下働きとして食わせてもらっていたのだろうか。昔から暴力団事務所は、行く当てを失くした家出少年や不良少年の受け皿になってきた。

向島は生年月日すらはっきりしない。

「確か、無戸籍児でしたっけ」

「そう。向島一家の初代総長と養子縁組するまでは本当に戸籍がなかった」

親は誰で、どこで生まれ育ち、向島一家に流れたのか――。

「お父さん、吉竹組を担当していたんでしょ？　向島とも会っていたかもしれない。なにか聞いていない？」

誓は首を横に振った。

「向島は東京を拠点にしていますよね。大阪府警にいた父とは接点がなかったと思いますよ」

誓のスマホにニュースサイトからプッシュ通知が入った。

『速報　渋谷のビルで爆破火災発生　テロか』

ニュースサイトをタップする。都心の空撮映像がライブ中継されていた。渋谷の宮益坂あたりで黒煙を上げているビルがある。

「渋谷で爆破火災があったみたいですね」

空撮映像を見た藪は、二度見して飛び上がる。

「これはやばい、うちの案件だ！」

望遠鏡と傍らにあった小型モニターを繋ぎ、録画装置の電源を入れた。監視の目がなくなるときは、必ず向島一家の事務所玄関を録画している。

「すぐ出るから準備して！」

誓はついていけない。

「うちの案件って……。まさか抗争だというんですか⁉」

タクシーで渋谷に急行した。宮益坂の中腹の路地裏に、煙を上げる雑居ビルはあった。すでに宮益坂には消防車両や警察車両が集結し、騒然としている。上空には報道ヘリが飛び交って、やかましい。警察官が野次馬を追っ払う。ここから現場のビルは見えないが、青空に黒い煙がもくもくとあがっている。ガスのような臭いが鼻をついた。

誓はハンカチを口元に当て、規制線前を守る制服の警察官に警察手帳を示した。藪に続いて、中に入る。郵便局の先を進んだあたりから、道路に物が散乱していた。爆風で吹き飛ばされた書類やガラスだ。現場保存のためか、鑑識係が札を置いて写真を撮っていた。

道路に消防ホースが伸びている。獲物を丸のみした蛇のようにでっぷりと中に水が通っている。路地をひと区画進んだところで、人だかりに出くわした。外国人が二、三十人、ひとかたまりにされている。アジア系の外国人だった。

爆破のあったビルには日本語学校が入っていた。この一角に集められているのはその学生たちだろう。

混乱の中を突き進み、次のブロックに到着したところで、更にガスのにおいがきつくなった。第二規制線が張られている。その向こうにいるのは銀色の防火服の消防士ばかりだ。鎮火するまで警察は進めない。誓や藪と共に引き返した。

建物と建物の隙間から、放水が作る虹が見える。

留学生が集まる一角では、捜査一課の刑事たちが聴取を始めていた。

「ふん。出しゃばり捜査一課に先を越されたか」

マル暴と刑事部捜査一課は、仲が悪い。特に『四課プライド』を引き継ぐ暴力団対策課は、暴力団が絡む事件にならなんにでも首を突っ込む。それが殺人事件だった場合は、捜査一課も捜査本部に入るため、主導権争いが起こる。

　マル暴は内偵と情報提供者からの情報で犯人の目星をつけて家宅捜索し、証拠を積み上げていく。現場の遺留品、目撃者情報、被害者の人間関係から犯人を特定していく捜査一課とでは、捜査の過程でぶつかりやすいのだ。

　ひとりの捜査一課の刑事が、近づいてくる。

「なにしにきた。爆破事件の現場だ。マル暴関係ねーだろ」

　藪は建物の屋上を指さした。『和《なごみ》グループホールディングス』と横文字の大きな看板が出ていた。

「企業名の横の代紋を見て」

『和』の文字が笹の葉に囲まれている。

「これ、日本最大の特別指定暴力団、吉竹組の代紋にそっくりよ。いま吉竹組は本家と関東に分裂しているけど、どちらも同じ代紋を使っているから……」

「根拠はそれだけか！」

　捜査一課刑事が大袈裟にズッコケて見せた。

「これだからマル暴は。もっと緻密に現場の証拠を積み上げてからモノを言え」

「いまこのビルの所有者を調べてる。中にはいつ入れるの？」

　捜査一課刑事は首を横に振った。

「残念だが、公安部殿が先だ。消火活動が終わるのを、最前線で待ち構えている」

誓に気づいた。新人かと藪に尋ねる。誓は自己紹介し、名刺をもらった。出しゃばりだから出《いで》井《い》という苗字は覚えやすい。

藪は改めて、煙を上げるビルを見上げる。

「ま、爆破だからねぇ。国家を揺るがすテロなら公安に主導権を譲るしかない」

公安部とマル暴は、仲は悪くない。捜査手法が似ているからだろう。特に極右暴力集団を担当する公安三課とは情報共有する仲だ。暴力団と右翼は近い存在だ。内偵対象が重なることも珍しくない。

鎮火を待つ間、ビルに入居する企業の情報が東京消防庁から入ってきた。

「一階から五階が日本語学校のジャパン友《ゆう》＆愛《あい》。六階から九階はアジア技能研修協同組合だって」

誓はスマホで検索してみた。

「技能実習生を受け入れる監理団体みたいですね」

アジア人労働者が笑顔でフォークリフトを運転している画像がトップページに出てきた。『私達は技能実習生を支援する優良監理団体です』と記されていた。

「十階はタイ古式マッサージ店。十一階は中国式整体店、十二階はフィリピンパブ」

「いっきに風俗ビルじみてきましたね」

十三階から十五階は、和グループホールディングスの本社のようだ。

「どこに暴力団事務所が入っているって？」

出井がバカにしたように笑った。

ビル所有者の情報が連絡係の丸田から入ってきた。電話をしたまま、藪が説明する。

「ビル所有者は小林和也《こばやしかずや》、四十五歳。和グループホールディングスの会長であり、日本語学校ジャパン友&愛の理事長だった」

現在、本人と連絡が取れない状況らしい。

免許証写真のデータが送られてきた。よく日に焼けて、髪を茶色に染めてパーマをかけている。頬がこけているせいか四十五歳にしては老けてみえた。

「で、この小林和也。マルB登録は？」

藪が電話の向こうを急かしたが、曖昧な返事しか返ってこないようだ。暴力団員として登録されているのか否かの二択しかないのに、なぜもたついているのだろう。


渋谷の和ビルは火災から三時間後にようやく鎮火した。まずは公安部が中に入った。冷めた目をした連中だった。たったの十分で中を見終えて、非常階段を下りてきた。出井を一瞥したのみで、藪に目を留めた。

「ああ。藪さんですか」

「爆破テロでした？」

「いや、ただの放火殺人のようです。では」

出井は目をひん剥いて、立ち去る公安部を睨んだ。

「ただの放火殺人だと！　そんな言い草があるか。被害者のことを考えたことがあるのか」

藪は淡々としている。

「公安部にとっては、国家を揺るがす事件以外は全て雑魚なんだよ。さあ行こう」

東京消防庁の火災調査官が中を案内してくれることになった。

「十五階はオフィスとして届け出されてますが、実際は住居として利用していたようです」

和グループホールディングスの職員によると、小林和也が住んでいたという。

「もともと給湯室とトイレがあるだけの二百平米のオフィスだったんですが、かなり中を改築していますね。壁やキッチン、浴室を設けて、５ＬＤＫの間取りとして使っていたようです」

廊下と思しき場所の突き当たりがリビングだった。三十畳もあるそうだ。

「南東側の壁が全て総ガラス張りに変えられていました」

爆風で窓は半分以上が割れ落ちていた。消防士がブルーシートを張っている。

「爆破の直接の原因はこれですね」

火災調査官がキッチンの床を指さした。卓上コンロで使用するガスボンベが散乱している。

「五十本ありました」

なんのためにそんなにガスボンベを所持していたのだろう。白地に緑のラインが入っている。製造会社は、近畿ガス製造と記されていた。市販されているものには思えなかった。誓は主婦だったが、スーパーなどで見かけたことがない。

「爆破するために持ち込まれたものでしょうか」

誓の質問に、火災調査官は首を傾げる。

「なんとも言えませんね。ただ火元はここではないんです。目撃証言からしても、火が先に出たあとに爆発音がしたということです」

爆破が理由の火災ではなく、ガスボンベに引火したことで爆破が連鎖して起こったということか。

仕事部屋とシアタールーム、和室がある。これらの部屋は扉が爆風で吹き飛んでいたが、中にはさほど火が回っていなかった。

「和室に日本刀でも飾ってあればな」

出井が嫌味ったらしく言った。床の間にはなにも置いていない。

「結局、小林和也はマルBだったのか？」

出井が藪に尋ねた。

「調査中」

「所有者名がわかってからもう二時間だぞ。警察庁のデータベースに入って検索すれば一秒で出てくるんじゃないのか？」

「なにかある。だから情報が遅いんでしょ」

火災調査官がダイニングのすぐ裏手にある部屋に案内した。焼け焦げた扉が蝶番《ちょうつがい》にぶら下がり、室内は真っ黒だった。

「ここが火元ですね。寝室だったと思われます。危険ですので、ここは立入禁止です」

十二畳くらいはありそうだった。真っ黒に焦げたスプリングが見えた。

「キングサイズのベッドがあったようですが、マットレスも布団も灰です。ここが最も燃え方が激しいので、火元でしょう」

簡易検査で、灯油が撒かれていたことがわかっている。近くには黒焦げのライターも見つかったという。

「死体は？」

「一体も見つかっていませんが——」

火災調査官が、すぐ隣にある浴室をのぞいた。爆風で扉が吹き飛んだだけで、火は回っていなかった。洗面台が血塗れだ。大理石の下の収納扉に幾筋もの血が垂れて、床に血だまりを作っていた。

「これは致死量に近い出血があったように見えるね」

藪が呟いた。

「あれを見てください」

火災調査官が火元の寝室に戻り、身を乗り出して、扉の並びの壁を指さした。ダマスク調の壁紙に黒い煤が付着している。

そこに赤いペンキで、アルファベットのような文字が描かれていた。ベトナム語だと火災調査官は言った。

『giet』

殺す、という意味らしい。

第二章　死体

渋谷警察署に捜査本部が立つことになった。誓は藪と共に一旦警視庁本部に戻る。準備におおわらわだ。

「第一回捜査会議が始まるまでに、小林和也がマルBだという証拠をかき集める！　捜査本部での主導権を捜査一課に持っていかれるのだけは勘弁よ」

小林和也は確かに暴力団員だったが、脱退届が出ていたのだ。

本庄《ほんじょう》会という山口県下関市に本部を置く暴力団の組員だった。ここは分裂前の吉竹組の二次団体だ。山口県警が脱退届の詳細をデータで送ってくれたが、小林は組から破門されていた。

暴力団が組員を放り出すのには破門と絶縁の二種類がある。絶縁の方が重く、二度と敷居を跨げないと言われており、他組織にも通達されて二度と任侠界に復帰はできない。破門は数年経って和解し組員として復帰する場合がある。

「十年前の破門なら、いまはもう復帰している可能性がありますよ」

「破門の理由は？」

藪が尋ね、乗鞍が答えた。

「振り込め詐欺組織の掛け子をやっていることが組にバレたらしい」

最近では食うに困った暴力団員が特殊詐欺事件に加担する案件は当たり前のようにあるが、当初、暴力団は高齢者から金をだまし取る振り込め詐欺組織を『任侠道に反したけしからん連中』と見ていた。お堅いところは薬物同様に、組員に絶対に手を出さないように通達している。小林はこれを破り、破門となったようだ。

吉竹組が分裂後に本庄会はどちらについたのか。改めて警察庁のデータベースで確認する。

パソコンのエンターキーを押した途端、藪がうなだれた。

「本庄会は八年前に解散している」

小林和也が暴力団員なのか確定できないまま、渋谷署に設置された捜査本部に入る。

捜査本部の初動捜査態勢は百人と大規模なものだった。刑事部捜査一課から四十人も出ていた。組織犯罪対策部からは二つの課が入っている。暴力団対策課と、不良外国人の犯罪を担当する国際犯罪対策課だ。放火された部屋は一部が血塗れでベトナム語で殺害予告があった。更に小林は日本語学校の理事長で、生徒の八割がベトナム人だ。

午前八時半、号令がかかる。

「礼ッ！」

誓は藪の隣で、号令に従って十五度の敬礼をした。

着席後、幹部の自己紹介が始まった。署長と副署長の他、刑事部捜査一課の袋田《ふくろだ》管理官と、国際犯罪対策課の女性管理官、浜名雅美《はまなまさみ》が挨拶する。藪のひとつ年下だが、中国語通訳官からのし上がった人物だ。〝マル暴育ち〟ではないので、女マル暴と呼ばれることはない。

暴力団対策課の管理官である乗鞍はいなかった。藪は舌打ちする。

「呼ばれなくても来いって言ったのに」

「やっぱり本庄会が解散していたことが痛いですね」

火災調査官が壇上にあがり、現場の画像や映像を交えて説明する。

「灯油を寝室にばら撒いた痕跡がありました。火をつけたと思しきライターは、寝室前の廊下に落ちていました」

該当のライターの画像がスクリーンに映される。

「使い捨ての百円ライターですね。フリント式です」

回転ネジのようなやすりの部分から火花を出すことで着火するタイプのものだ。

出井が早速発言する。

「ここは和ホールディングス会長、小林和也が住居として使用していたようです。洗面所に残っていた大量の血痕と、洗面所にあった歯ブラシのＤＮＡとも照合したところ、一致しました」

小林が現場で出血したことは間違いないようだが、行方はわかっておらず生死も不明だ。

「五十本ものガスボンベはもともとあったのか、持ち込まれたものなのかは、現在捜査中です」

ちなみに、と鑑取り捜査――関係者からの聞き込みでわかったことを付け足す。

「小林和也は自炊しないそうですし、卓上コンロも見当たりませんでした」

「とすると、外部から持ち込まれたものと見るのが自然かな」

袋田管理官がうなった。出井が報告を続ける。

「また、このビルは防犯カメラの類が一切ありませんでした。当日、十五階の住居部分に誰が出入りしていたか。小林がどこへ行ったのか。目撃者捜しは難航しています」

隣の藪がピンと手を挙げた。袋田管理官は一瞥したのみだ。国際犯罪対策課の浜名管理官は、別の刑事を指名した。

「その小林和也ですが、どうやら留学生や技能実習生など、主にベトナム人から相当な搾取をしていたという話です」

ベトナム人留学生は、留学するための初期費用として、和グループホールディングスに百五十万円を払っている。

「相場の五倍はします」

他、住居費用として一人五万円を毎月徴収しているらしい。

「しかし彼女たちの住居は川崎市内にある安普請のアパートです。大家によると家賃は六万円だそうです。六畳一間に六人がひしめき合って暮らしていました」

家賃は和ホールディングスから大家に直接、六万円が支払われていたという。

「他にも水道光熱費としてひとり一万円、紹介料として毎月一万円を、アルバイト料から天引きしていました」

「アルバイト先まで和ホールディングスが管理していたの？」

浜名管理官が訊いた。

「ええ。ケイズダイナーというファミレスチェーンの工場です。給与や労働実態がどうなっていたのか、これから聞き込みに行く予定です」

藪がしつこく手を挙げているが、袋田管理官が見て見ぬふりでまとめる。

「現場にはベトナム語の殺人予告もあったほどだ。これは搾取されたベトナム人の復讐による事件の可能性が高い」

浜名管理官が身を乗り出した。

「昨今は留学や技能実習生として来日するベトナム人が急増しています。不当な待遇の彼らが実習先や留学先から失踪して組織化し、ベトナムマフィアとして窃盗や暴力事件を日本全国で起こしています」

個人によるうらみつらみにしては、殺害予告が仰々しい上、ガスボンベを五十本も持ち込んだ可能性もある。近畿ガス製造のガスボンベは市販されていないのだ。

「これはベトナムマフィアの仕業でしょう。我々国際犯罪対策課を中心に、アジトを見つけ出して踏み込むのが手っ取り早いかと」

藪が挙手しアピールするが、袋田も浜名も見向きもしない。

「国際犯罪対策課はベトナム人界隈の捜査担当でよろしいですか。捜査一課はナシ割り捜査を強化し、証拠を積み上げていきます」

「ちょっと！」

藪がとうとう声を荒らげて立ち上がった。二人の管理官が冷めた目で藪を見る。

「暴力団対策課の藪です。行方不明になっている小林和也ですが、十年前に山口県下関市にあった本庄会という、旧吉竹組系の組員だったことがわかっています」

袋田管理官は途端にうるさそうな顔になった。

「この本庄会はすでに解散していますが、残党がどうなっているのか調べる必要がありそうです。

というのも、上部団体にあたる吉竹組は去年、本家と関東に分裂し――」

浜名管理官が苦笑いした。

「藪さんはこれが暴力団絡みの事件、つまり抗争だといいたいの？」

古い、と一笑に付す。

「いまどき暴力団は抗争なんかしないでしょう。金もないし、ちょっと暴れたら組長クラスまで投獄されるようになった。どこかで死刑判決を受けて拘置所にいる組長もいましたよね」

「確かにいますが、共謀共同正犯は立証が難しく、全国でもまだ例が少ないです。奴ら、事件を起こすときは起こします」

袋田管理官が口出しする。

「君たち暴力団対策課は暇なのだろうが、十年前に組員だったからといって抗争だと決めつけられちゃ困る」

「抗争と決めつけていませんし、私たちは暇ではありません！」

「藪さん、もう暴力団員が暴れる時代は終わったの」

浜名管理官は、藪に同情しているようだ。

「いまどきの脅威は、在日ベトナム人に代表される不良外国人です。基本的に彼らは真面目だけれど、人数が増えれば増えるほど不良化するのも出てきて集合し組織化する。これはうちの案件です」

「まあ放火殺人未遂と見て間違いないでしょうから、我々がきっちり証拠を上げてきますよ」

二人の管理官がまとめてしまった。

暴力団対策課からは、第一暴力犯捜査の捜査員が二十人も集まっていたが、浜名管理官が命令する。

「暴力団絡みの線に二十人もいらないでしょう。半分は国際対策課を手伝ってください。ベトナム人留学生だけでなく、技能実習生の方にも聞き込みを広げたいんです」

「そんな、ちょっと待ってくださ――」

藪の反論を、袋田管理官が遮った。

「うちはナシ割りの人数が足りないんだ。なにせ爆破で百メートル圏内に物証が飛び散っている。一軒一軒の敷地内に入って物証を拾ってきてほしい。十人は欲しいな」

「そんなに割り振ったら暴力団関係の捜査をする人員がいなくなります！」

「本筋ではない、万が一の捜査だよ。君と、隣の女の子の二人でやったらどうだ」

マル暴刑事に向かって、『女の子』だと⁉

誓はこらえていたが、もう我慢できない。ぎろりと袋田管理官を睨みつけ、立ち上がりかけた。藪に肩を押されて強引に座らされる。

「解散！」

男たちが散らばっていく。藪に背を突かれる。

「ここでブチ切れるのはまだ早い」

「でも――」

「この捜査本部には乗鞍がいない。あんたが問題を起こしたときに味方してくれる幹部がいないんだよ」

誓は深くため息をつき、怒りをやり過ごす。

「ったく、もしかしてキレやすい性格？」

とにかく、と藪が手を叩く。

「捜査本部の主流からはだいぶ外された上に部下も持ってかれちゃったけど、捜査をするなとは言われていない」

誓は大きく頷いた。

「小林和也が本庄会を破門されたあと、なにをやっていたか。徹底的に調べましょう」


藪と誓は渋谷警察署の捜査本部から、警視庁本部の暴力団対策課のデスクに戻った。

「まずは山口県警ですよね。もう少し本庄会や小林のことを調べないと――」

誓は受話器をあげたが、藪が「ちょっと待ってな」と言い残してどこかへ行ってしまった。上座の席から乗鞍がやってくる。

「五階の管理官から聞いた」

『五階』とは、国際犯罪対策課のことだ。

「暴力団の捜査はお前ら二人だけだって？　藪がまたなにか上層部を怒らせるようなことをしたんじゃないのか」

「藪さんはなにもしてませんよ」

「じゃ、お前かな」

乗鞍は苦笑いで立ち去った。藪がホワイトボードを引っ張ってきた。

「さて。誓ちゃんは出戻りで知識が欠けているところがあると思う。小林はもともと吉竹組系の組員だったことだし、まずは吉竹組分裂のいきさつから復習しよう」

いきなり「誓ちゃん」と呼ばれたが、流した。

「まず吉竹組の歴史から」

藪はホワイトボードに『吉竹組』と書いた。

「テキヤ系の暴力団でしたよね。戦後、大阪駅前の闇市で暗躍したのが始まりです」

暴力団は博徒系とテキヤ系、愚連隊の、大まかに三種類に分けられる。博徒系は賭博場を開き、テキヤ系は祭りなどで屋台を出してシノギを稼ぐ。愚連隊は地域の不良が集団化し暴力団組織になったものだ。

「初代の名前はもちろん、知っているわよね」

「吉竹常春《つねはる》ですね。昭和五十年に九十八歳で亡くなるまで吉竹組を大きくしていき、初代のうちに西日本を制覇するほどのカリスマだった」

全て誓が話してしまったから、藪はすぐ次に進む。

「二代目だけど――」

「飛ばしていいんじゃないですか。ボンクラで九州の一部勢力を地元の暴力団に奪われています」

二代目は吉竹常春の長男だった。暴力団の跡目では血縁は重視されない。二代目はすぐに交代させられ、数年のうちに三代目が誕生した。

「三代目は北九州を取り戻そうとして積極的に抗争に入ったのが仇《あだ》になったね。組長就任から三年目で射殺されている」

　分裂前に吉竹組は全国制覇を成し遂げたが、北九州地域だけは手付かずだ。

「二代目、三代目の時代が吉竹組にとっては暗黒時代でしょうか」

　昭和五十年から平成元年にかけてだ。

「四代目が経済ヤクザの走りだった。バブル景気もあって、地上げ屋を不動産業界に、総会屋を企業に送り込んで、シノギを広げていった」

　金があれば暴力団も勢いがつく。東日本に手を付け始め、金と暴力で地元のヤクザたちを傘下に収めていった。

「四代目就任から十年目の平成十年、全国制覇を成し遂げて日本一の暴力団になりあがった」

　四代目は豊原裕久《とよはらひろひさ》という。

　豊原が重宝していたのが、若頭の泉勝《いずみまさる》だ。現在は分裂した関東吉竹組の組長に成り上がっている。

「泉勝も経済ヤクザだね。総会屋としてあちこちの企業買収に関わってシノギを取っていった。噂によると、四代目の豊原が泉に金を持たせて米国にやり、どっかの大学のＭＢＡを取得させたとかなんとか」

　豊原が脳梗塞で倒れ、右半身不随となると、跡目問題が浮上した。令和元年のことだ。

　自分で言葉を記せるうちにと、豊原は慣れない左手で遺言書をしたためた。

「この遺言書で、吉竹組に激震が走った」

　藪が遺言書のコピーを見せてくれた。利き手ではない左手だからだろうが、みみずが這ったような文字だ。筆跡鑑定はできない。

「本当に本人が書いたのか、疑念を抱かれても仕方がないですね」

五代目組長に指名されていたのが、若頭で信頼の厚かった泉ではなく、若頭補佐の一人だった矢島勇《やじまいさむ》という組員だったからだ。

「さあ、ここで矢島勇が初登場。こいつはおさらいしておかないとね」

誓はしっかり答える。

「矢島勇は吉竹組の直系団体、矢島総業の組長ですね」

和歌山県に本部がある。

「彼の大きな特徴と言えば――」

藪と声が揃う。

「一卵性双生児」

同じ顔、同じ声、同じ体格の人間がもう一人いる。勇より一分あとに生まれた弟、矢島進《すすむ》だ。

この弟も暴力団員だ。同じＤＮＡを持つ暴力団員が二人いることになる。

「いろんなヤクザを見てきたが、この二人ほど面白い経歴を持ったのはいないからな」

乗鞍が話に入ってきた。この道二十年のベテランだ。暴力団員の話になったらつい血が騒いでしまうのだろう。誓もその気持ちがよくわかる。

「私、実話系雑誌編集部から発売された矢島兄弟の写真集を見たことありますよ」

藪と乗鞍が目を丸くし、誓に食いついてきた。

「確か発売は二十年近く前よ」

「俺も読んでみたくて古本屋やネットで常々探しているんだが――」

発売当初、双子の兄弟はさほど有名ではなかった。写真集は関係者が買い占めたらしいが、吉竹組の跡目問題で矢島兄弟が有名になるとプレミアがついた。いまでは一冊十万円で取引されているという。

「父が普通に本屋で買ってきたんですよ。芸能人気取りでこんなもの出しやがってって。出版社にいくら金を積んだんだとも言っていました」

　誓が興味を引かれてページを捲ったのは、小学校高学年くらいのことだ。和服に身を包み、矢島総業の代紋をつけて並ぶ二人の姿はまるで合わせ鏡のようだった。扇子を持つ指の爪の形まで同じだった。

〝我々は一心同体〟

　インタビューページの中にそんな見出しが出ていたのを、誓は覚えている。

　二人は和歌山市内にある虎伏《とらふす》神社の神主の息子として生まれた。

「同じ小中学校を卒業したあと、二人は道をたがえているんだよな」

　頭がよかった勇は地元の進学校へいった。腕っぷしが強かった進は中学校時代に隣の中学校の不良を半殺しにし、鑑別所行きになっていた。一年で出てきたが進学せず、地元を離れた。保護司の紹介で京都の建築業者に弟子入りし、とび職人として親方からどやされながら修業していた。

〝いつかあの親方バラしてまえって、毎日思うてましたね。まだ十七のころですわ〟

　インタビュー記事の中で誓がよく覚えている言葉だ。『バラす』がわからず、父に訊いたのだ。

〝バラすってぇのはな、殺してバラバラに引き裂いたるっちゅう意味や〟

〝こわーい〟

〝怖いのう〟

父はぼかしたりごまかしたりせず、なんでも話すタイプだった。「子供相手になに言うてんの」と母によく叱られていた。

藪と乗鞍は兄の勇の進学後について話す。

「高校卒業後、大阪の私大に入学した勇は、財テクサークルを立ち上げた」

ねずみ講のシステムを用いてノウハウを販売、二千万円以上を売り上げた。学校で問題視されると警察の捜査も入り、勇は詐欺罪で逮捕されて退学した。証拠不十分で不起訴処分となったが、大阪府警の留置所に一か月近く勾留されていた。

ここで、殺人罪で逮捕勾留されていた西《にし》組という独立系暴力団の組長と知り合っている。その組長、西《にし》アキラは金銭トラブルで、三人を殺害していた。すでに死刑執行済みだ。勇は釈放後、西アキラに組の財政の面倒を見てほしいと頼まれ、西組に出入りするようになった。様々なシノギを提案して西組の再建に一役買い、二代目と親子盃を交わして正式な組員になった。潰れかけていた西組系列の運送会社の若社長に就任する。二年後、この会社は矢島総業と名前を変えた。

矢島総業が順風満帆に成長していたあるとき、勇は西組の二代目に頼まれて、冷凍トラックを京都の建築会社にやることになった。西組のフロント企業の下請けの一つだ。偶然その日はあいている運転手がおらず、勇が自ら冷凍トラックのハンドルを握り、京都に向かった。

運んでほしいものを見せられた勇は仰天する。この建築会社の親方の死体だった。角材で頭部を殴打され、見るも無残な姿だった。

死体を遺棄するため、冷凍車の配車を頼まれたのだ。

親方殺害犯は社員たちに取り押さえられていた。制裁を受けて人相が変わり果てていたが、勇には、それが十五で生き別れになっていた、双子の弟の進だとすぐにわかった。

なんという巡りあわせか。勇が金を積み、弟の親方殺しの許しを乞うとあっさり認められた。

親方は横暴で皆も辟易していたらしい。勇は進ごと死体も引きうけて和歌山に帰った。

〝俺が死体を隠したるからな。これからは一緒に働こうや〟

〝ありがとう、兄貴。俺がんばるで〟

兄弟は和歌山県と奈良県の県境にある険しい山中に遺体を埋めたが、半年後、土砂災害が起こり遺骨が発見されてしまう。警察の執念の捜査で、矢島兄弟は逮捕された。

勇は死体遺棄と犯人蔵匿罪で懲役六年、進は殺人罪等で十年を食らった。進の刑が比較的軽かったのは、十代のころから被害者に暴力を受けてきたことが認定されたからだ。

かくして双子は別々の刑務所で服役することになり、またしても離れ離れになった。

気が付けば、乗鞍がひとりで双子のヤクザの生い立ちについて語っている。まるで講談みたいだ。

「ここでまた奇遇なことが起こるんだ。これが双子の奇跡がなせるわざというのかな」

出所したのが全く同じ日だったらしい。

「懲役期間が全然違うのに、なんでよ」

「勇は滋賀刑務所で受刑者相手に詐欺を働いて物品を横領していたんだよ。それで懲罰を食らって刑期が一年ほどのびた」

一方の進は模範囚として過ごし、施設内で介護ヘルパーの資格を取った。老齢受刑者の介護を担当していたらしい。仮出所が認められ、七年で出てきたのだ。

全く同じ日に和歌山の実家に戻って来た二人は〝虎伏神社の神様の思し召し、二度と離れはせん〟と共に生きていく決意をした。

二人は矢島総業を、勇の頭脳と進の腕力で大きくしていった。上部団体の西組を傘下に収めるまで成長し、吉竹組の直系団体になった。ちょうど、四代目豊原裕久が東日本制覇を進めていたころだ。進は積極的に抗争に参加して手柄を上げた。勇の悪巧みで稼いだ金で上納金をはずみ、吉竹組の中で矢島総業はめきめきと頭角を現した。

やがて勇は吉竹組の若頭補佐に抜擢された。

「双子の歴史はここまで。吉竹組分裂の序曲にすぎない」

藪が手を叩いた。

「序曲にしては壮大なシンフォニーだった気がします。すごい存在感ですね、この双子のヤクザ」

誓はそんな大きな話が掲載されているとは知らず、小学生のときに件の写真集で二人の間違い探しをして遊んだ。勇は右目の下に泣きぼくろがあり、進は同じ位置に切り傷があった。勇は眉間の皺が二本だが、進は一本だ。この程度しか違いは見つけられなかった。

「勇は相当悪知恵が働くタイプですよね。吉竹組四代目が書いたという遺言も怪しいです」

「真偽のほどはいまでも議論になっている。なにせ豊原が言葉を発せぬまま亡くなってしまったからな」

豊原の呼吸が止まる前日、跡目についての幹部会が開かれる予定だった。遺言について豊原本人に質すためだ。

だが前日になって若頭補佐の一人が自殺体で発見され、幹部会は先送りになった。その翌日に豊原の呼吸が止まった。東京にいた泉は新幹線に乗るため品川駅に向かっていたが、交通事故に巻き込まれて頸椎を損傷し、入院している。このとき、居眠り運転で泉の車に突っ込んでいったのが、和歌山ナンバーのトラックだった。乗鞍がため息をつく。

「この件、矢島総業が絡んでいるに違いないと睨んだんだがな」

運転手と矢島総業の関係を暴くことはできなかった。

組長の遺言に疑義を示していた若頭補佐は自殺した。跡目候補のナンバーワンとされていた泉が入院して身動きが取れない中、豊原組長は亡くなった。

矢島勇はまんまと、日本一の暴力団、吉竹組の組長の座に収まった。

「ここまでならまだ、吉竹組が分裂するほどにはならなかっただろうに」

乗鞍が言った。藪も肩をすくめる。

「欲が出たんだよ、きっと」

勇が信じがたい暴挙に出た。弟の進を吉竹組の若頭にしようとしたのだ。

「これは他の組員から反発が出ますよね」

トップの組長とナンバー２の若頭は別々の団体から出すものだ。勇が組長の座についたら、矢島総業の構成員は誰も吉竹組の幹部にはなれないのだ。乗鞍も頷く。

「吉竹組の幹部連中から猛反発が起きたのは言うまでもない。勇はあっさり引き下がり、なぜか東北で傾きかけていた仙台牛島《うしじま》会の組長を若頭に据えた」

　これで、五代目吉竹組は体制を整えて船出かと思いきや――。

〝我らは一卵性双生児、一心同体や。進なしでは自分はどうにもならん〟

　突如、勇がそんなことを言い出した。

〝わしは組長やから、次の組長の指名もできる。つまり、もうひとりの組長を指名することもできるっちゅうわけや〟

　前代未聞の二人組長体制を発表したのだ。

「暴力団は疑似親子関係で成り立っている。組員たちは組長を親として盃を交わし、忠誠を誓う。親が二人なんて見たことも聞いたこともない」

　藪が吐き捨てるように言った。

　だが勇は進を組長に指名し、『勇進体制』として五代目吉竹組を宣言した。

　やがては〝組長が二人やさかい、上納金も二倍や〟と下部団体を締め付け始めた。直系の団体を経済的に搾り上げ力を失わせる狙いがあったようだ。吉竹組内部は混迷を極め、毎日のようにクーデターの噂が聞こえた。

「しかも、クーデターを企てたとされる幹部が次々と行方不明になっている」

　乗鞍が指折り数える。山形県のみちのく立身《りつしん》会の会長や、新潟の源《みなもと》組の組長だ。栃木県の黒《くろ》土《ど》一家についても組長だけでなく、その妻や娘までもが行方不明になっている。恐らくもう死んでいるだろう。

「暴力団は犯罪を見せてナンボ、目立ってナンボだ。死体を出さない暴力団の抗争など、二十年前まではありえなかったがなぁ」

乗鞍が嘆く。

「それが勇の悪知恵の働くところでしょう。警察に抗争とは見せない。死体があがらなきゃ警察は動けないもの」

栃木の黒土組長一家失踪事件が、泉を激怒させた。泉と舎弟関係にあったのだ。泉は仲間を引き連れ、反旗を翻す。

「去年の四月一日、関東吉竹組がうぶ声を上げたというわけですね」

賢治の銃撃のちょうど一年前のことだ。

藪が持ってきたホワイトボードは文字情報で一杯になっていた。暴力団の名前があちこちに書かれ、点線や実線、二重線で繋がれる。○や×がつけられて友好関係を記される。

「小林の件で管内の吉竹組系列の組に聴取くらいはできそうね。これを入口に、本家と関東の抗争の糸口をつかめるかもしれない」

藪の目がきらりと光った。


六本木の泉ビルヂングの前で車を停めた。賢治が銃撃された日以来、誓は四か月ぶりにやってきた。藪とエレベーターに乗る。

「そうだ。あんた、賢治の銃撃のときにここに乗り込んでいるんだったね」

「泉組長には会っていません。私がどやしたのは向島本人だけです」

「よくもヤクザをどやせるよねぇ。たとえ元マル暴であってもさ」

「藪さんも結婚すればわかりますよ。配偶者を銃撃される衝撃が」

「普通の奥様なら、夫が銃撃されたと聞いて半分以上がひっそりと喜ぶんじゃないの」

誓はびっくりしてしまう。

「一体それのどこが一般的なんですか。よっぽど険悪な夫婦しか見ていないんですね」

「あんたらの夫婦関係の方がいびつだと思うけどねー。夫は妻にプレゼント攻勢。妻は夫が銃撃されたら相手が誰であろうと嚙みつく」

「どこがいびつなんですか」

藪は意味ありげな顔をしただけだった。

六階に到着する。エレベーターを降りて関東吉竹組の扉の前に立った。インターホンを押す。扉を開けたのは下部団体の若い衆のようだ。女二人組の訪問に困惑している。警察手帳を示すと、嫌な顔をした。

「誰か話の分かる偉い人はいる？」

「お待ちください。あ、もうちょっと下がって」

若い組員はしっしと手で追っ払うように、藪と誓を後ろに下がらせた。腰をかがめ、扉の枠を指さす。

「この銀色の枠から先には入らないでください。暴力団事務所は女人禁制です」

「あのね、坊や。君はどこの組からここに来てるの」

藪は母親みたいな口調になった。

「愛媛の曹仁《そうじん》会や。なんか文句あっか」

若者が乱暴に嚙みつく。

「愛媛県警には女のマル暴刑事がいないのかもしれないけど、警視庁にはどっさりいるの。女人禁制なんか二十年前の話よ」

若者は口を尖らせ扉を閉めてしまった。

「これだからでかい組に聴取に行くのはいやなのよねー」

藪がため息をつきながら待つ。組が大きくなればなるほど、全国から系列の組員が警備や雑用のために上京してくる。地方から出てきた組員は女性マル暴刑事に慣れていないから、門前払いを食らうことが多いのだ。

「もし入れてもらえなかったらどうするんですか」

「いつもなら相棒が男だからね。乗鞍のときは、私だけ外で待たされた。賢治のときは説得してくれたよ」

「私も女だから説得力ないかも」

「なら、誓ちゃんみたいに怒鳴り込む？」

扉が開いた。さっきの若いあんちゃんだ。

「どうぞ。親分が話を聞くそうです」

泉と直接話せるのか。誓は心拍数があがる。

組長室に通された。四か月前、向島が通せんぼしていた重厚な扉を、今日は若い衆が開けて、中に藪と誓を通す。

応接室よりも広い、二十畳近くありそうな部屋だった。泉組長は窓を背に、執務デスクに座ってこちらを見ていた。

上下鼠色のスーツを着て、赤いネクタイをしめていた。銀縁の眼鏡をかけていたが、向島がかけていたような色付きのものではない。中分けの髪形で額に大仏様のような大きなほくろがあったが、目つきが鋭いので慈悲深くは見えない。

藪が名乗ろうとしたら、泉が傍らに設置されたモニターをくるりとこちらに向けた。

事務所の入口が映っている。組が私的につけた防犯カメラの映像だろう。泉は無言で映像を巻き戻し、藪と誓が映っている場面で一時停止した。キーボードを操作し始めた。

「これでキャプチャ。これで拡大」

モニターに、誓の顔を拡大して見せた。スマホの画面も見せられた。

「これは私が四月一日以降、スマホの待ち受け画面にしていたもの」

誓が映った防犯カメラの映像だった。四月一日に怒鳴り込んだときのものだ。誓は官舎の奥様方と銀座でランチをしていたので、桃色のワンピースを着ていた。

「マル暴の妻だかなんだか知らないけど礼儀知らずで不法侵入。見つけたらおしおきしてやろうと思ってね。顔を忘れないように、待ち受けにしておいた」

誓は反応に困った
「藪さん、なんで連れてきたの」

泉と藪は初対面ではないようだ。

「スーツ着せてるってことは、四か月も経って謝罪に来させたということ？」

「いえ。彼女もマル暴になったので」

腕を肘でつつかれた。自己紹介しろということらしい。

「警視庁組織犯罪対策部、暴力団対策課の仲野誓巡査部長です」

腰を十五度曲げて頭を下げた。

「ご主人の仇討ちかい？　たったの四か月でマル暴刑事になれるの」

「彼女、結婚前もマル暴刑事だったんです。再採用」

「ああ、そういうこと」

つまらなそうに泉はつぶやき、スマホの画像を目の前で削除した。

「いや、向島に言われたのよ。待ち受けにしているのは気持ち悪いですよ、って」

泉は愉快そうに笑ったが、目は怒っているように見える。誓は頭を下げた。

「その節はお騒がせしました」

「で？　例の銃撃事件の件ですか。何度も言っていますけど、花岡亭などというヤクザのことを私は知りませんよ」

泉は言いながら立ち上がり、応接ソファに向かう。大理石のテーブルには大きなガラスの器があった。あふれんばかりに南国のフルーツが盛られている。甘い香りが漂ってきた。

泉は藪と誓にソファに座るように勧め、若い衆には茶を持ってくるように命令した。

藪がソファに座るなり、小林和也の免許証写真を示した。

「この男をご存じですか。小林和也」

手に取った泉は即答する。

「さあ。知りませんね。初めて見ました」

「十年前まで、旧吉竹組の組員でした」

「吉竹組のどちら？」

「下関の本庄会です」

「本庄会？　知らないなぁ。下関ってことは山口の方ですか」

そんな本州のすみっこのヤクザ、と鼻で笑う。

「吉竹組で幹部に登用されていたら別ですが、年齢的にそれはなさそうですし」

「ええ。小林は四十五歳です」

旧吉竹組の幹部は最年少が向島で、若頭補佐だった。登用当時は四十三歳。八人いた若頭補佐のうち、最年長は八十歳で幹部の平均年齢は六十五歳だった。向島の四十代での抜擢は異例だったが、組が分裂して以降は独立したので、その座も消えた。

「で、その小林某がどうしたんですか」

「小林の住居で放火がありました。昨日の渋谷の事件です」

「ああ、あれ。テロではないかとワイドショーのレポーターが興奮していましたが」

「小林個人を狙った殺人事件の疑いがあります。現場にはかなりの量の小林の血痕が残っていました。輸血が必要な量です。恐らくもうこの世にいないかと」

泉が片眉を上げた。

「藪さんの話しぶりからするに、小林の死体はまだ上がっていないということですか」

「ええ。現場は放火され、家庭用のガスボンベ五十本に引火して近隣を巻き込む爆発を起こしました。小林は肉片ひとつ見つかっていません」

泉は「肉片」と繰り返し、笑った。

「小林はもともと旧吉竹組系列の暴力団員でした。吉竹組は、分裂騒動まっただ中です。抗争の一端であるとも考えられるため、泉さんのところに参った次第です」

「先ほども言いました。下関のヤクザのことなど知りません。私は東京の人間ですから」

「わかりました。それは関東吉竹組の総意ということでよろしいですか」

「そこまで風呂敷を広げてもらっちゃ困ります。なにせ我々関東吉竹組は全国区です。構成員は二千三百七十八名、下部団体は二十一に及びます」

「ならばこの顔写真を下の者に流して情報提供を願えませんか」

「お断りします。我々にはあなた方に協力する義理はない」

誓はいよいよ、口を挟む。

「ところで、向島一家の総長がこちらに足しげく通っていらっしゃるようですが」

小林の件で向島一家はいまのところ無関係だが、この場所に来たからには訊かずにはいられない。

「向島一家は独立系、盃も交わしていない。なぜ向島はこちらに通い詰めているのでしょう。しかも私がここへ来たときは、愛犬も一緒でした」

あのドーベルマンは向島が自宅で飼っているものだ。わざわざ連れて来たことになる。

「あなたは犬派ですか。猫派ですか」

泉から唐突に訊かれたが、答えは求められなかった。

「私も向島も犬派なんですよ。私は自宅にトイプードルを三匹飼っていましてね。娘たちはすっかり成長してハグもキスもNG。そんなことしたらパパは変態扱いですからね。しかしわんこたちは違う。何歳になってもしっぽを振ってお腹を見せて、さわってくれと甘えてきますからね」

あ、と泉はニヤッと笑った。

「お二人には子育て経験がなかったんでしたっけ。それなら子供の手が離れたときの寂しさはわからないだろうな。藪さんは独身、仲野さんのところはご主人が例の銃撃事件で男性機能を失ったという話じゃないですか」

誓は拳を握り、泉に飛びかかりかけていた。藪に羽交い絞めにされてつんのめり、我に返る。

泉はニタニタ笑っている。

「女なのに血の気が多いねえ。藪さん、再採用とはいえ、ちゃんと教育しないと」

「ごめんなさい。もう失礼します」

藪に首根っこをつかまれた。泉がしつこく挑発してくる。

「ご主人、命中した弾がキンタマぶち抜いたんでしょう。若いのに、かわいそうにね。奥さんは女ざかりの二十八。この先、夜が寂しいですね。うちの二次団体の系列が女性専用風俗をやってましてね。紹介しますよ」

誓はもう一度泉に飛びかかりかけて、藪に頬をひっぱたかれた。

誓は泉ビルヂングのすぐ近くにある公園のベンチで待たされた。都心にあるコンパクトな公園ながら、よちよち歩きの子供を連れたママさんたちが何人もいた。

藪が紙袋を下げて戻ってきた。クリームたっぷりのアイスカフェモカだった。

「私、甘いの苦手なんですけど」

「ならこう使いな」

水滴のついたカフェモカのカップを、藪は誓の頬に押し付けた。藪がひっぱたいたところだ。もう痛くはない。

藪がストローの先でクリームを不器用にすくって口に入れながら、ぶつぶつ言う。

「泉と接触するのはこれ以上は難しそうだね。素人の女に事務所を荒らされたことを、泉は根に持っている」

「ちっちぇー男」

誓は悪態をついて、トートバッグからシガーケースを出した。煙草を口にくわえて火をつける。

「煙草、吸うんだ」

「いけませんか」

「別にいいけど。そうカッカしないで」

藪はにぎやかな公園を眺める。

「私達は、女だ」

改めて放たれた藪の言葉は、重い。

「男のマル暴だと許されるのに、私たちだと猛烈な反感を買うことがあると肝に銘じておいて。男がプライド踏みにじるのと、女が踏みにじるのは種類が違うんだ」

　誓は一分で一本目を吸い終え、携帯用灰皿に詰めた。二本目に火をつける。

「わあ、チェーンスモーカーだったの」

「夫の睾丸は無事ですよ。三発目は膀胱に命中しただけで、陰茎もちゃんとついてます」

「元相棒の下の話はいいよ、想像しちゃう」

「でも射精はできないんです。精子を作れても、精子の通り道が銃弾で途切れて再建できなかった。そもそも脊髄をやられているから、勃起しないし」

　藪はなにも言わなかった。

「泉のやつ。どっから夫の情報を手に入れたんでしょう」

「ヤクザの情報収集能力は侮れないよ。諜報部隊を持っている組もいる。敵対するヤクザや担当マル暴刑事の秘密を集めるんだ。金と暴力で相手の首根っこをつかむためにね」

　気をつけな、と肩を叩かれる。

「痛いところをつつかれて闇落ちした刑事を山ほど見てきているから」


　誓は藪と昼食を挟み、葛飾区にある本家吉竹組系の二次団体、箕面《みのお》組を訪ねた。荒川沿いの雑居ビルに本部があった。

　窓から東京スカイツリーがよく見える。若頭の野原三郎《のはらさぶろう》が対応した。小林の顔写真を見てもぴんと来ていない様子だった。

「ここ、眺めがいいですね」

　誓は窓辺に立ち、祖父ほど年の離れた野原に声をかけた。ここの組長は九十一歳、野原は八十五歳だ。暴力団も組によっては高齢化が激しい。茶を出したのは六十くらいの禿げた男だった。

「荒川が流れているので、建物に遮られませんからね。晴れた日には東京スカイツリーと東京タワーのコラボが見られますよ」

なんだか下町の自治会長としゃべっているみたいだった。

「あの東京スカイツリーのたもとには、向島一家がいますね。かつては同系列だった」

「向島君、いまは中立を保っているらしいね。うちは小さな組で最年少が六十五歳の高齢者だ。敵対する元気もないから、いまも本家のままだけど……」

やはり、双子の組長体制には違和感を持っているようだ。口には出さなかった。

「向島春刀は関東吉竹組や本家吉竹組の総本部にまめに出入りしているようですが、なにが起こっているかご存じですか」

「本家も関東も向島が欲しいってことでしょう。特に関東の方は喉から手が出るほどだとは思うな」

「というと?」

「向島は先代に気に入られていたからね」

四代目、豊原裕久のことだろう。

「まだ四十そこそこで、日本一の任侠団体の若頭補佐に名前を連ねたくらいだからさ。勇親分と進親分を例にとるとわかりやすいよ」

勇は頭脳派、進は武闘派だ。

「二人は一心同体で最強ってことなんだろうけど、向島は頭もいいし腕っぷしも強い。真面目で大人しく、一人で二人分働く」

　誓は首を傾げた。

「左腕がないのに？　暴力行為に出るには無理がありそうですけど」

　野原はちらりと口角を上げた。目に鋭い光が宿る。銃器を使うということかもしれないが、刑事には言わないだろう。

「関東吉竹組はいまのところ数で劣っているけど、向島一家を傘下に収められたら本家と五分五分くらいになれるだろうしね」

「向島一家は構成員八十人ですよ。足しても本家の八千人には遠く及びません。さほどに、ですか」

「さほどに恐れられているのさ」

　野原はニコニコと茶をすするが、核心に迫ることは言わない。

「向島は義理堅いところがあるから、本家を足蹴にはできない。でもいざとなったら勇進体制には牙をむくかもしれない。なにせやつは任侠道原理主義者ですから」

　任侠道は本来、弱きを助け強きをくじく。弱者のため社会のために貢献することを説くものだ。

「向島が、親が二人いるような組と盃を交わすとは思えないね。まあ我々としちゃ、このまま共存共栄、向島一家は独立。これでいいんじゃないのとは思うけど」

　藪が質問する。

「箕面組は地理的に向島一家から最も近い本家吉竹組系列の組です。本家から向島一家にカチコめと言われたらどうしますか」

「藪さんて、言ったか」

高齢のヤクザは初めて声にドスをきかせ、前のめりになった。

「今日はなにしにきた。渋谷の爆破事件、小林某ってぇのを調べに来たんだろう。吉竹組の分裂のことは関係ねぇや。俺にもしゃべらなきゃなんない義理はないはずだ」

追っ払われた。

昔気質のヤクザほど、ぺらぺらと嘘はつかない。野原ら箕面組は大親分にやれと言われたらカチコミにいくということだ。

「吉竹組の抗争勃発のカウントダウン、始まっていそうですね」

「いずれにせよ、小林の情報がどこからも出てこないね」

管内には本家と関東吉竹組系列の二次団体が八つある。二日かけて回ったが、うち四つが「警察なんか入れてたまるか、フダ持ってこい」と門前払いだった。警察に協力的な組織もあるが、情報が欲しいので友好的に振る舞う組織、徹底的に敵対する組織もいて、様々だ。

そのほとんどが二十三区内にあったが、東京都の西のはずれにある八王子市内に、八王子双《そう》竜《りゅう》会という関東吉竹組系の二次団体があった。最後に回ったので、八王子に着くころには二十時になっていた。ＪＲ八王子駅周辺は東京都西部で屈指の歓楽街だ。八王子双竜会の入る雑居ビルは七階建てで、一階から六階まで全て風俗店か飲食店だった。一階はラーメン屋だ。

「腹ごしらえしてこうか」

藪が二郎系と言われるこってり大盛りのラーメン屋ののれんをくぐった。カウンターで麺に食らいついているのは男ばかりだ。誓はミニサイズを注文したが少し残してしまった。胸やけがする。藪に「一本吸わせてください」と拝んで、店の前の灰皿に集う男たちに交ざった。

隣で煙草をくわえながらスマホを見ていた金髪の男が、ちらちらと誓を見てくる。女性の喫煙者は少数だし、上下黒の地味なパンツスーツを着ているので、珍しいのだろうか。

藪と共に小さなエレベーターに乗った。八王子双竜会が入るフロアで降りた。自動扉に『ドラゴンファイナンス』と記されている。フロント企業は金貸しをしているようだ。もう二十時を過ぎているが、消費者金融は昼よりも夜の方が客が多い。にぎわっていた。

銀行員みたいな恰好をした女性職員に警察手帳を見せた。彼女は慣れた様子で、職員専用の扉に藪と誓を引き入れた。

「警察さんですー」

更に奥にある扉に女性は声をかけた。女性は茶を出してから、窓口に戻っていった。事務所の中はソファセットとテーブル、壁際に2ドアの冷蔵庫があった。紫色の胡蝶蘭の鉢植えが壁際に三つ並んでいる。

二人の若い衆をボディガードのように引き連れて出てきたのは、喫煙所で誓をじろじろ見ていた金髪の男だ。アロハシャツにハーフパンツながら、金髪の頭をオールバックにしている。夫と同年代くらいだろうか。屈強な体つきをした色男だった。

「うわー藪さん、ニンニクくさいよ」

男は軽く笑った。誓には名刺を出す。八王子双竜会の若頭補佐、『海竜将《かいりゅうしょう》』とあった。バカっぽい通称だが、口には出さない。

「下で食ってきたでしょ、藪さん」

「だめ？　八王子に来たら絶対に行くべき店でしょ」

「今日は新人さんを連れてるの」

海竜が目を細め、まぶしそうに誓を見た。

「賢治が撃たれたからね」

誓は名刺を出して、名乗った。

「ふうん仲野……あれ、同じ苗字？」

「妻です」

海竜は沈黙した。目がみるみる赤くなっていく。

「ご主人、一時期うちを担当していたからね。まあ、どつき合ったことがなくはないけども……。いまはどうなんですか」

海竜の容体を尋ねる言葉に嗚咽が交じっていた。リハビリの真っ最中です、とだけ答えた。

「あ、これ食べます？　知り合いがうまいのをくれたんです」

海竜は冷蔵庫をあけて、マンゴーを出した。どうやってむくんだろう、と首を傾げながら、誓に見せる。

「手でむいて食べるんですかね」

ちょっとかわいいヤクザだ。誓は海竜の気遣いに礼を言い、夫の話を終わりにした。

「今日は就任のご挨拶ですか」

「いや。この男を知っている？　小林和也」

藪が免許証写真を出した。

「小林和也……。いやあ、知らないです」

「十年前まで、分裂前の旧吉竹組系本庄会のヤクザでした。破門されています。本庄会はその五年後に解散していて、情報がないんです」

本部が下関であると伝えると、海竜の目がきらりと光った。

「ああ、下関の本庄会か」

誓は前のめりになる。藪もだ。海竜は不思議そうな顔だ。

「笹の代紋を背負っている人間で本庄会を知らないのはいないですよ」

これまで都内の七つの団体を聴取してきたが、本庄会についてはみな知らぬ存ぜぬだった。藪と誓の反応を見て「やべ」と海竜は口を押さえた。

「言っちゃいけなかったやつかも」

藪は身を乗り出した。

「ここまで来たら言っちゃおうよ。海竜君」

藪は懐から、小さな白いチケットを出した。下のラーメン屋の食券だ。あまりに高額だと利益供与となるので気を付けなくてはならないが、よく見ると、大盛り券だった。たったの百円だ。

「うーん。本庄会ねぇ」

藪が更に食券を出す。追い飯のチケットだ。これも百円だった。

「俺さ、炭水化物抜いてんのよ。麺も最近は少なめで、追い飯も我慢してんの」

「ならタンパク質を取らなきゃー」

藪は百円の煮卵のトッピング券を出した。海竜は結局全ての食券を懐に入れた。

「お二人、下関の地理がわかるかな。関門海峡がある。対岸に北九州が見えるんですよ」

「海峡は最狭部で五百メートルしかないんですね」

誓はスマホで調べながら言った。

「そう。その地理関係からなにか導けない？　海の反対側は北九州市の門司《もじ》地区だ」

「吉竹組にとっては因縁の相手がいるね」

北九州を拠点とする国奉《こくほう》会だ。門司港の港湾荷役で大きくなった暴力団で、九州最強と言われている。初代吉竹組が西日本を制覇したときに、落とした地域を仕切っている。国奉会の縄張りだけは危険すぎて四代目吉竹組は手がつけられなかったと言われている。

「どうしても北九州を取り返したかった四代目が、海を挟んで本州側にいる本庄会にじゃぶじゃぶ金と人を送って、何度か関門海峡を渡らせたんだよ。船を使ってね」

だが国奉会によって何度も船を沈められた。関門海峡には本庄会の小型船が何隻も沈んでいるという。

「全部、プレジャーボートの単独事故として処理されてるよ」

海竜は肩をすくめた。

「本当は抗争だったんだけどね。関門海峡で銃弾が飛び交っていたなんて、福岡県警も山口県警も気づいてない。関門海峡に本庄会のヤクザが何人沈んでいるか」

「もしかして解散になったのは――」

「そう。死に過ぎちゃった」

小林もその抗争に参加していたのか、誓は尋ねた。

「してないはずはないよ。本庄会は、国奉会の会長が大事にしていた二億円するプレジャーボートを沈めたんだ。国奉会は激怒して本庄会を根絶やしにすると宣言したって話だ」

根絶やし――藪が繰り返した。

「解散していようが、破門にされていようが、東京まで逃げようが、本庄会の最後の一人まで追いかけるってね」

「以上です！」

藪の張り上げた声が、捜査本部に響き渡った。百人の捜査員たちは静まり返っている。国際犯罪対策課の浜名管理官は首を傾げている。捜査一課の袋田管理官がマイクを取った。

「で？　国奉会が本庄会の組員たちを地獄の果てまで追い詰めていたとして、その証拠は」

そんなもの、あるわけがない。

「ないのなら、その証言には根拠がない」

「しかし――」

「藪君。ここは放火殺人未遂事件の捜査本部です。証拠が第一。暴力団員の証言に重きを置いた捜査はしない」

「しかし、警察の知らぬところで本庄会と国奉会が抗争をしていたんですよ」

「それは山口県警と福岡県警の仕事でしょう。海の上での出来事というのなら、海上保安庁だ。もはや警察の仕事ではない」

浜名管理官が急かした。

「今日、うちの課から大きな報告があります。時間がないので、次にいきましょう」

今日も暴力団対策課は主人公になれない。ベトナム人を調べる国際犯罪対策課の刑事が立ち上がり、報告する。

「やはりベトナム人留学生たちはアルバイト先でも相当に搾取されているようです」

ケイズダイナーの工場は神奈川県相模原市の西部にあり、最寄り駅から離れている。ベトナム人たちは二十人乗りのマイクロバスで送迎されるそうだが、運賃まで取られていた。

「往復でひとり六百円も支払っているのです」

しかもベトナム人たちが工場に入ったのは二十三時前。出てきたのは七時過ぎだった。

「どう考えても八時間近く労働しています。日本語学校の授業中、ベトナム人たちは疲れ果てて居眠りばかりしています。教師はそれを見ても何も注意しないというありさまです」

藪が嫌味を挟む。

「だったら本人たちに、バイトばっかりしていないでしっかり勉強しなさいって叱ったらどうですか」

国際犯罪対策課の刑事は構わず続ける。

「留学生は週に二十八時間を超える労働は認められていません」

「なら入管に通報すればいいじゃん」

浜名管理官が「藪さん」とたしなめた。

「すでに和グループホールディングスがベトナム人留学生の住居費用をピンハネしていることが

わかっています。その上、違法就労を斡旋し、更に交通費までピンハネしている可能性が出てきたんですよ」

和グループホールディングスのトップ、小林を襲撃する動機になりうる。

「遠く離れた関門海峡の、十年以上前にあったかどうかも定かではない抗争よりも、ずっと重要な情報です」


渋谷警察署を出た。

「夕飯、今日はどこで食べますか。二郎系ラーメンは勘弁で」

誓は苦笑いで藪に声をかけた。藪は首を横に振る。

「誓ちゃんはもう帰りなよ。復帰初日からずーっと定時で帰ってないでしょ」

藪の気遣いに、誓は頭を下げた。

「賢治によろしくね。奥さんを初っ端から連れ回して悪かったって言っといて」

藪が署に引き返そうとした。

「管内の本家と関東吉竹組系暴力団の聞き込みは終えましたけど、向島一家はどうしますか」

誓は呼び止める。

「独立系とはなっていますが、旧吉竹組の直参だったことは間違いないし、向島総長は本家にも関東にも顔を出している。ちょっと気になりませんか」

「ただ、小林とは繋がるかな。本庄会との関連も出てきていないし」

「花岡と同じパターンかもしれません」

賢治を撃った花岡と小林は経歴が似ている気がするのだ。

どちらも旧吉竹組系列の暴力団組員だった。小林は下関の本庄会にいたが、破門されたうえ、本庄会は解散している。

花岡も旧吉竹組系列の暴力団、大山産業に籍を置いていたが、組は暴力団認定を解除され、いまは堅気の企業として活動している。現在は『ＯＫエコロジー』という会社に名前を変えて国からの認定も受けていた。賢治の銃撃事件を捜査している刑事たちが何度もＯＫエコロジーへ聴取に行っているが、暴力団構成員として認定されたヤクザはひとりもおらず、花岡を知っている従業員もひとりもいなかった。

「花岡は一時期食べていけず、向島一家を頼っています。ベトナム人に襲撃された小林も、いまはどこの組にも所属していないとしたら、親切な向島一家を頼って傷の手当とかしてもらっているかも」

藪は首を横に振る。

「向島一家には二十四時間三百六十五日、監視がついている。小林が来たら即、本部に連絡が入るんだよ」

たしなめられた。

「旦那の仇討ちで向島一家を叩きたいのはわかるけど、強引なこじつけはダメ」

東西線西葛西駅で下車し、官舎までの道をとぼとぼと歩く。潮のにおいがしてきた。都心では感じられない空気に、誓はほっとする。仕事に復帰してからは、姑とヘルパーが交互に賢治を見てくれていた。

『誓ちゃんが帰れるなら、お母さんは一旦帰りますね。夫婦水入らずで』

姑からメールが届いていた。姑は娘のように誓をかわいがってくれている。

「ただいまー」

おかえり、と嬉しそうな返事が聞こえてきた。夫はダイニングテーブルに座っていた。車椅子だ。官舎はエレベーターがないし室内は段差が多いので、バリアフリー住宅への引っ越しを計画している。テーブルの上には、建築会社や不動産会社のパンフレットが広げられていた。

テレビでは報道番組が流れていた。渋谷の爆破事件の続報だ。

「初日からずっと忙しかったね。誓は持ってるな」

賢治は車椅子から誓を見上げ、微笑んだ。

「誓がそんなに忙しくしているってことは、渋谷の件は暴力団絡みなの？　小林和也――ちょっと聞いたことがない名前だけど」

賢治は休職扱いになっている。刑事としての人生は絶たれたと言っていい。どの部署で復帰するのか、車椅子の賢治になにができるのか。賢治はリハビリに励みながら、将来を決めかねている。捜査情報を教えていいとは思えず、誓は流した。

「賢ちゃん、お昼はなにを食べた？」

「そうめんだよ。理学療法士の人とヘルパーさんと三人で、流しそうめんをしたんだ」

「へえ。おもしろそう」

賢治は週に五回、錦糸町リハビリセンターという民間施設に通っている。

「デイサービスにあったやつを持ってきてくれたんだ」

当初は大学病院のリハビリセンターへ誓が車で送迎していた。いま通っている錦糸町リハビリセンターは賢治が知人から紹介されたところだ。高齢者向けの介護デイサービス施設も兼ねているので、介護タクシーで迎えに来てくれる。ヘルパーは男性ばかりで、賢治と同年代だから話も合うらしい。

「渋谷の件、ネットメディアがベトナム人の仕業だとすっぱ抜いてたよ」

銃撃事件の話に戻った。賢治は聞きたくて仕方がないのだろう。警察はまだベトナム語の殺害予告があったことを記者発表していない。差別に繋がりやすいので、外国人犯罪の発表は取り扱いが慎重になる。

「昼がそうめんなら、揚げ物でも作ろうか」

テーブルの上を片付けようとして、賢治の腕が誓の腰に回ってきた。賢治は上半身の力は戻っている。リハビリでの歩行練習は上半身の筋肉頼みだ。車椅子のリールを回すのにも力がいるので、肩や腕まわりは銃撃事件以前よりも逞しくなっている。

「おかえり、誓」

賢治は誓のお腹に顔をうずめ、深呼吸した。

「ただいまって、さっき言ったよ」

誓は背を丸めて、夫の顔を抱きしめた。両乳房で顔を挟む格好になった。

「帰ってきていきなり誘うなよ」

夫はクスクス笑う。甘えるように誓の顔を見上げ、ブラウスのボタンを外し始めた。

「汗くさいよ。今日はたくさん歩いたから」

誓は賢治の膝の上に乗せられた。かつてもこんなふうによく夫の太腿の上に乗った。誓の尻を押し返すほど、賢治の大腿筋は弾力に溢れていた。いまは骨と皮だけでもろそうだ。

「どこの組を回ったの？」

賢治がブラウスの前ボタンを全部あけてしまった。ブラジャーをずり上げ、右の乳房をいとおしそうに揉み始めた。

誓と賢治は新人とその指導係として出会った。二人で池袋の繁華街へ聞き込みにいき、居酒屋で酒を飲み仕事の話をして盛り上がった。捜査情報をペラペラと外でしゃべれないので、一旦捜査本部に戻ろうと賢治は言ったが、「ここでいいですよ」と誓は通りすがりのラブホテルに誘った。

誓は初めて会ったときから賢治のことが好きだった。行動力があり、手柄第一主義で、若手の筆頭格だった。賢治は看護師とつきあっていた。略奪の機会をずっと狙っていた。勢いで入ったラブホテルで、なんてすけべな後輩だと賢治は驚いていたが、指導すべき新人に手をつけている背徳感からか、ひどく興奮していた。結局その晩は宿泊して四回もセックスをした。

賢治はいま右手で乳房を揉みながら誓の尻をまさぐり、胸の谷間に舌を這わせた。

「しょっぱい」

「先にシャワー浴びて来るよ。お腹もすいてるでしょ」

「いいよ。どうせ、できないから」

誓は返事ができない。太腿の下にやわらかいものがある。膀胱留置カテーテルの管がペニスの先から入っているので、下手に刺激できない。

アンモニアのにおいがする。車いすの脇にさげてある尿パックから、尿が溢れそうになっていた。賢治が傷つかないように、誓はそっと体から離れた。

「おしっこ、先に捨ててきちゃうね」

「母さんが空っぽにしていくのを忘れてたんだ。臭かった？」

「全然大丈夫」

誓は乳房をしまった。尿パックを取り外してトイレに中身を捨てる。尿石がついてしまうので、洗面所できれいにすすいだあと、リビングに戻った。管と接続しようとして、賢治が泣いていることに気づいた。

「賢ちゃん――」

「ごめん。マル暴刑事だったのに。こんなしょんべん臭いなにもできない役立たずの男に成り下がって――」

「そんなことないよ。家で元気にしてくれるだけでいいんだよ」

「誓、お前また煙草吸い始めただろ」

誓は言葉に詰まった。

「ブラウスが煙草臭かった。せっかく結婚前にやめさせたのに」

「家では吸わないよ」

「いいよ。吸えよ。俺は構わない。それで誓の気分がよくなるなら吸ってくれ。どうせ俺はもうお前を悦ばせることはできないし」

「賢ちゃん、そんなことは――」

「別に俺のことなんか捨てていいんだぞ」

「またそんなこと」

「誓はまだ二十八だ。夫の介護で身をすり減らすような年齢じゃない。そうだ、誓、離婚しよう」

「ちょっと賢ちゃん――」

やはり何日も忙しくしていて、淋しかったのだろう。拗ねているように見えたのだが、また腰を引き寄せられた。今度はベルトを外されて、スラックスの中に手を突っ込まれた。

「ちょっと、やめてよ」

下着の中に手を入れた賢治は、いきなり人差し指を挿入してきた。痛くて悲鳴を上げた途端、突き飛ばされた。

「汗臭い乳首を舐めてやったのに、全然濡れてない」

「………」

「どうせ俺みたいなしょんべん臭い男になにされたって感じないんだろ。俺は役立たずだ！」

賢治は物に当たり始めた。テーブルにあるものを手あたり次第、方々に投げつける。老人の笑顔が載ったバリアフリー住宅のパンフレットが誓の顔に飛んできた。

賢治が誓に手を上げるようになったのは、銃撃事件の後からだ。

上昇志向の強かった夫が、三十五歳にして将来を絶たれたいら立ちは、想像を絶する。これからどうやって車椅子生活の中で生きがいや楽しみを見つけていくのか。自尊心を満たしてやるなにかが必要だった。

誓は賢治に捜査情報を教えることにした。小林和也を筆頭とする和グループホールディングスがベトナム人の搾取をしてもうけていること。かつては本庄会にいたこと、本庄会と国奉会が関門海峡で抗争していたことなども、話した。

車椅子で猫背になっていた賢治の背中が、ぴんと伸びていく。目にマル暴刑事だったころの光が戻っていった。

捜査情報を部外者に教えるのはまずいが、賢治は一応まだ警察官だ。問題にはならないだろう。

「そういえば、八王子双竜会の海竜ってヤクザ。お見舞いの言葉を言ってたよ」

賢治は皮肉そうに笑っただけだった。

「あのサーファーみたいなやつだろ。海竜将とかいうダサい通称使っている」

本名は吉田《よしだ》則之《のりゆき》というらしい。

「情報通でおしゃべりだから重宝していたけど、嘘ばっかりつく。国奉会と本庄会がドンパチやっていたというのも、ハッタリかも」

「そうなんだ……」

「いずれにせよ、八王子双竜会も下火だ。向島一家をつつく方がやりがいはあると思うけどな」

自分を銃撃した可能性が高い暴力団に早くメスを入れてほしいのだろう。誓も同じ気持ちだが、藪に釘を刺されたばかりだ。

「捜査本部は、向島一家はおろか、暴力団の関与を懐疑的に見ているの。百人態勢なのに、暴力団の捜査をしているのは私と藪さんだけだから」

「本筋はなんだと思っているんだ？」

「ベトナム人の復讐」

誓は、これまで国際犯罪対策課が集めてきたベトナム人搾取の実態を聞かせた。

「ケイズダイナーって、全国チェーン店だよな。あんなでかい企業が、ベトナム人搾取なんかするかなぁ」

賢治が腕を組み、首を傾げた。誓を指導しながら捜査していたころによく見せた仕草だった。捲りあげたワイシャツから見える腕の筋が色っぽく、ネクタイを緩めたときに見えた喉仏や鎖骨が男らしかった。

「賢ちゃん、明日行ってみようか。ケイズダイナー」

翌日は土曜日だったので、誓は一日休むことにした。リハビリに行く賢治に付き添う。かつてのように自宅の車で送迎しようかと思ったが、賢治の愛車でもあったランドクルーザープラドは、大きすぎて誓には手に余る。今日も介護タクシーに任せることにした。車の買い替えを考えなくもないが、賢治が健康だったころに大切にしていたものを手放す提案はしづらい。朝九時半には介護タクシーがやってくる。賢治に靴下と靴を履かせていると、インターホンが鳴った。

「おはようございまーす。錦糸町リハビリセンターでーす」

介護タクシーの運転手は三階まで賢治を迎えにきてくれる。いかつい体格の運転手がいつも賢治をおんぶして階段をおろしてくれた。車椅子は付き添いのヘルパーが持っていく。

介護タクシーのバックドアに取り付けられた昇降装置に、賢治が車椅子ごと乗せられる。車内に収まった。誓は電車で錦糸町まで出ようと考えていたが、「助手席があいてますからどうぞ」と乗せてもらえることになった。

助手席に座った途端、アンモニアとお線香の臭いが鼻をつく。ひとりの老婆がぶつぶつとしゃべり続けている。誓を見てハッとした顔をする。

「やだ。若い女の子。大丈夫なの」

誓は戸惑ったが、付き添いのヘルパーは適当にあしらっている。認知症の女性なのだろうが、誓に何度も、降りた方がいいと話しかける。しまいには「逃げて！」と声を荒らげた。その隣に座る、背筋がピンと伸びた老人が、げんなりした顔で言う。

「今日またみんなでボール投げしたり、童謡を歌ったりするんですか」

ヘルパーが答える。

「今日は健康体操のあと、スイカわりがありますよ」

「スイカわりなんて子供がすることでしょう。私をボケ老人と一緒くたにしないでほしいな。現役時代は商社の営業部長として、高度経済成長期の日本経済を支えたんだ」

誓はバックミラー越しに、夫を見た。よく二人で繁華街に出て捜査したのを思い出す。このビルのあの店は某組員の仕切りだが、某会に貸し出しているフロアもあり……と、管内の繁華街に群雄割拠するヤクザのことを詳しく教えてくれた。

いま夫は背中を丸めて憂鬱そうに窓の外の景色を眺めている。毎日リハビリをがんばっているが、この介護タクシーの往復は辛いだろう。

夕方、近所のケイズダイナーで夕食を摂った。賢治はアンガスサーロインステーキのセットを頼んだ。冷房が効きすぎて店内は寒いほどだった。誓はもつ鍋をひとり分頼んだ。

「真夏になんてチョイスだよ」

「だってコラーゲンたっぷりだよ」

賢治がメニュー表をしまいながら、ぼそっと言う。

「それにしても俺のサーロインステーキ、スープとパンとドリンクバーをつけたら四千円近い」

「ファミレスにしてはお高めだよね」

「裏はブラックで外国人労働者を格安でこき使っているっていう構図は、格安チェーン店なら納得できるんだけどなぁ」

店員がやってきて、誓の目の前に卓上コンロを置いた。

小林和也宅に大量にあったガスボンベのことを思い出し、誓は卓上コンロのカバーを開けてみた。白地に緑色のラインが入っている。近畿ガス製造のガスボンベだ。


神奈川県相模原市の西部にあるケイズダイナーの工場は、山に囲まれた場所にあった。県道を走ると南側に丹沢山が見えてくる。

「えらいトコまで来たねぇ」

助手席の藪は窓を開けて、気持ちよさそうだ。今朝、渋谷署で藪にガスボンベの話をした。今日午後にも国際犯罪対策課がケイズダイナー相模原工場のガサ入れをするらしいので先乗りすることにした。

ガスボンベをケイズダイナーにおろしている近畿ガス製造は業務用ガス給湯器を製造販売する会社だった。カタギの企業だろうが、本社が大阪市天王寺区なのがちょっと引っ掛かった。

「本家吉竹組の総本部も、天王寺区にあるんですよね。偶然かもしれないですが」

「天王寺区ってどれくらいの大きさなの？」

「東京二十三区と違って、大阪市内を細かく分けているんで、小さいですよ。東京の池袋界隈くらいの大きさかな。空気感も似てますね」

ふむと藪は頷いた。

「誓ちゃんは大阪のどこで育ったの？」

「私は八尾です。大阪市の南東部の、奈良県と隣接した町です」

東側に生駒《いこま》山地をのぞむ、静かな町だった。

ケイズダイナー相模原工場に到着した。

ガサ入れの準備が整っていないのか、警察車両は一台も停まっていなかった。神奈川県警との調整が長引いているのかもしれない。

工場の門は開きっぱなしだった。警備員の詰め所のようなボックスもあるが、空っぽだ。誓が内線電話をかけると、副工場長だという男性職員が工場から出てきた。メッシュの帽子にマスク、上下白の作業着姿だった。手袋をして長靴を履いている。衛生管理が完璧だ。

誓は藪と同時に警察手帳を示した。

「警視庁さんが一体なんの用ですか」

「ベトナム人留学生を夜勤で働かせているようですけど」

「勤務実態の把握ですか？　こちらにどうぞ」

副工場長が踵を返し、中に入っていった。渡り廊下を歩く。見学者用の通路なのか、工場内がガラス張りになっていた。あれが精肉部門、あれがスープ部門、と副工場長は案内を始めた。

誓はあのガスボンベのことを知りたい。近畿ガス製造によると、個人には販売していないという。小林和也にも、だ。

ベトナム人がケイズダイナーの工場から盗み出したのだろうか。

「こちらでガスボンベは使っていますか？　近畿ガス製造さんがこちらに業務用のガスボンベをおろしているはずなんですが」

「えーっと、ベトナム人の就労実態を見たいという話でしたが」

「それも含めてお願いします」

事務室のようなところに通された。勤務表を見せられる。

「確かに夜間帯の勤務の拘束時間は八時間ありますが、間に四時間の仮眠時間を取っています」

「つまり、一日の就労時間は四時間？」

藪が確認した。

「ええ。ベトナムの皆さんはだいたい週五で働いていますが、それでも二十時間。法律の上限は週に二十八時間ですから、うちは法律には引っ掛かっていませんよ」

工場内を見ることにした。見学者用の使い捨てエプロンと帽子をして、マスクを着用した。扉を抜けた先は殺菌室か、猛烈な風が吹き下ろす。その先の扉が工場内だった。

「近畿ガス製造さんのガスボンベはスープ製造エリアで使っています」

一気に三百人分のスープを作れるという大鍋は、設置スタンドの階段を上がったところにあった。大鍋は藪と誓が中に入れるくらいの大きさがある。担当の作業員が大きな木べらで、ミネストローネをかきまぜていた。マスク越しでもトマトのいいにおいがする。責任者が大鍋の下の青い炎を指さした。

「ガスボンベは地下に埋められていまして、ここからは見えないのですが」

「卓上コンロのガスボンベなのですが。店で出しているような」

「それはここにはないです。使いませんから」

空振りか。藪が前に出る。

「では仮眠室を見せていただけますか？」

副工場長が初めて言葉に詰まった。

「一度の就業で四時間の仮眠時間があるんですよね。これだけの規模なら夜間でもそれなりの人数が働いていると思いますが、すると一度に仮眠する人数が二、三十人はいそうです。畳敷きの大部屋でもあるんですか？」

「お宅ら、そもそも令状はあるんですか」

副工場長は突然、態度を硬化させた。

「善意で中を案内してやったのに、疑うような態度を取られたら腹が立ちますよ。見せるつもりでしたがやめます」

誓もまた、不自然に思っていたことを指摘することにした。

「手袋を取ってもらえませんかね」

「はあ……？」

「衛生管理を徹底しているはずの副工場長が、この格好のまま外に出てくるのは変だなぁと思ったんです。しかも勤務表を見せてくれたときですら手袋を外さない。不潔です」

メッシュの帽子は前後ろ逆だった。長靴もサイズが合っていない。歩くたびにパカパカと音がしていた。

副工場長はいきなり誓を突き飛ばして逃走した。誓は大鍋のスタンドにぶつかって倒れる。

「待ちなさい！」

藪が叫ぶ。なぜか大鍋を支えるスタンドに駆けあがっていった。

「誓ちゃん、追って！　挟み撃ちにするから」

誓は副工場長を追いかけた。工場で働く人々が、なにごとかと逃亡劇を見ている。

副工場長は裏口の扉に体当たりし、廊下に出た。

二十メートルくらい先で藪が待ち構えていた。大鍋をかきまぜていた大きな木べらを、剣道の竹刀を構えるようにして立っている。

副工場長は相手は女だとタカをくくっているのか、そのまま突っ込んでいった。藪が剣道のかけ声を上げて、大きな木べらを振り下ろした。ガツンと大きな音がする。誓の脳天まで痛くなるような音だった。副工場長は顔をミネストローネまみれにして、倒れた。藪は剣道五段の腕前だと聞いたことがある。

誓は失神している副工場長の左のゴム手袋を取った。小指を詰めている。

副工場長を公務執行妨害で逮捕し、身柄を渋谷署に移送した。ガサ入れ予定だったのに国際犯罪対策課を差し置いて工場に入ったことを、浜名管理官から叱られた。様子を見に来た乗鞍は、こっそり親指を立てる。

誓は副工場長の免許証を確認した。安藤隆之《あんどうたかゆき》、三十五歳の男性だ。マルB照会にかけたが、暴力団員としての登録はなかった。指を詰めているのだから、どこかしらの組に入っていたはずだ。暴力団と名乗ると不利になることが増えてしまったので、実際は盃を交わしているのに、組に所属しないユーレイ組員が増えてきている。

小林の破門も、偽装の可能性がある。

ユーレイ組員と、偽装脱退組員が組んで、和グループホールディングスという企業でベトナム人から搾取しシノギをあげているのだろうか。

誓はケイズダイナーの本部に電話をかけた。安藤を雇うに至った経緯を尋ねる。

「安藤さんは、和グループホールディングスの小林さんからの紹介で、三か月前から相模原工場で働いてもらっています」

「小林和也氏の紹介、ですか……」

「和さんからは工場で働くベトナム人の方を多く斡旋してもらっていますし、お世話になっております」

「ちなみに、労働基準法違反が多数見られるのですが」

電話の向こうの本部の人間は、たじろいだ。

「確かに最低賃金で働いてもらっていますが、仮眠もとらせていますし……」

国際犯罪対策課がベトナム人たちからすでに聴取しているが、仮眠時間などなく、トイレ休憩が認められているだけだった。しかも時給は五百円だ。本部の人間は仰天している。

「そんなはずはありません。給与計算はシステム化されていますので、ごまかしようがない。明細も出しています」

「それ、工場にまとめて人件費を送金しているんですよね。本部から直接ベトナム人に支給しているわけではない」

「なんにせよ、人件費は確実に支出しています。警察さんで調べると言うことなら、いつでもいらしてください」

恐らく嘘はついていない。大手企業がこんなあからさまなピンハネをしたら、社会的信用を失う。工場の中だけでピンハネをしていたのだろう。ガサ入れをしたら、裏帳簿が出てくるはずだ。

藪が段ボール箱を持って戻ってきた。

「これ、安藤のロッカーの中の私物」

バッグも財布も全て高級ブランド品だった。車はレクサスの最新モデルらしい。

「ベトナム人からピンハネしてがっぽり儲けていたみたいね」

「ベトナム人はどうして抗議しないんでしょうか」

国際犯罪対策課の調書を見たが、ピンハネは給料や送迎バス代だけではない。夕食代まで徴収されていた。おにぎりと唐揚げひとつずつで千円も支払わされていた。

「抗議したら日本語学校を退学させられるらしいわ」

退学となったら留学ビザを失う。即、ベトナムへ強制送還だ。

「夕食の支給を断ったベトナム人はバイトをクビになった挙句に、違約金を十万円も取られたらしいね」

　そのほか、アルバイト紹介料として毎月一万円ずつ和グループホールディングスに天引きされていた。

「家賃の件も含めると、和グループホールディングスはひとりの留学生から月に十万円はぼったくってるね」

　友＆愛のベトナム人留学生の数は約三百人だ。全員バイトをしていたとしたら、ピンハネだけで月に三千万円の儲けだ。

　日本語学校の教師の半分がボランティアで無給だということもわかった。「学費を払えない貧しいベトナム人たちのために、無給で引き受けてくれ」とだましていた。実際には来日前に百五十万円の授業料をベトナム人留学生に支払わせている。

「この分だと、和グループホールディングス傘下の技能実習監理団体も、ベトナムの技能実習生から相当ふんだくってそうですね」

　引っ掛かるのは、と藪が誓の手元のメモを確認した。

「安藤を副工場長として雇ったのは三か月前からなのよね。でもベトナム人たちはもっと前からケイズダイナーの工場で働いていてピンハネされているみたいよ」

「てことは、前任者も小林とグルだったんですかね」

　誓は再びケイズダイナー本部に電話をかけ、三か月前まで副工場長をやっていた人物の履歴書を送ってくれるように頼んだ。

「ちょうどいま確認していたところですよ。安藤さんが急遽、副工場長になったのも、変な経緯だったものですから」

前の副工場長は武《たけ》田《だ》徹《とおる》という人物らしい。四月一日から突然、無断欠勤していた。

「その後すぐに小林さんから電話があって、武田さんは体調不良で入院してしばらく復帰できないと言うんです。代わりに来たのが安藤さんです」

四月一日——夫が銃撃された日と同じなのは、ただの偶然だろうか。

「ただ、前任者からの引き継ぎもなしに大丈夫なのかなと心配で、本部からヘルプを出そうとしたんですが、小林さんが固辞して」

なにかある。怪しすぎる。

「その後も工場は問題なく回り続けており、勤怠管理や発注業務など滞りありませんでしたので、それきりになっていました」

病床の武田が、小林を通じて、安藤に引き継ぎをしたと思ったようだ。

「その武田という人物の履歴書をファックスで送っていただくことはできますか」

五分後、ファックスが届いた。武田徹、相模原市在住の三十七歳の男性とある。証明写真に写っていたのは、賢治を撃った花岡亨だった。

ベトナム人留学生から不当な搾取をしていた和グループホールディングスの小林和也。その襲撃事件と、警視庁のマル暴刑事、仲野賢治銃撃事件が繋がった。

誓は築地警察署に向かった。夫の事件の捜査本部がある。かつては入ることが叶わなかった。

今日は出入口の前に築地署の刑事課長と本部の組織犯罪対策部の管理官が揃って立ち、誓を丁重に迎え入れてくれた。

捜査本部の中は閑散としていた。いまでも八十人態勢で捜査がなされているが、殆どの捜査員が出払っている。ホワイトボードにはなにも書かれていない。容疑者や被害者の顔写真、血みどろの現場写真などが貼られることもない。あれは刑事ドラマの演出で、実際にはホワイトボードなどは捜査会議のメモ書き程度でしか使われない。

夫の事件を指揮している管理官は山吹《やまぶき》という。乗鞍と同じ階級だ。組織犯罪対策部には三人の管理官がいる。山吹が照合資料を見せてくれた。

「武田徹なる人物の顔写真を渋谷警察署の捜査本部から提供してもらいました」

山吹管理官は敬語だ。部下ではなく、被害者の妻に接している気分なのだろう。

「鑑識による照合の結果、確かにご主人を射撃した人物と一致しました。武田徹は花岡亭で間違いありません」

誓はやんわり言う。

「私は被害者の妻ではありますが、別の事案の捜査員でもあります。敬語はいいですよ」

山吹管理官は咳払いしただけだ。誓は改めて尋ねる。

「小林和也ですが、花岡亭との接点はありそうですか」

すでに渋谷の捜査本部から、小林和也に関する資料を築地署へ提供しているはずだ。山吹管理官がクリップ止めの資料を見せた。花岡亭の生い立ちを記した疎明資料だ。

「恐らくは出身地だろう。花岡は山口県下関市出身だ」

「小林もそうでしたね」

生まれも育ちも下関であると、すでに調べがついている。

「花岡は父親が商社勤めの転勤族で、小5のときに下関に転校している。同じ小学校に小林和也が在籍していた」

花岡は一年で愛知県へ転校していた。この転校先で凄絶ないじめに遭い、非行の道に入ったらしい。

「花岡が大山産業と盃を交わしたのは二十歳のころだ」

「すでに本庄会に入っていた小林が紹介した可能性がありますね」

山吹管理官が深く頷く。

「本庄会と大山産業は友好関係にあった。当時はまだ吉竹組は分裂していない」

小林、そして花岡と安藤――三人はいま一体どこの組の人間なのか。改めて誓は心当たりがないか尋ねたが、夫の銃撃事件を調べる刑事たちは、苦々しく首を横に振っただけだった。

「ご主人の事件からもう四か月経ってしまい、いまだホシを上げられず、申し訳ない」

山吹管理官が頭を下げた。

「この手の捜査に時間がかかることはわかっていますから、大丈夫です」

「いや、情けないんだ」

山吹管理官は、隣の刑事課長を叱咤するように言う。

「これだけの人数でホシを追っているのになんの手がかりも摑めず、別件で花岡の足取りがわかるというのは、いただけない。それもこれも仲野君と花岡亭の関係性がよくわからないことが原因です。初動で捜査の方向性を定め兼ねたのがよくなかった」

　刑事課長は山吹管理官と誓を見比べて、冷や冷やしたような顔をしている。

「夫は一か月も昏睡状態でしたから……」

「いまはもう退院している。それなのに我々の捜査に協力的ではないのは、なぜかな」

　誓は唇を噛みしめた。山吹管理官が誓をこの捜査本部へ歓迎したのは、賢治がマル暴からの聴取を嫌がっていたことにひとこと申したかったからだろう。誓は夫の気持ちを代弁した。

「夫はマル暴刑事としては死んだも同然です。かつて肩を並べた同僚、指導してきた後輩の活躍を見るのが、辛いのではないかと思います」

　そもそも、夫は花岡亭と顔見知りではない。

「お話しできることは全てしているはずです」

　山吹はなにか言いたげな顔をしたが、口を閉ざした。


　安藤の聴取は三日目に入っていた。誓は別室でモニター越しに取調べを見守る。丸田が聴取を担当していた。

「今朝のお食事は完食できましたか？」

　丸田が安藤に尋ねた。

「今日はなんとか食べれましたよ。米について、あんた言ってくれたんですか」

　昨日、安藤はご飯が一部凍っていると留置官に当たり散らしていた。丸田は安藤の代わりに弁当屋へクレームをつけたらしい。

「うちで出す官弁はまずいですよね。提携している弁当屋さん、売ってるのはうまいんですけど、官弁は税金だから、一個当たりの値段をかなり安くして発注しているんです」

「ああ、そうなんですか」

「文句を言う刑事は初めてだわって、弁当屋のおばちゃんはプンプンしてました」

安藤が噴き出した。丸田もニヤニヤしている。担任教師の悪口を言い合う小学生男子みたいだった。

「それで安藤さん。今日こそは教えてほしいんですがねー」

安藤は困った顔をしている。丸田とよい関係を築きつつあるからだろう。嘘をついたり、誤魔化したりするのが辛くなっているようだ。

「あなたはケイズダイナーの相模原工場の副工場長として働いていましたけど、本当は和グループホールディングスの一員なんですよね」

「うん、まあ……」

「前任者の武田さんは知り合いですか。本名は花岡亨っていうんですけど」

賢治が襲撃された日に防犯カメラに映った花岡の画像を見せる。安藤は目を逸らす。

「俺は知らないよぉ。刑事を襲撃するやつなんかさ」

「小林さん宅が放火された日のことは」

丸田が話を変えた途端、安藤は急に強い口調になった。

「何度も言ってる。俺はアリバイがありますよ」

相模原の工場で働いていた。他の従業員の証言で裏付けできている。

「ベトナムのみなさんからだいぶ恨みを買っていたようですけど、その自覚はありますか？」

安藤は苦笑いで流した。

「小林さんを特に恨んでいたベトナム人とか、心当たりはありますか」

「さあ、ベトナム人は基本大人しいし、反抗しないよ。ベトナム人に襲われたと聞いても、ぴんと来ないなぁ」

「それじゃ、小林さん宅で起こったことは暴力団の仕業かな。花岡も消えてるし」

「それは、わからない」

「安藤さん自身はどうですか。暴力団に入っていたことは？」

安藤はきっぱり否定した。

「ヤクザなんていまどき食っていけないでしょう。なろうと思う人がいる方が、僕からしたら不思議ですけど」

「小指はどうしたんです？」

「これは事故ですよ。詰めたわけじゃない」

板金工場で働いていたとき、電動のこぎりで切ってしまったと話した。丸田と目を合わせずに言うから、嘘だろうと誓は思った。

「小林和也とは、どこで知り合われたんですか」

「まあ、あちらがうちの工場のアルバイトを斡旋していた関係で」

「ケイズダイナーの本社によると、あなたを紹介したのは小林さんだということですが」

安藤は目を逸らした。

「花岡を紹介したのも、小林さんでした。二人は幼馴染だったみたいですね」

「だから、花岡って男のことは知らないよ」

「じゃあ小林さんとは、どこで知り合われたのですか」

教えてくださいよぉ、と丸田は懇願する。

「あの弁当屋のおばちゃんのところでは僕もたまに買うんですよ。仲が良かったけど、関係が悪くなるのを承知で、クレーム入れたんですから」

安藤は困り果てたように肩をすぼめた。丸田は親身になる。

「ここで警察に話すのって本当に大変なことですよね。安藤さんには少しでも美味しいものを食べてがんばってほしいから、思い切ってクレームしたんです」

よくあんな聴取ができるなと誓は感心する。自分ならキレて「とっとと言わんかいコラァ！」とデスクを叩いてしまいそうだ。

扉が開いた。藪が「おはよう」と言いながら大量の書類を持ってきた。

「逃げ足の速いやつら。和グループホールディングスの幹部連中五人、全員が海外逃亡している」

藪が出入国在留管理庁の記録を見せた。理事長が失踪しビルが燃やされたというのに、警察の聴取が終わった三日後には、幹部五人はベトナムに出国していた。残された職員は「もともと予定していた出張です」と言い張っているが、帰国時期については口ごもった。

「一部の職員は怒ってた。一斉に会社の金を引き出してトンズラしたようだから」

しばらく戻ってこないだろう。火の粉を浴びるのは末端の職員たちだ。安藤や花岡のことを知っている職員はひとりもいなかった。

「安藤はもしかしたら、花岡の件があるからしぶとく粘っているのかもしれませんね」

「安藤は賢治銃撃事件の共犯者の可能性があると、誓ちゃんは見ているのね」

「今回の罪は横領ですよ。罰金刑で出られるかもしれないのに、三日も勾留に耐えている。ひとつゲロったらもっとでかいなにかが出てきちゃうからだと思うんです」

藪は分厚い紙袋を出した。法務局の名前が入っている。

「新たなネタ」

安藤は関東近郊に四件の物件を所有していた。うち一件は本人が暮らしている世田谷区内のマンションだ。

「他に、茨城県大洗町のコテージ風の土地建物を持っている。長野県軽井沢町の別荘も一軒所有していた。それから鎌倉市の古民家も」

「どこも観光地かリゾート地ですね」

「このうち一軒だけ、水道光熱費を滞納している物件がある」

藪が、安藤の自宅から押収した鍵を振って見せた。鎌倉大仏のキーホルダーがついている。

捜査車両に押収用の段ボール箱を五十枚入れて、神奈川県鎌倉市に向かった。神社仏閣が並ぶ風光明媚な町だ。

鶴岡八幡宮の裏手に入り、安藤所有の古民家へと続く私道に入った。周辺は竹林で、道は手入れがされていない。竹の地下茎のせいか、コンクリートは隆起したり割れたりしていた。

古民家に到着した。ブロック塀に錆びついた門扉がついている。古民家と言えるほど古くもない。築四十年くらいか。風情がないので、ここでなにか商売をやろうにも、相当な増改築が必要だろう。

鎌倉大仏のキーホルダーがついた鍵で、玄関を開錠できた。中に入る。

高めの上がり框の目の前に、階段とトイレがある。梁に般若のお面がぶら下がっていた。右手には絨毯敷きの居間があった。座卓が絨毯に食い込んでいる。

家具や皿、小物までもが置きっぱなしだった。昭和で時が止まっているようだ。

「前の住民が置いていったものをそのままにしている感じね」

安藤は世田谷のマンションに十年前から住んでいる。ここで暮らしていたとは思えない。

「私、二階を見てきますね」

急な階段をあがる。誓が育った大阪の実家も階段の傾斜がきつかった。昭和六十年に父が建てたものだ。誓が足を踏み外して落っこちるたびに、父がすっ飛んできてくれた。母が「また落ちたのー」と呑気に構えていたのとは正反対だった。

二階には六畳の洋室と八畳の和室があるだけだった。八畳の和室を見たとき、父の仕事部屋を思い出した。壁じゅうを本棚にしていて、暴力団関係の書籍やノートがぎっしり詰まっていた。父は和デスクで本を開いたまま、眠るように亡くなっていた。死因は心臓発作としか聞いていない。あの書棚にあったものは全て吉竹組に関するものだった。父の死後、母が処分してしまった。

階段を降りた。藪はキッチンにいて、意味ありげに床を指さす。近畿ガス製造のガスボンベが二十本も並んでいた。

「小林宅にあったものと同じですね」

室内を見終わった。庭に出るため、藪が和室の雨戸を開けようとしたが、建て付けがだいぶ悪くなっている。二人で押したり引いたり悪戦苦闘してようやく雨戸を開けた。

小さな縁側があり、雑草だらけの庭が見えた。ツンと腐臭がした。

「臭いですね」

「確かに」

鎌倉は野生動物も多く出るから、狸などが棲みついて、糞をしているのかもしれない。敷地の塀ぞいに竹が生えている。一部は二階を超える背丈になっていた。竹のせいで南向きの庭は薄暗い。

庭の隅には物置小屋があった。目の前の雑草が人間の身長ほどに伸びて、扉を隠している。庭に降りた藪が草をかきわけて近づき、扉を引いたが、鍵がかかっていた。

「物置小屋の鍵なら簡単に壊せそうですけど」

藪は首を横に振る。物置小屋より、扉を隠すほどによく繁った雑草を気にした。

「こんな背が高く繁った雑草、初めて見たよ。ここは日当たりが悪いのに」

「よほど物置小屋の前の土の栄養価が高いってことでしょうか」

藪が本部の乗鞍に電話をし、鑑識を呼んだ。神奈川県警にも話をつけておくよう、頼んでいる。

二時間後、鑑識車両が五台到着した。鑑識課員が、物置小屋前の雑草の写真を撮った。雑草を刈って穴を掘る。誓は藪と共に雑草をゴミ袋に詰め、土を移動させる手伝いをした。掘れば掘るほど、悪臭がしてきた。

掘り進めて一時間後の、十七時。

男の遺体が出てきた。上半身しかない腐乱死体だった。下半身の捜索が三日間行われたが、見つからなかった。遺体はＤＮＡ鑑定の結果、花岡亭のものと一致した。

第三章　我ら

遺体発見からしばらくは鎌倉から離れられず、四日後に誓は自宅に帰った。ドアノブを回す手に勇気がいる。鎌倉で見つかった、白骨化しかけた上半身だけの花岡の死体が、脳裏に蘇る。

「ただいま」

部屋の中に入った。賢治が床に倒れている。車椅子がひっくり返っていた。

「大丈夫!?」

慌てて抱き起こした。賢治はふにゃふにゃだった。

「ごめん、ソファに自力で移乗しようとしたら、落ちちゃった」

誓は賢治を一旦ソファの下に座らせた。背後に立ち重心を落として脇の下に両腕を入れた。手をしっかり組んで引き上げる。なんとか賢治の尻がソファに乗った。

「今日、リハビリで移乗の練習したんだよ。うまくできたんだけどな」

「これからできるようになるよ、大丈夫」

誓は倒れた車椅子を起こした。膀胱留置カテーテルが抜けていた。

「訪問看護師さんに連絡しておくね。なるべく早めに挿入してもらわないと……」

装着するまではオムツだ。喉が渇いたというので、誓は麦茶を注いだが、受け取ってもらえない。

「コーヒー、飲みたいな」

コーヒーは利尿作用があるので、尿量が増える。オムツは本人にも誓にも負担になるので、誓は返事をしかねた。

「内偵中は一日五杯までと決めてたんだ。事件が起こったらとめどなく飲んじゃうから。調書を作ってるとさ、丸ちゃんがうまいコーヒーを淹れてくれるんだ」

賢治が懐かしそうに言った。誓はドリップコーヒーを淹れてやった。

「また挿入してもらわなきゃいけないのか。あれ、痛いんだよな……」

賢治は深いため息をついた。訪問看護師は尿道炎を起こさないように、週に一度は陰茎の消毒にやってくるが、屈辱を感じるらしい。

「ヘルパーも嫌だ。毎日違う女の人が来る」

「それは仕方ないよ。当番があるし」

リハビリセンターは男性職員ばかりだから気兼ねしないが、自宅にくる女性陣には気が滅入るらしかった。

「みんな俺を気の毒そうに見る。誓がいいな。誓に二十四時間、そばにいてほしい」

賢治が誓の腕に甘えてきた。腕を広げてしっかり抱き寄せたいが、賢治の肩幅が広すぎる。

コーヒーで落ち着いてきたころ、誓は花岡の死体が発見されたことを賢治に伝えた。白骨化しかけていたこと、下半身がなかったことも話した。

「骨の断面を見るに、のこぎりで切断されたような跡があるって、検視官が言ってた」

「――そうか。バラされたんだな、きっと」

賢治をこんな体にしてしまった男は、それ以上の罰を受けて死んだようだった。

「誰がやったの」

「これから」

ぷうんとアンモニアの臭いがしてきた。賢治は排尿していた。

「ああ、ごめん――」

誓は着替えと紙パンツを取りに行った。賢治の濡れた衣服を脱がせて、車椅子に移乗させた。陰部をタオルで隠してやる。

「お風呂で洗う？」

「いや、大変だからいいよ」

風呂はリハビリセンターで、ヘルパーが二人がかかりで入れてくれている。

「もう寝る。ごめん、コーヒーはやっぱり飲むべきじゃなかった」

寝室へ車椅子を押していく。介護ベッドに移乗させ、賢治をベットに寝かせた。温めたタオルで陰部を拭いて、紙パンツを穿かせようとした。

「いいよ、一人で穿くから。誓は捜査に集中して。俺はオムツでいい」

電気を消してくれと言う。賢治の声は震えていた。まだ八時だ。夕食を食べていない。

「早く眠りたいんだ。早く寝て夢を見たい。夢の中で、花岡を殺してやる」

正午を前に、東京都心は早くも気温が三十八度になっていた。藪が向島一家の事務所の扉をノックする。剃り込みの入った若い組員が扉を開けた。

「警視庁の藪です」

藪は背後に立つ誓には名乗らせなかった。誓は賢治が銃撃された日、向島に喧嘩を売っている。誓がマル暴刑事になっていることを向島は知らないはずだ。先に説明した方がいいと藪は思ったのだろう。

関東吉竹組では、誓のマル暴刑事夫人としての振る舞いが怒りを買っていた。その場にいなかった泉組長ですら激怒していたのだから、面と向かってどやされた向島は誓に対して負の感情を抱いているはずだ。

「親分はいる？」

「おりますけど。花岡亭の件だったらお断りするように言われてます。令状があれば別です」

「今日は安藤隆之って奴の件」

藪は安藤のマグショットを渡した。若い衆は手に取ったが、その表情に変化はない。

「親分に聞いてきます」

扉が閉ざされた。藪と誓は玄関前で待つ。誓は手で庇《ひさし》を作り、東側のビルを見た。立山ビルの屋上と監視小屋の一部が見えたが、違和感なく風景に溶け込んでいる。

扉が開いた。「どうぞ」と先ほどの若い衆が藪と誓を中に通してくれた。

中は冷房がよくきいていた。扉の目の前は応接間だ。奥にもうひとつある扉の先には事務室と和室、当直室、そして総長室があるらしい。夫の件で家宅捜索が入ったときの資料に間取り図があった。

ソファに座ったところで奥の扉が開いた。人差し指と親指で安藤の写真をつまみ、残り三本の指と手のひらでドアノブをひねる手が見えた。

向島春刀だ。

グレーのポロシャツにチノパンという普段着姿だった。色付き眼鏡でもなく、黒縁のスクエア型の眼鏡をかけている。

ポロシャツの左袖から、左腕の断絶部分が丸出しになっている。右腕は手首までぎっしりと刺青が入っていた。

「お座りください」

若い衆が壁際の冷蔵庫を開けようとしたが、向島が下がらせた。藪が誓に自己紹介させようとする。

「ご存じかと思いますが、こちらの女性――」

「泉組長から聞きました。仲野刑事の奥さんがマル暴に復帰されたと」

「そうでしたか。それなら話が早い」

向島は右手で冷蔵庫を開けた。右の二の腕で扉を押さえながら、右手でペットボトルの麦茶を出す。棚からグラスを一つずつ出して、冷凍庫の氷を入れている。全て右手一本の作業だが、手際はよかった。若い衆にやらせればいいのに、どうして親分自らやるのだろう。

「手伝いましょうか」

誓は向島の横に立った。向島はアイストングを冷凍庫に残したまま、なにも言わずに誓の横から離れ、ソファに座った。

藪は窺うように、誓と向島を見比べている。誓はここに向かう道中までは藪以上に張り詰めていたが、不思議と向島を前にしたいま、気持ちは冷静になっていた。

あの日もこの男はとても静かだったことを思い出す。誓はグラスをテーブルに置いた。

「ありがとう」

向島は目を伏せたまま言った。妙な空気のまま、誓は藪の隣に座る。安藤の写真はテーブルの上に放置されていた。藪が切り出す。

「早速ですが、向島さん。まずひとつ確認させてください。花岡亨」

「何度も言っています。私どもの家族ではありませんし、刑事の銃撃を命令した事実もありません。我々は銃撃事件とは無関係です」

「この男」

藪は花岡が死体で発見されたことには触れず、安藤の写真を向島の前に滑らせた。

「見覚えは」

「ありません。花岡ではなく、今度はなんですか」

向島は写真を手に取った。暴力団の親分だが、澄んだ目をしている。

「安藤隆之という男です。ケイズダイナーというファミレスはご存じですか」

「知っていますが、それが?」

向島は一向に誓を見ようとしない。

「安藤隆之は相模原市にあるケイズダイナー工場の副工場長でしたが、とある人物と結託して、アルバイトのベトナム人からピンハネしていました」

藪が端的に和グループホールディングスの説明をした。小林の話に及んだとき、向島は合点がいったようだ。

「渋谷の雑居ビルの爆破事件で行方不明になっている男ですね」

「ええ。安藤隆之は小林の手下だったようです。向島さん、安藤のことを知らないということでしたが、小林の方はどうですか」

「テレビのニュースで顔写真を見たのみです。その筋の者から、本庄会の人間であったという話は把握しています」

どの筋だか知らないが、暴力団のネットワークは緊密で速い。

「吉竹組の分裂前は、向島一家と同じ旧吉竹組系列の暴力団員だった。向島さん、小林についての覚えはどうでしょう」

「本庄会は下関でしたね。我々は関東です。警備や会合のため大阪の総本部まで出ることはあっても、それより西に用はありません。本庄会とも、小林という人間とも、同じ場に居合わせたことすらもないかと思います」

向島は丁重かつ丁寧に説明していた。誓は質問に加わる。

「本庄会は関門海峡で国奉会と抗争していたと話す者もいます。本庄会に旧吉竹組総本部が金と人を送り込んでいた。その件については知っていますか？」

「関門海峡で抗争があったなど聞いたことはありません」

向島はやはり誓とは目を合わせない。

「あなたは旧吉竹組では若頭補佐に名を連ねていました。本当に知らないのですか」

「知りません。そもそも関門海峡の場所がよくわかりません」

誓は関門海峡を地図アプリで見せようとしたが、藪が止めた。時間の無駄と思ったようだ。

「安藤隆之の話に戻りますね。彼、月給は三十万円ほどだったようですが、世田谷区と軽井沢、茨城、鎌倉にそれなりの土地建物を所有していました。キャッシュで購入していますが、金の出所がよくわかっていません」

向島は黙って藪を見つめている。

「そのうちのひとつ、鎌倉の物件から、男の上半身だけの腐乱死体が発見されました」

誓はじっと向島を観察する。こっちを向いてくれないのがなんだか悔しかった。

「ＤＮＡ鑑定の結果、花岡亨と確認が取れました」

向島が突然、誓を見た。誓の心臓が拍動する。

「鎌倉の邸宅の庭や屋内の床下、畳の下など全てさらいましたが、下半身は見つかりませんでした。代わりにキッチンから見つかったのがコレです」

藪が画像を見せた。近畿ガス製造が業者向けに卸している、ガスボンベだ。

「渋谷の小林宅には同じものが五十本ありました。このボンベが原因で放火が爆破に繋がったようです」

向島は黙りこくったままだ。

「安藤は花岡の死体損壊と遺棄容疑について完落ちしています。彼の供述によると、下半身はバラバラにしてバーベキューコンロで焼き一般ごみとして捨て、骨は砕いて海にまいたそうです」

警察が血眼になって花岡を追っているころ、すでに鎌倉で死体になっていたのだ。遺体を焼くため、安藤はケイズダイナーの取引先である近畿ガス製造からガスボンベを百本購入している。

「鎌倉の邸宅で下半身を解体し、庭で少しずつ焼いていたところ、異臭がするとして近隣住民から通報されています。ヤクザならもっと利巧な死体処理の仕方を知っていそうなものですが」

神奈川県警鎌倉署の交番に記録が残っていた。煙が出ない配慮をするよう、警察官は指導していた。

「警察に通報されたので、残った上半身は渋谷の小林の自宅で焼くことに決めたようです」

安藤は五十本のボンベを小林宅に運んだ。ところが遺体を車に運び入れようとしたところで、小林が固辞した。結局、小林が安藤に一千万円を払い、遺体を鎌倉の邸宅の庭に埋めてしまうことにしたようだ。

「安藤はここまでは供述しましたが、殺害については知らぬ存ぜぬです。いまだにどこの組織の者か名乗りもしません」

花岡を殺害したのは小林だとも安藤は主張する。四月二日に小林が鎌倉に車で訪ねてきたとき、すでに花岡はトランクで死体になっていて、後頭部が陥没していたというのだ。

〝刑事を襲撃したようなやつは邪魔だから殺してしまえ〟

と親分に言われ、小林が撲殺したという。

「親分がいる——つまり、小林がどこかの組に所属しているのは間違いありません」

誓は向島に推理をぶつけた。

「安藤の供述はおおむね正しいと思っています。暴力団にとって、警察官を銃撃した組員ほど厄介なお荷物はないでしょう。いまは共謀共同正犯に問われ、組長までもが同罪で投獄されます。

大きな事件を起こした組員には消えてもらうのが一番。そうですよね？」

「そう考えるヤクザもいるでしょうが、任侠道に反するものです」

向島が反論した。

「任侠道に則った正しいわけがあって刑事を銃撃し、それが組や社会のためになる行動であったのなら、すみやかに自首を促し、服役中の本人や家族の支援を行います。それが本来のヤクザの姿です」

「そんなのはいまどき、絶滅危惧種ではないですか。暴力団はいまやシノギも細って生き残るだけで精一杯でしょう」

「だからこそ、組が命令して刑事を銃撃させるなどありえないと言っているのです」

向島の言い分には一理ある。

「何度も申していますが、私は警察官の銃撃を命令もしていませんし、そもそも花岡は我々の家族ではない」

向島はきっぱりとはねのけた。安藤の写真は興味深そうに手に取った。

「こちらの写真はお預かりしてもよろしいですか。我々のルートで安藤の素性を調べることができます。三日ください」

誓はにわかに心がざわついた。警察に協力しようとしているのか。向島が説明する。

「我々は任侠道を生きています。毎日、口が酸っぱくなるほど若い衆にも話して聞かせています。弱きを助け強きをくじく。弱者にたかる者は許しません。ベトナム人から搾取など恥ずべき行為です。もちろん、警察さんを銃撃するような輩も」

向島は汚いものに触れるように、安藤の写真を扱った。

「我々のような任侠道原理主義者にとっては、こういう輩が最も迷惑なのです」

藪が釘を刺した。

「情報を頂けるのは助かりますが、あくまで調べるだけにしてくださいよ。そこから勝手に制裁など加えぬよう、お願いします。我々が法に則って裁きますから」

向島は頷いたが、藪に問う。

「東京の治安を守っているというプライドはお持ちですか」

「もちろんです。東京の治安を暴力団から守る。それが我々マル暴の仕事です」

「我々も、地域の治安を乱す者はヤクザだろうと半グレだろうと海外マフィアだろうと一掃します」

向島は麦茶のグラスについた水滴を指につけ、テーブルの上に線を引いた。

「昔はきれいに線引きされていた。警察が守るエリア、ヤクザが守るエリア」

藪と誓、向島を区切るような線だった。

「暴対法と暴力団排除条例がその線引きを消したんです。地下に潜り、誰がどこに所属しているヤクザかわからなくなった。どこにいるのかもわからない。あなたがたがどれだけ捜査しても小林や安藤、花岡の素性がわからないのはそのせいだ」

向島が誓を見据えた。

「誰がどこの人間かわからないから、どうしてご主人が銃撃されたのかもわからない」

誓は腰を浮かしかけた。

「夫が銃撃された理由を知っているような言い草ですが」

「マル暴刑事に復帰されたのは、ご主人の仇討ちのためですか」

「もちろんです」

「あなたはまだ二十八歳だ。先は長い。ご主人のことにとらわれず、自分の人生を生きるべきです」

「これが私の人生です」

誓は無意識に答えていた。そんなこと意識したこともなかったが――。

「マル暴を生きる。これが私の人生です。あんたには関係ない」

向島は黙り込んだ。少し目を細めて誓を見る。微笑んだのだろうか。

「そうですね。その通りです」

お帰りください、と向島が立ち上がる。

「三日以内に連絡いたします」

事務所の扉を右手で大きく開け、背中で押さえた。藪に続き、誓は向島の体の横を通り、外に出た。サウナのような都会の熱気が顔にまとわりつく。

誓は向島の断絶した左腕を観察した。右腕は荒波の刺青が見えたが、左腕にはない。縫合の痕が一本の太いケロイドになって盛り上がっていた。

ちらりと向島を見上げた。目が合う。向島の左腕を観察していたと、気づかれている。誓は直球で尋ねた。

「左腕。どうなさったんですが」

「見ての通りです。ちぎれました」

向島がじっと誓を見下ろし、答えた。

「任侠の世界でエンコ詰めは一般的ですが、もっと大きなことをやらかすと〝腕一本落とせ〟と言われますよね。なにかやらかしたんですか？」

「話したくありません」

向島は苦笑いしていた。

「人生最高の失敗を犯したときのものですから」


曳舟駅の東側にある稲荷神社の近くの蕎麦屋に入った。昼時なのに客がいない。頭に手ぬぐいを巻いた老齢の店主は無愛想だった。味は悪くない。

向島がなぜ左腕を失ったのか。諸説あるらしい。

「若いころに金属加工場で修業しているときに、仲間と喧嘩になって取っ組み合いになった。機械にぶつかってスパンと切れたとか」

「それは事故ですよね。〝人生最高〟の失敗ですよ。ちょっと違う気がします」

「アフガニスタンで傭兵として戦っていたときに爆弾で吹き飛んだという嘘っぽい話まであるけど」

水を注ぎにきた店主が、口を出してきた。

「俺が聞いたのは、親分の警護でハワイ旅行に同行したときに現地のマフィアに絡まれてチェーンソーで切られたってやつ」

誓は一般人の口出しにぎょっとする。

「あんたら刑事だろう」

あっさりと店主は言った。藪が上目遣いに問う。

「向島春刀のこと、ご存じでしたか」

「ここいらで古くから店を出している者は、知ってるよ。向島一家には世話になった店も結構あるから」

慌てて店主は言い訳した。

「いや、いまはもちろん、なんの関係もないからね。昔の話だから」

墨田区内には江戸時代から賭博場がたくさんあった。戦後、それらをまとめたのが向島一家だ。賭け事に負けた客が飲食店で暴れたり食い逃げをしたりするので、店の用心棒として向島一家の組員が入ることもあった。

「その、ハワイのマフィアにやられたという話は……」

「先代から聞いたのよ。一緒に飯食いに来たときに冗談半分で言ってた。本人は苦笑いしているだけだったけど」

武勇伝にはなりそうだが、人生最高の失敗とは違う気がする。向島はまるで左腕を失ったことを名誉に思っているふうだった。

「向島はよくこの店に来ていたんですか」

「昔はよく若い衆と店に来てくれて、たらふく食って金を落としていってくれたけど」

「向島春刀と親しく話したことはありますか」

「ないよ。付き合いがあったのは先代だけ。強面だったけどシャイでね。女っ気がなくて独身だったから、彼を養子に迎えたんだ」

「養子に来る以前の向島春刀のことをご存じですか」

「それは知らないね」

彼を捜査しているのかと聞かれる。藪と誓は答えなかった。

「あの人は悪いことするような人じゃないよ。悪いことをしていたとしたら、それは誰かのためなんじゃないかな。向島一家というのはそういう教えでやってきているから」

もう時効だと思うから、と店主は前置きし、話を始める。

「何年か前に、クレーマーに絡まれちゃってさ。料理に難癖つけて作り直せっていうのよ。言いがかりが二時間続いたから、警察を呼んだの」

やって来た警察官は、あきらかにやる気がなかったらしい。

「やれこれは民事だの、逮捕や連行の根拠がないだの言ってもたついてね。面倒くさかったんだろうね。点数にもならないんだろうし」

だんだん店主の口調は荒っぽくなる。

「だけどさ、そのお巡りさん、普段はよく道路脇に立ってるのよ。木陰に隠れて、こまごまと違反の点数稼いでんの。で、市民が本当に困っているときは厄介そうな顔だからな」

藪も誓も同じ警察官として、謝るしかない。

「こっちで対処するからもういいやと警官を帰して、向島一家に電話したの」

さすがに誓はひとこと申したくなったが、藪に止められる。ヤクザに頼ろうとしたのは、警察のせいだ。

「向島さん、若い衆をすぐ寄越してくれたよ。クレーマーは一目見て逃げてった」

店主はサービスだといって、揚げそばのおつまみを出してくれた。

「刑事さんら、暴対法も暴力団排除条例もいいけど、だったらヤクザがこれまで地域に貢献してきた分を警察がカバーしてくれなきゃ困るよ」

店主は店の奥に消えた。

しばらく無言で、ぽりぽりと揚げそばをかじる。よく暴力団の存在意義について『地域を守る必要悪』と言う人がいるが、悪を制するのに他の悪を頼るのは間違っている。

あの店主が言う通り、警察がしっかりすればいいだけの話なのだ。だが圧倒的に警察官は足りないし、人生をなげうって職務を全うし社会のために働こうと考える若い人は減っている。国民が望むような完璧な警察官を増やすというのは無理な話だ。

藪は紙ナプキンの裏に、相関図を書いていた。

小林和也と花岡亨、安藤隆之のトライアングルを作っている。小林和也は生死不明で△マークがつけられていた。花岡亨は死亡していたので×印を書き込んでいた。

誓は『必要悪』について話を振ってみた。藪はあっさり言う。

「そんなもの、議論する余地もないね」

「やはり警察がしっかりすればいい話ですよね。でも人や予算が足りないです」

「そういう話じゃない。警察だって悪だよ」

思いがけない藪の言葉に、誓は目を丸くした。

「そしてヤクザにも善はある。大切なことは、見極めだ」

もっと話を聞きたかったが、藪が事件の話に戻した。紙ナプキンを誓に見せる。

「安藤隆之は逮捕済み。安藤は、死体損壊と遺棄は手伝ったが、殺害したのは小林と主張している。小林に命令している第三者Xがいる。Xは小林が所属している暴力団の親分だろうね。どこの組かはわかっていない」

相関図の脇に、藪は誓の夫の名前を書いた。

「そして、この花岡亭が銃撃した、仲野賢治。賢治は襲撃時、向島一家の内偵をしていた。花岡と賢治に接点はないんだよね？」

誓は弾痕の残った賢治の手帳を懐から出し、開いた。

「本人もその名前は知らないと言っていましたし、手帳にも名前は出てきません」

仕方がない、と藪が天を仰いだ。ナプキンを破る。

「この中で唯一、お口がある安藤だな」

「ゲロさせるのは厄介そうですよ」

「丸ちゃんに任せよう。ケイズダイナーの工場関係者やベトナム人への聞き込みは国際犯罪対策課がやっている。私たちは別ルートで安藤の素性を暴く」

「別ルートって、どのルートですか」

反社会的勢力の人間は繁華街を根城にしている場合が多い。翌日から藪と誓は繁華街で聞き込みをすることにした。

歌舞伎町には旧吉竹組系の暴力団は二つあり、すでに聴取済みだ。他にも独立系や別の系統の組がいくつもある。「ここも暴力団事務所、あそこも暴力団事務所」と藪が林立する雑居ビルの方々を指す。黒のアルファードやマイバッハなど、ヤクザが好む車が路上駐車されている。周辺をその筋の人間がうろついていた。

彼らは古くから歌舞伎町を本拠地にしている暴力団員だ。関西を拠点に広がっていった二つの吉竹組と緊張状態にはない上、警視庁では暴力団対策課の二つの係が担当している。どこかで監視しているだろうし、内偵がついている。吉竹組絡みでなにかあればすぐに一係に連絡が入るので、藪は歌舞伎町の暴力団を素通りし、交番に顔を出した。日本一忙しいと言われる歌舞伎町交番だ。

すでに行列ができている。財布をすられた、殴られた、ぼったくられた、と市民が訴えている。藪は交番の警察官にひと声かけて、ぼったくり被害を訴える男性から聴取する。

「職安通り沿いのバー萌々未《ももみ》でやられました。三千円ぽっきりだと呼び込みが言うので入ったら、請求書のゼロが一つ多いんですよ」

バー萌々未へ聞き込みに行った。違反行為があちこちで見られたが、安藤については空振りだった。他にも、ぼったくりバーや違法そうな風俗店を五軒回ったが、安藤のネタは出てこない。

「知り合いのところにいくか」

藪が区役所通りの路地裏に入った。細長いビルの入口にアフリカ系の外国人が立っていた。最近の歌舞伎町にいるアフリカ系外国人はナイジェリア人が多く、飲み屋の用心棒をやったり、偽物のブランド品を売りつけたりしている。軽々しく声をかけてきた。

「いらっしゃい！　シャネル、ヴィトン、エルメス安いよ！　お姉さんのバッグだせぇ」
いきなり誓のトートバッグの紐を掴んできた。入ってみるかと藪が誓に目配せしてくる。アフリカ人に案内されるまま、地下の階段を下りた。

「よく来た！」

口調は偉そうなのに、アフリカ人は女王を通すように恭しく扉を開け腰を折った。

細長い通路のような店だった。壁一面に洋服やブランド物の新品のバッグがかかっている。高いものでも一万円しないくらいだ。素人目には偽物かどうかはわからないほどよくできていた。

「エルメスのバーキンが一万円だって。なんでこんなに安いの？」

「それはね、奥さんに買ってほしいから！」

アフリカ人は藪を奥さんと呼び、誓をおねえさんと呼んでもてはやした。

「もうみんな持っていきなよ、これもそれも、あれもどれも」

勝手にビニール袋に商品を入れていく。

「はいこれ全部で十万円！　やっすぅい」

ビニール袋の中身は五千円のものが二つ、一万円のものが一つだ。

「早く早く、財布出す」

藪は警察手帳を出した。アフリカ人は一瞬で意気消沈した。

「なんだよ！　警察なら警察って言いなよ。ブス！　おばさん！」

藪が肩を揺らして「なんだと！」とつっかかろうとした。誓は慌てて止める。藪はくだらないところでムキになる。誓は安藤の写真をアフリカ人に見せた。

「この男、見たことある？」

アフリカ人は沈黙した。誓をじっと見つめる。歌舞伎町で脱法行為をしている者たちは、やはり警察との対話に慣れている。アフリカ人は「知らない。ごめんね」と写真を突き返した。

「じゃ、パスポートプリーズ」

藪が手を出した。アフリカ人は舌打ちし、バックヤードの扉を開けた。仲間が扉の向こうに複数人いるようだ。卓を囲んでポーカーをしていた。三人はアフリカ系で、ひとりは東南アジア系に見えた。聞き込みをする。アジア系の男が写真を返しながら言った。

「ヤクザ」

「安藤は暴力団員だということ？　どこの組の人間かわかる？」

「ムコジマイカ」

向島一家、と言っているようだ。


藪が次に向かったのは風林会館に入るホストクラブ『雨音』だった。エレベーターの中で誓と話す。

「やはり向島一家が小林の件にも噛んでいるんでしょうか」

さっきの東南アジア人はフィリピンの人間だった。詳しく聴取しようとしたが、日本語が通じない。「ムコジマイカ」と繰り返すばかりだった。

「もうちょっと粘ろう」

店の出入口で髪の下半分だけピンク色の男性が恭しく迎え入れた。

「藪さん、お久しぶりじゃないですかー」

「そら君はいる？」

「そらをご指名ですねー。あら後輩の方？」

　誓の顔をのぞきこんできた。陶器のような肌をした、お人形さんみたいな青年だった。

　店内は床までもがガラス張りだ。ガラステーブルには真っ赤なバラが埋め込まれている。雨をイメージしているのか、ガラス張りの壁一面に、しとしとと水が流れている。

　ソファに座り、とりあえず煙草を吸おうとしたら、野球のスライディングのようにホストがライターを差し出してきた。藪はけらけら笑っている。

「そら、ナイス」

　金髪で青いコンタクトレンズをした青年だった。白いスーツをまとっている。整形をし過ぎたのか失敗したのか、顔が骨格から歪んでいるように見えた。

「どうもぉ、初めまして。後輩さん？」

「誓ちゃんね。飲み物はいつもの全部順番に持ってきて」

「了解です～。誓さんは？」

「私は、とりあえずビールで」

　そらという名前のホストがオーダーを伝えに行った。

「藪さん、よくここに来るんですか？」

「うん。結構ツケがたまっちゃっててさ」

「大丈夫なんですか、警察官なのに」

「情報屋の一人なんだよ。だからじゃんじゃん酒入れてやんないとでしょ」

そういうことかと誓は納得する。

「女マル暴は歓楽街で情報屋を持つのに苦労すんのよ。キャバクラやソープは入れないし、クラブのママとかホステスはライバル視してくんの」

「藪さんは美人で目立つからでしょうね」

そらが飲み物を持って戻ってきた。藪と誓二人に話をふり、盛り上げている。藪はワインに切り替えたあと、安藤の写真をそらに見せた。

「ちょっと見覚えないな〜」

背景を説明するが、そらは首を傾げるばかりだ。藪が女気を見せる。

「今日はあんまり時間がないからもうシャンパン入れよっかー」

「藪さん。シャンパン入れてもらっても、わかんないもんはわかんないんで」

そらが慌てて止めた。

「あんたのそういうところ、本当にもうかわいいんだからー」

藪はそらをぎゅうっと抱きしめた。

「だって藪さんのツケがこれ以上増えたら俺が払わなきゃいけなくなるし……」

藪はワインでだいぶ酔いが回ったようだ。一万円札を何度もそらのジャケットの胸ポケットに詰め込んでいる。誓が確認しただけで、五回も小遣いをやっていた。ちょっと心配になる飲み方と貢ぎ方だ。終電の時間を過ぎたが、藪が酔い潰れて寝始めたので、帰れない。誓はそらの分のおかわりを頼んでやり、自分はワインを注文した。

「藪さんとはどれくらいの付き合いなんですか？」

「かれこれ二十三年かな」

「そんなに？　いまおいくつですか」

「俺は二十二です。藪さんとは、俺が母親のお腹にいるときからの付き合いで」

そらが自分の顔を指さした。

「俺、顔が歪んでるでしょ。母親がヤク中で父親はヤクザで、ボコボコに殴られながら育ったんで、顔が曲がっちゃったんですよ」

そらは穏やかな顔で、壮絶な生い立ちを話している。

「児相が何度も来てましたけど、オヤジにどやされると怖いんでしょうね。へらへら調子を合わせる児相の職員を見て、俺は四歳にして人生に絶望しましたもん」

状況を見かねた藪が、両親と児童相談所を一喝した。ようやくそらは保護されたらしい。

「あのときに藪さんがいなかったら、俺はいまこの世にいません。藪さんはオヤジの組の担当じゃなかったのに、気にかけてくれたのは奇跡っす」

「藪さんはなにがきっかけで介入するようになったの？」

「母はその昔、女マル暴刑事だったんですよ。藪さんの後輩だった」

誓はぎょっとする。そらは笑いながら「とことんまで闇落ちしちゃった」と言った。

「薬物にまで手を出した上、ヤクザと結婚しちゃうんですからねー」

「そんな人がいたなんて、全く知りませんでした」

「そりゃあ警察さんにとっては表に出したくないことでしょうからね」

そらが別の客に指名され、テーブルを離れた。

誓は藪を揺り起こそうとしたが、手を止める。この二十年、女性マル暴刑事の道を開拓してきて、どれほどの苦労があったのか。そこまで闇落ちした後輩がいたなら、藪も無傷では済まなかったはずだ。

そらが慌てた様子でテーブルに戻ってきた。安藤の顔写真を持っている。

「この人を知っているお客さんがいましたよ」

向かいのテーブルの女性客だった。目が大きくて顎がとんがった、ピンク色の髪の女の子で、ユナと名乗る。誓は藪を叩き起こした。


ユナはソープ嬢だった。これから出勤だというので、店まで一緒に行くことにする。西武新宿ぺぺの近くにある『水晶』という店だった。

「この男、安藤隆之っていうんですけど」

酔客にぶつかりそうになりながら、誓はユナに訊いた。藪は酔っていることもあって、まっすぐ歩くのも危うい。ゾンビみたいな足取りでついてくる。トー横と呼ばれる、新宿東宝ビル脇の広場では若者たちが集っている。踊ったり叫んだりしていた。酔い潰れて路上で寝ている者もいた。ユナが説明する。

「うちの常連さんが、これとおんなじ写真を持ってて、この男を知らないかって来たの」

安藤隆之を探している男がいるようだ。

「その常連は何者かしら」

「ヤーさん。全身の刺青がやばい。プレイは紳士だけどね」

暴力団員が安藤隆之を調べていたということか。

「それはいつの話ですか」

「つい昨日のことよ」

「どこの組のヤクザかわかりますか」

「えっとぉ、下町の方の。なんつったかな」

路地に入る。排水溝に詰まった泥を棒でひたすらつついているホームレスがいた。藪がその脇の電柱で吐いてしまった。ホームレスは慌てて逃げていった。店に着く。ユナと一緒にソープランドに入った。受付に座っていた若い男に、誓は警察手帳を示した。

「うちは健全な店だよ」

さっき、ユナが「プレイは紳士的」とぽろっと言っていた。本番は違法だが、摘発は生活安全部の仕事だ。いまは情報が欲しいので見逃す。誓は安藤隆之の写真を見せた。

「昨日、タクヤさんが持ってた写真と同じ人だ」

ユナだけでなく、受付にも安藤隆之の写真を見せたようだ。

「どこの組の人間が安藤隆之を探していたかわかりますか」

「タクヤさんは、向島一家の組員さんです」

向島一家は本気で安藤隆之のことを調べてくれているようだ。さっきのアフリカ人の違法ブランドショップにも調べに行ったのだろう。

つまり向島は、安藤隆之のことを本当に知らない。

電柱で嘔吐した藪の介抱と片付けなどをしていたら、午前二時になってしまった。

タクシーで渋谷警察署に戻る。女子仮眠室に藪を押し込んだ。

ようやく誓は葛西の官舎に帰った。もう朝の四時だ。八時から捜査会議が始まるので、六時には家を出たい。一時間くらいなら仮眠を取れるだろうか。誓は玄関から風呂場に直行しようとして、夫がダイニングテーブルにつっ伏して寝ていることに気づいた。夜やってきたヘルパーが就寝介助をしたはずだが、起きてリビングに戻って来たようだ。

「賢ちゃん、こんなとこで寝たら体が痛くなるよ」

「ああ――お帰り」

賢治は肩の骨を鳴らしながら、伸びをした。大量のノートが広げられていた。賢治が十年間のマル暴刑事人生で書き留めたものだ。ノートのあちこちに赤線が引かれ、付箋が貼ってある。

「ノートを見返してたら、スイッチ入っちゃった」

没頭できるなにかがあるからか、今日の賢治は穏やかだ。

「小林和也のことなんだけど。考えているうちに、顔に見覚えがあった気がしてさ」

十年もマル暴の現場にいたのだ。暴力団事務所に出入りする面々を何百人と見て来ただろう。

「過去のノートを全部ひっくり返してて、思い出した」

賢治が見せたのは、令和三年三月一日から十五日までのメモ帳だった。

「吉竹組が分裂するまで、東京本部っていうのがあったのは知ってる？」

「いまは関東吉竹組が入っている六本木の泉ビルヂングにあったのよね」

「吉竹組分裂の直前に、先輩と一緒にそこを内偵していたんだ。外出した下っ端の若中《わかちゅう》が鳩サブレを持ってどこかへ出かけたんで、遠方に行くと考えて、尾行した」

若中は新宿まで出て、ホテルのロビーで男性と茶をしたという。その男性に鳩サブレを土産として渡していた。

「その男が小林に似ていたような気がするんだ」

メモ帳の該当箇所を指さす。茶色の長髪で黒のスーツを着用した男が、手土産に播磨《はりま》饅頭《まんじゅう》の紙袋を持っていた、とある。

「播磨饅頭、か……」

「一時間ほど世間話していた。揉めている様子も、緊迫している様子もなかった」

男はその後、東海道新幹線に乗って東京を離れたらしい。誓はスマホで播磨饅頭について調べてみた。兵庫県の銘菓だ。

小林和也は兵庫にある旧吉竹組系の暴力団に所属しているのだろうか。


出勤してすぐに、乗鞍に相談した。

「兵庫にある旧吉竹組系の暴力団なら、坂崎《さかざき》興業と播磨《はりま》大豊《たいほう》組が有名どころだ」

管轄外の暴力団のことであっても、乗鞍は詳しい。

「小林は本庄会を破門されたあと、新たに坂崎興業か播磨大豊組に入った可能性はないですか」

乗鞍は警察庁のデータベースに入った。

「ははん。この二つも見事に分裂しているな」

坂崎興業は本家吉竹組系列となり、播磨大豊組は関東吉竹組系に所属していた。

「兵庫県警に捜査協力してもらった方がよさそうだ。薮は」

「さあ。昨夜ホストクラブで飲んだくれて」

まだ女子仮眠室で寝ているに違いない。

「起こしてこい。薮の元夫が兵庫県警のマル暴刑事だ」

結婚したことがあったのかと誓は仰天した。

「豪華な結婚式だったぞー」

乗鞍はニヤニヤしていた。誓は女子仮眠室に入る。薮は布団からはみ出して寝ていた。その肩を揺する。

「小林の現在の所属がわかりそうです」

薮は飛び起きた。

「うそ。まじで。どこ」

「兵庫県内の組みたいです。薮さん、兵庫県警に知り合いが――」

薮は布団を頭からかぶった。

「無理。兵庫県警とは話したくない」

「薮さん！　正式な手続きを踏んでいたら時間がかかるでしょ。元旦那だろうがなんだろうがすぐに電話してください！」

誓は布団を取り上げた。

二日酔いか、藪はこめかみに指を添えながら、デスクに座った。誓は受話器を上げて兵庫県警の番号を押そうとした。

「大代表でいいですか？」

「やつのケータイを直接鳴らすよ」

藪はスマホを出してアドレス帳をスクロールする。有島《ありしま》いう登録名の番号にかけ始めた。元夫のことだろうか。

「それからさ、言っとくけど元旦那じゃないから。入籍前に別れちゃったの」

「豪華な結婚式だったって、乗鞍さんが言っていましたよ」

「帝国ホテルでね。招待客三百人」

呼び出し音が鳴らぬうちに応答があったようだ。藪はぞんざいに名乗る。

「ちょっとそっちにいる組のことで聞きたいことがあるんだけど」

盛大な結婚式を挙げたのに入籍せぬまま別れた。なにがあったのだろう。

「え？」

藪がぴんと背筋を伸ばした。一束だけ外にはねた寝ぐせの髪が、大きく揺れる。

「それ、まじ」

受話器の向こうで男が一方的にしゃべっている声がする。藪はメモを取り始めたが、象形文字みたいでなにが書いてあるのかさっぱりわからない。

「わかった。すぐその病院の防カメの画像データを送ってくれる？」

藪は通話を切った。

「三日前、神戸市内の病院に、腹に刺し傷がある男性が治療しにきてる。病院が通報したけど、警官が駆け付ける前に逃走したそうよ」

縫合はされていたが、肝臓にも出血の痕跡があり、手術が必要と判断されたようだ。傷が膿んで痛むので、受診したらしかった。

藪のスマホに画像が届いた。

病院の待合室の画像だ。ピンク色のソファに座る男が、お腹を守るように手を当てて、厳しい表情をしている。

小林和也だ。

渋谷警察署の捜査本部は、小林の発見に沸く。一刻も早く身柄を確保したい。

兵庫県警から続報が入ってきた。小林が病院から逃走した経路を地図上で確認する。

「まず、小林が治療を求めたのは神戸市東灘区の深江外科クリニックです」

総合病院や大学病院だとすぐ通報されると思ったのか、小林は町医者を選んだようだ。

「受付には偽名で、健康保険証は忘れてきたと言っています。医者には工事現場で作業中に金属片が飛んできたと説明したようです」

暴力団員なら馴染みの闇医者に処置してもらえただろうが、東京を出て逃亡しているので、町医者を頼ったのだろう。

「この時点で警視庁に連絡してほしかったよねぇ、兵庫県警は」

藪が嫌味ったらしく言った。

「東京の事件の被害者だと気づかなかったんだろう。犯人として手配書が回っていたわけじゃないからな」

兵庫県警は傷害事件があったとみて、小林の行方を追うことにしたようだ。防犯カメラ映像をこの三日間で解析している。

「小林は阪神本線深江駅から上り列車に乗って、八つ目の西灘駅で下車。タクシーを拾い、摩耶ふ頭の物流倉庫前で下りたらしい」

摩耶ふ頭は、物流会社や工場が軒を連ねる埋立地だ。

兵庫県警は件の物流倉庫の防犯カメラの回収に向かっている真っ最中だという。

「藪さん！」

デスクに座っていた丸田が叫んだ。顎の肉を震わせ、受話器を持っている。

「どうした」

「向島春刀から電話です。安藤隆之の素性がわかったそうです」

藪と誓が向島一家へ飛んでいくと、すでに応接ソファに麦茶が三つ出ていた。今日も向島は一対二で話す。後ろに若い衆を侍らせようとはしなかった。

黒いワイシャツに鼠色のスラックスを穿いていた。眼鏡は色付きの物だ。この後、ジャケットを着てどこかへ出かけるのかもしれない。誓はネクタイが気になった。ワイシャツと同系色の黒地に金糸の格子柄の入ったネクタイを締めていた。向島は片手で締められるのだろうか。誰かにやってもらっているのか。

「安藤隆之は『インソムニア』の一員でした」

半グレだったかと藪がため息をついた。誓は初めて聞く組織だ。向島が察したように、誓に説明する。

「インソムニアは一九九〇年代に横浜の本牧ふ頭で爆走していた走り屋集団が起源です。闇金バイトで稼いだ金を車やガソリン代につぎ込む連中で、二〇〇〇年代のオレオレ詐欺黎明期に組織を拡大して巨額の資金を得ました」

「なるほど。それで安藤もあれだけ土地を所有できたんですね」

向島が続きを話す。メモは一切なかった。

「安藤は詐欺組織で、受け子を取りまとめるリーダーだったようです。ところが番頭をやっていた元ヤクザともめた」

番頭とは、特殊詐欺組織の司令塔、ナンバー2にあたる人間だ。

「そこで強引に指を詰められたようですね」

「つまり、ヤクザのけじめではなかった」

「ええ。組織を追い出されたあとに、小林の手下になったようです」

誓は向島に首を傾げる。

「それにしても調べが早いですね。そういえば、歌舞伎町であなたの子分がアフリカ人やソープ嬢に聞いていたようですけど」

「反社に属する人間の素性を知っているのは、同じような場所にいる人間です」

アングラの人間を探すなら、アングラのネットワークを使うのが一番だと言いたいらしい。あの町では桜の代紋は門前払いを食らうだけだ。藪が背筋を伸ばす。

「なにはともあれ、捜査協力、ありがとうございました」

「いえ。お役に立てたのなら」

向島は麦茶をすすった。

「ところで小林和也の方ですが、どうやら兵庫県内の暴力団に所属していたようです」

「兵庫のどちらですか」

藪の説明を遮り、誓は身を乗り出した。

「向島さんは知っていたんじゃないですか」

向島はぎろりと誓を見据えた。今日は目つきが厳しい。藪が言う。

「小林和也はどこの暴力団に所属しているのか。兵庫でそれなりの規模を誇るのは、本家吉竹組系列の坂崎興業と、関東吉竹組系列の播磨大豊組ですが」

藪のスマホがバイブした。藪はスマホを一瞥したのみで、再び向島を見た。

向島はなにも言わない。結局、藪がスマホを見ながら説明した。

「小林は治療を求めた病院を逃げ出したあと、タクシーで人気のない埠頭にいき、そこで黒のベンツに拾われています。ナンバー照会したところ、播磨大豊組の組員の所有とわかりました」

「そうですか」

向島の反応はそれだけだった。誓は焚きつける。

「小林和也は播磨大豊組のユーレイ組員ということですね？　関東吉竹組系の組織です。あなたがたの近所の」

向島は不愉快そうに目を逸らした。

「小林は半グレの安藤と結託して、刑事襲撃事件の口封じのために花岡を殺害した。花岡の後釜に安藤が入った。その花岡はかつてここに出入りしていましたね」

「何度も申し上げています。花岡には食事や小遣いを与えたまでです。盃も交わしていません」

向島は丁寧な口調ながら早口に答えた。誓を見る。

「桜庭さん」

なぜか旧姓で呼んだ。

「花岡と我々の関係にばかりとらわれていると、真実を見誤りますよ。小林が播磨大豊組の人間と決めつけるのもどうかと思います」

「違う、と言うんですか」

そもそもなぜ誓の旧姓を知っているのか。なぜ旧姓で呼ぶのか。尋ねようとして、藪が割り込む。

「味方だから傷を負った小林を拾ったんじゃない。敵対しているから拾ったとも考えられますからね」

弱っている相手に付け込むのが暴力団だ。勝手に助けて恩を押し付けて金を巻き上げるし、そのまま殺して相手の勢力を削ぐこともある。

向島は立ち上がった。

「お帰りください。お約束通り、安藤の身元調査に協力しました。私ができるのはここまでです」

「向島さん、本当は事件の全貌が見えているのではないですか？」

誓は立ち上がり、行きかけた向島の腕を取る。摑めたのは、袖だけだった。

「あなたは常に任俠道を口にする。弱きを助け強きをくじく。ならば事件の全貌を教えてください。一刻も早く、搾取されてきたベトナム人たちを救済しないと――」

「私はヤクザです」

向島が誓の手を見咎めた。とても厳しい視線だった。誓は手を離す。たとえ協力することはあっても、決して交わることがない別々の線の上にお互いが立っているということを、ひしひしと感じる。

「言いたくとも言えないことがあります。教えたくても教えられないこともある。協力したくても、できないことがある」

藪はソファに座ったままだ。腕と足を組み、ちろりと向島を見上げた。

「あなたが全体像を言っちゃったら、なにかまずいことが起こるということ？」

向島の現在の立ち位置や日々の動向から、誓も察する。

向島は、吉竹組分裂騒動のど真ん中にいる。双方の組長の間を行き来し、なにかを調整しているはずだ。和解なのか抗争なのか。

向島という人をある程度知ったいま、和解だろうと誓は確信している。向島は分裂した組織が抗争しないように奔走しているに違いないのだ。

「小林の動向を教えるということは、分裂中の吉竹組のどちらかを刺激してしまうということよね。播磨大豊組なら、関東吉竹組を刺激してしまう。坂崎興業なら、本家吉竹組を怒らせるってところかしら。中立の立場にいるあなたは、警察になにも言えないわよね」

向島は無言で出入口の扉を開けようとした。誓は先回りする。なんとか向島の口を割らせたい。別の切り口から話を長引かせようとした。

「向島さん。さっきどうして私を旧姓で呼んだんですか」

自分を内偵している警察官の素性くらい、暴力団員なら調べられるか。

「あなたのお父上を知っているからです」

向島の返答に、誓はすさまじく動揺した。父のことを言われるとは思ってもいなかったのだ。

「へえ、そう……」

上っ面だけの妙な返事をしてしまう。向島がじっと誓を見下ろしている。心を読まれている感じがして、誓は背を向けた。藪がやってきた。向島と誓の間に入る。

「今日はこれにて失礼します」

誓は深呼吸して心を落ち着けようとした。頭を下げたが、向島と二度と目を合わせられなかった。

「チュントイ」

向島に妙な言葉を投げかけられる。

「調べてください、チュントイを」

誓は下町を車で流していた。スカイツリーがビルの隙間から現れては、消える。コンクリートの護岸壁に邪魔され、隅田川の流れは全く見えない。

「まったく向島のやつ、まどろっこしいんだから」

チュントイという謎の言葉を、藪がスマホで調べていた。

「で、チュントイってなんだったんですか」

「ベトナム語で『我ら』だって。他に該当しそうな外国語はないね」

「小林の事件の発端はベトナム人留学生との確執と思われます。ベトナム語のチュントイのことを向島は言いたいんでしょうが、『我ら』……」

それがどうしたというのか。

「チュントイというベトナム語の文字をコピペして検索してみてください。カタカナ読みよりも、ベトナム語で検索した方が情報が出てくるはずです」

「それってベトナム語のサイトが出てくるだけじゃないの」

「翻訳アプリを入れてください」

「日本語とベトナム語の？　どうやるの」

誓はコンビニを探した。

「一旦運転を代わってください。私がやります」

「代わるのは別にいいけどさ、じれったいのはあんたもだよね」

「なにがですか」

「なんで向島に父親のこと触れられただけであんなに動揺すんのよ」

誓は言葉に詰まった。

「大阪府警の伝説のマル暴刑事、桜庭功。私が動画を見せたときも嫌な顔をしてた」

藪はずっと変だなと思っていたようだ。

「親の七光りが嫌だという感じじゃないよね。お父さんのことを捜査の過程で思い出しているふうなのに、他人が触れようとすると拒否反応を起こす」

藪がようやく誓から目を逸らした。誓はため息をついてしまう。

「あんたさ、向島に丸裸にされている」

「知っています」

「あいつ、とことんまであんたのこと調べてる。きっと私や警察が知らないところまで。なんでだろ」

「銃撃事件の被害者の妻だからじゃないですか」

「向島は賢治のことなんか気にしてないような気がするんだよね。花岡とは一切の関係がなさそうだし。賢治よりもむしろ、あんた自身だよ」

思い切った様子で藪は言う。

「向島はあんたに特別な感情を持っているような気がする」

「なにが言いたいんですか」

「やけに協力的だ。安藤隆之の情報をたったの二日で持ってきてくれたし、今日は最後の最後でまたヒントをくれた。あんたが父親のことを言われて動揺した途端にだよ。泣く子に慌てて飴ちゃんをあげるおじさんみたいだった」

「東京の治安を守りたいという任侠道から来るものなんじゃないですか？　銃撃事件に巻き込まれた刑事の妻への負い目とか」

「どっちも違うと思う」

「じゃあなんだっていうんです。向島が個人的に私を気に入っているとでも言いたいんですか」

そうだと藪は断言した。

「あんたを前にするとついしゃべっちゃうというのをひしひしと感じるの。自分がそうなるとわかってるから部屋に若い衆を入れないんだよ」

以前の向島は、必ず若い衆を同席させていたという。

「ヤクザに気に入られるのはマル暴刑事としては有利だ。昔、やたら情報を取ってくる女マル暴刑事がいてね」

藪がため息交じりに語り出した。

「ヤクザと寝てた」

「……もしかして、ホストのそら君の母親ですか」

藪は途端に口が重くなった。コンビニの看板が見えたが、駐車場はない。

「誓ちゃん、くれぐれもハンドル操作に気を付けて」

「普通に運転をしていますよ」

「向島を操作するハンドルということ。気に入られているとわかったら、もっと懐に入って情報が欲しくなるでしょう。それがマル暴刑事の性だ」

誓は否定しなかった。

「小林の事件だけじゃない。吉竹組の抗争の鍵を握る人物だ。向島を手なずけられたら、あんたはマル暴刑事として最強だよ」

向島を手なずける――誓はぞっとした。向島は紳士的ではあるが、一歩間違えたら大爆発する巨大で精密な機械のようだ。誓の器で扱える自信がない。好々爺だった箕面組の野原や、チャラチャラしている八王子双竜会の海竜、嫌味ったらしい関東吉竹組の泉組長の方がまだ扱いやすいとすら思う。

「小林の事案が解決したら、また内偵に戻る。私たちの担当は向島一家だ」

藪は声が低くなっていた。

「あんたと向島が二人きりになったらヤバイことが起こるという臭いがプンプンする。今後、向島一家にひとりで乗り込まないこと」

誓は思い切って、切り出した。

「もし向島が、重要な情報を教える代わりに俺と寝ろと言ったら――」

「俺と寝ろなんていう男じゃないでしょ。男と女は言葉でも行動でもなくハートで動く」

表現がダサいと思ったが、面倒くさいのでつっこまなかった。

「だとしても、私は情報をあきらめて家に帰って夫と寝ます」

「それがマル暴刑事としては正しい。でも簡単に言い切るもんだ。余計信用できないね」

「そもそも発端は私が専業主婦の身で向島に喧嘩を売ったことですけど、私からしたら現役のマル暴刑事がガサ状待ちで周囲をうろうろしていただけだったのを情けなく思いましたよ。藪さんに至っては病院でメソメソ泣いてましたよね」

藪は目を丸くして誓を睨みつけた。

「十分前まで一緒に仕事していた同僚が撃たれて意識不明の重体だよ。そりゃ泣く」

「私は目の前で銃撃を見ました」

藪はきまり悪そうに、口を真一文字にする。

「泣いている暇があったら殴り込みに行けよと思います」

「私は警察だ。司法手続きに則って仲間が捜査してくれている中で、ひとりでカチコミまがいのことはできない。あんたとは立場が違った」

藪は容赦なく繰り返す。

「あんたのその思考、行動原理。まるでヤクザだよ。闇落ち予備軍だ」

渋谷警察署に戻るまで、誓は藪とひとことも口をきかなかった。上司ではあるので、黙ってついていく。藪は捜査本部に入ると、国際犯罪対策課の管理官、浜名のデスクの脇に立った。

「ちょっと聞きたいんだけど。チュントイってなんのことか知っている？」

浜名の表情が一変した。

「どこからその名前が浮上してきましたか？」

いまにも立ち上がりそうな勢いだ。

「チュントイは、不良化したベトナム人たちが名乗る犯罪グループの名前よ」

誓は藪と喧嘩したことも忘れて、互いに目を合わせる。

「在日ベトナムマフィア集団ということ!?　どうしてそれを早く捜査本部に言わないのよ！」

藪が浜名につっかかった。

「言う必要はない。管内にはいないもの」

「つまり、東京にアジトや組織はないんですね？」

「あるのは群馬県高崎市と茨城県の牛久市のみ。歴史も浅い。東京で悪さをしたことはない連中だから……」

「とにかく詳しく教えて」

藪が浜名のデスクにかじりついた。誓も椅子を持ってきて、傍らに座る。

浜名がパソコンで画像やデータを呼び出しながら、説明を始める。

「発足したのは三年前で場所は群馬県よ」

「群馬県はもともと在日外国人が多く住む県なの。大泉はブラジル人、伊勢崎はフィリピン人といった具合でね」

ここ十年は技能実習制度を採り入れる中小企業が増え、県内も在日ベトナム人が急増しているという。

「彼らの多くは真面目で勤勉だけど、一部が技能実習先を逃亡し、集団で不法滞在や不法就労を繰り返している」

当初は、在日ベトナム人の駆け込み寺のような集まりだったらしい。技能実習生を受け入れる企業も、一部が不当な労働条件で酷使したり、暴力暴言、搾取などでベトナム人を追い詰める。

「ベトナム人たちは日本語もできず、日本警察のこともよく知らずに来日する。相談する相手が在日ベトナム人しかいないのよね」

人数が増えるうちに不良化する者も出てきた。一部に犯罪傾向が出始めたのがここ五年のことで、多くは窃盗だった。県内の畑の果物や野菜、家畜の豚や鶏を盗まれた例もあったという。

「当初は飢えをしのぐ程度だったのが、最近は豚十匹の窃盗などがざらにある。群馬県警とのイタチごっこになっているわ」

個人で消費できる量ではない。藪も唸っている。

「不法滞在ベトナム人たちのヤサを片っ端から捜査しているらしいけど、このときの豚を群馬県警は押収できなかった」

「すでにどこかに転売しているんでしょう。明らかに犯罪組織化していますね」

誓は言った。浜名が頷く。

「この犯罪組織化した連中が『チュントイ』を名乗るようになった。茨城にも組織があり、そこは『チュントイ牛久』と名乗っているわ」

これまでチュントイが起こしたトラブルのうち、警察官が事件と認知したもので殺人は一件だけだった。

「酒の席でのチュントイメンバー同士の喧嘩よ。牛刀を振り回す輩が多くて、これは凄惨な現場だった」

ベトナム人は家庭で鶏や豚を解体する。牛刀の扱いに慣れているらしい。牛刀は刃渡りが三十センチを超えるものが多い。

浜名がデータを呼び出し、現場画像を見せた。北関東屈指の歓楽街と呼ばれる、太田市の南一番街が現場だった。カラフルで統一感のない飲み屋街の路上に、背中を斬られたベトナム人が倒れている。血の海だった。

「いまのところベトナム人が日本人に危害を加えるという事件は国内で起こっていないわ」

「時間の問題だったんじゃないの」

藪が鋭く指摘する。

小林を襲撃したのはチュントイで、和グループに搾取された同胞の復讐か。現場に残っていたあの血の量からして、牛刀を振り回すベトナム人マフィアが東京に進出してきているのかもしれない。

誓は藪と共に渋谷署を出た。

「小林の所属がわからないのがもどかしいね」

乱暴に覆面パトカーのドアを開けながら、藪が言った。

「下手したらチュントイ対暴力団の抗争ってことになる。これは一大事だよ」


警視庁本部で、藪が乗鞍に報告する。

「チュントイは手口が残虐です。暴力団との抗争に発展していたらまずい。暴力団対策課はなんらかの対応をすべきです」

抗争だと確定できたら、暴力団対策法のもとで特定抗争暴力団の指定ができる。抗争している暴力団員の行動を大きく制限できるので、一般人の犠牲は防げるはずだ。乗鞍は険しい顔で藪を睨みあげる。

「小林の所属もわからないのに？　しかもチュントイは暴力団ではなく海外マフィアの範疇に入る。暴対法は適用できない。抗争認定なんかできるはずがない」

「なら組織的犯罪処罰法でなんとか動きを封じ込められない？」

乗鞍が受話器を上げた。

「そもそも不良外国人の担当はうちじゃない。国際犯罪対策課だ。浜名と話せ」

「もう話した。浜名管理官マル暴育ちじゃないから現場でカンが働かない。鈍くてついていけないわ」

薮の口調を乗鞍がたしなめた。誓は前に出る。

「播磨大豊組の方はどうなりました？」

小林和也は播磨大豊組の車に拾われたあと、どうなったのか。まだ兵庫県警は追跡捜査の真っ最中だ。

「播磨大豊組には、兵庫県警の組織犯罪対策局とガサを予定している。事務所の規模は大きくないから、あちらは二十人出すそうだ」

「じゃあ、うちも二十人」

「交通費の関係でうちからは十人だ」

薮がさらにふてくされた。

「お前らが中心なんだ。明日の新幹線で兵庫に飛ぶぞ。チュントイは一旦忘れて、準備しておけ」

夕方、渋谷警察署の捜査本部で、暴力団対策課の捜査員が輪になった。播磨大豊組の情報を共有する。

「結成は昭和三十年、尼崎の競艇場に出入りしていた博徒だ。ノミ行為でシノギをあげてきた」

バブルのころ、尼崎の歓楽街、かんなみ新地の事業にも介入した。かつての青線地域として売春が横行していた一画だ。特殊飲食店街として発展してきたが、現在は一店舗も営業はしていない。播磨大豊組は競艇場の男たちに声をかけてかんなみ新地で女をあっせんし、博打で儲けた金を巻き上げてきた。

「一九七〇年代には当時の吉竹組傘下に入り、組長は直系幹部の若中となっている。かんなみ新地での土地建物を巡る利権関係で揉めていたところを、泉組長に収めてもらったことで借りを作った。分裂した際は関東吉竹組についた」

捜査一課の連中が集う場所から、突如、歓声があがった。ガッツポーズしている者もいて、藪の声がかき消されてしまう。

「さすが科捜研だな。あのゴミをふすまと解明できるなんて！」

叫んだのは捜査一課の出井だった。誓は久しぶりに顔を見た。部下も喜んでいる。

「これで一歩前進です。ライターから出たブツに注目しておいてよかったですね」

播磨大豊組の情報はもうなかった。藪が声をかける。

「なにか質問は」

誰も手を挙げない。みな、喜び勇む捜査一課が気になっている。

「燃えたゴミがなんだったか判明したくらいで喜んじゃって。うちはそろそろガイシャの居場所がわかりそうだっつうのに」

藪が捜査一課に聞こえる声で言った。ガサ入れの事前打ち合わせを邪魔されて腹が立ったのだろう。出井が反応した。

「ガイシャの居場所、ねえ」

暴力団対策課のシマに近づいてきた。

「ここは殺人未遂の捜査本部だぞ。最終目標はホシにワッパをかけること。ガイシャを保護することじゃない」

「ガイシャを一刻も早く保護しないと被害者が増えるかもしれないのに？　灰になったゴミの解析なんかしてないで早く真犯人の目星をつけろ」

「強がっちゃって。本当は『ふすま』がなんのことだか気になってるんだろ」

「ふすまはふすまだろうが」

「なんのふすまだ」

「和室や押し入れの仕切りのふすまだ！」

出井たちは笑いながら捜査本部を出て行った。

「むかつく。なんなのあいつら」

幹部席にいた浜名管理官が声をかけてきた。

「捜査一課が騒いでいる〝ふすま〟は小麦粉の皮のことだそうですよ」

小林和也宅の放火に用いられた百円ライターのフリック部分から、小麦粉が検出されたのだという。小麦粉なら誰でも購入することができるので、個人を特定することはできない。当初は捜査一課もこの情報にあまり重要性を感じていなかったようだが、ふすまが発見されたとなれば話は変わる。小麦は皮が付いた状態で日本へ輸入される。その後、製粉工場でふすまが取られ細かく砕かれて、小麦粉になる。

誓はメモを取りながら確認する。

「つまり、小林襲撃犯は、製粉会社に勤める人物ですか」

「明日から我々は管内の製粉会社で技能実習生を受け入れている製粉会社をあたりますが、全国で百社以上あります。捜査一課と共にローラー作戦を敷くつもりです」

浜名管理官は自信満々でファイルを渡す。

「参考までにリストを渡しておきますね」

誓はリストを捲る。関東地方にある製粉会社のうち、ベトナム人技能実習生を受け入れている会社のリストだった。全部で四十一社ある。小林率いる和グループホールディングス傘下の監理団体、アジア技能研修協同組合の名前もある。あきるの市にある製粉会社に八十名のベトナム人を派遣していた。

ホシを持っていかれるのは、時間の問題だった。

浜名は、チュントイにこだわる藪をフフンと一瞥し、立ち去った。


誓は渋谷警察署の屋上に上がった。明日からいよいよ暴力団事務所にガサ入れだというのに、気持ちは盛り上がらない。直接ホシに繋がるガサ入れではないだけに、他の捜査員もいまいちやる気が見えなかった。

喫煙所には誰もいなかった。年々喫煙者の数は減っている。暴力団員はどうかなとぼんやり考える。右手で煙草を吸う向島の姿を想像してみた。

父はヘビースモーカーだった。男は、刑事は、マル暴は吸ってなんぼ、かっこがつかんと思っているような節もあった。キャスターを好んで吸っていた。ちょっと甘い香りがする煙草だった。

「誓ちゃん。飲もう」

藪が屋上に出てきた。またクリームたっぷりのフラペチーノだ。

「甘いものは苦手って言ったのに」

「まあいいじゃん。ポイント溜まっててさ、一杯無料」

二人で日陰のベンチに移動した。

「暴力団対策課はなかなか盛り上がりませんね」

「抗争でもない限り、捜査本部の主流にはなれない。マル暴はそんなもん」

「でも今回はチュントイと暴力団の抗争の可能性がありますよね」

「そうだとしたらどこの暴力団なのか。そもそも本当に暴力団なのか。それは警察庁が認定した指定暴力団なのか。そこがはっきりしないと、私たちは動きにくいのよ」

誓は煙草をひとくち吸った。

「私から見たら、証拠がどうとかＤＮＡがどうとか言って主役ぶってる捜査一課がまどろっこしいです。チュントイを軽視している国際犯罪対策課もむかつきます」

藪は冷静だが、浜名の勝ち誇った顔が誓は忘れられない。

「小麦粉のＤＮＡなんかどうだっていいし」

「それ、証拠第一の捜査一課に聞かれたら締めあげられる」

「私は人を見る方が大事だと思います」

誓は断言した。

「人って本当に、巧妙に嘘をつきますよね。この世に存在するもので、なにかを欺こうとする動物は人間くらいじゃないですか」

「そんなことはないでしょう。獲物をしとめるために敵を欺く動物とか昆虫とかいると思うよ」

「獲物のため。生きていくためですよね」

藪がじっと誓を見返す。

「人は正直に話したって死にやしないのに、嘘をつくじゃないですか。証拠を見るという黒か白かの世界で犯罪を見ていたら、なにか大切なことを見落としてしまう気がします」

「あんたさ、本当に二十八？」

うすら笑いを浮かべ、藪が言った。

「よっぽどのものを目の当たりにしてこないと、そういう意識にはなれないと思うよ。なんだかマル暴のＯＢと話をしているみたい」

誓は苦笑いした。

「お父さんの言葉？」

否定し、誓は藪に迫った。

「この捜査本部で捜査する以上、天下を取りたくないですか」

「なによ、天下って」

「ホシを上げることですよ」

「だけどホシはベトナム人だよ」

「私達の担当は暴力団だから、ベトナム人に手を出しちゃだめだというんですか。その考えだと、万が一チュントイのバックに暴力団がいたとき、出遅れますよ」

「バックにも暴力団がいると見ているんだね」

「暴力団の関与なしに、ベトナム人が異国の地でチュントイを組織できたと思いますか」

「できなくはないだろ。むしろ暴力団が動きにくくなっているいまの方が、組織しやすい」

「組織できたとして、小林をターゲットにするとは思えません」

藪は考える顔になった。

「小林は現役暴力団員の可能性が高いんですよ。人の数、金、地の利、人脈、全てにおいてチュントイが劣ります。ヤクザに手を出すような愚かな真似はしないと思うんです」

「よほどの動機があったんじゃないの」

「動機があったとしても、犯行が可能だとは思えません。別の暴力団がチュントイのバックにいて、手引きしているとは考えられませんか」

藪が勢いよくフラペチーノを吸った。誓は前のめりで、だが声は潜める。

「向島春刀はきっと全部知っていますよ」

藪は否定せずじっと地面を睨んでいる。

「向島は私を好いているって藪さん言ったじゃないですか。私、向島とひとりで会ってみます」

「あのねえ。やるなって言ったばっかりだよ」

「だけどこのままじゃ、捜査一課や国際犯罪対策課にホシを持っていかれます。私が向島に頼みます」

事件の全貌を教えてほしい、チュントイの詳細を教えてほしい——日本の治安のためだと言えば、任侠道原理主義者の向島はきっと話してくれるはずだ。

「こういう切羽詰まった局面でアングラのネットワークを使わないでどうするんですか」

「アングラのネットワークだって!?」

藪は目を血走らせた。

「あんたさ、暴力団のネットワークを使ってホシを上げるということがどういうことか、わかって言ってるの？」

誓は黙って首を横に振った。

「向島一家が安藤隆之の素性を二日で暴いたことを考えてみなよ。安藤は特殊詐欺組織にいた。誰がそれを教えたと思う。知っていたと思う？」

特殊詐欺組織の人間だろう。

「あいつら詐欺電話かけている真横で安藤の情報を教えてもらったかもしれない。薬物売買を横目に見ながら情報を受け取ったかもしれない。誰かを袋叩きにして吐かせた情報かもしれないんだよ！」

誓は反省した。さすがに軽々しい発言だった。

「あんた、怖いよ。私達に協力的で、地域の治安を守って社会貢献したいと言っている向島に、陶酔し始めているんだ」

誓は慌てて否定した。

「逆だったのかもね。あんたの方が向島を好きになり始めている。だから向島も意識し始めた」

誓はコンクリートの地面に、フラペチーノのカップを叩きつけた。

「藪さん、失礼にもほどがある」

「あんたさ、本当のところ、どうなのよ」

藪の顔が迫る。

「その若さで下半身不随の旦那を抱えることになった。来年も再来年も、あんたが三十歳になっても賢治のオムツを変える。あと干支一周分がんばってもまだ四十歳だよ」

そんなことは言われなくてもわかっている。考えないようにしているのに、指摘されると眩暈がする。

「本当は耐えられないと思ってるんじゃないの？」

誓は踵を返して屋上を出ようとした。

「ヤクザは手ぐすね引いて待ってる。マル暴を絡め取って闇落ちさせようとする！」

藪が誓の背中に叫んでいる。

「心の隙を見せたら最後だ。気が付いたときにはがんじがらめになって、捜査情報をペラペラしゃべっちゃう。私はそういう闇落ち刑事を何人も見てきた！」

誓は扉を勢いよく閉めた。


誓は十八時に葛西の官舎に帰宅した。マル暴刑事に復帰してからこんなに早く帰宅したのは初めてだ。自宅には姑の他、ヘルパーもいた。

「たっだいま〜、賢ちゃん」

誓は他人の目も気にせず、車椅子の賢治の顔を両手で包み、キスをした。賢治はキッチンに立つヘルパーをチラ見して、おいッ、と顎を引いた。嬉しそうではある。

「お帰りなさい」

賢治の膝にバスタオルがかけてある。なにも穿いていなかった。着替えの途中だったらしい。

「私が着替えさせてきますね」

姑に言い、誓は車椅子を押して、寝室に入った。

「今日は早かったんだな」

「明日から出張なの。兵庫」

賢治の表情がパッと明るくなった。小林が兵庫から来た暴力団ではないかと最初に指摘したのは、賢治なのだ。

「賢ちゃん、ビンゴだよ。兵庫県警に問い合わせたら、小林和也を見つけた」

病院を偽名で受診し、やがて播磨大豊組の車に乗せられたことまで判明したと伝える。

「お手柄だね」

賢治は小さくガッツポーズをした。こんなに嬉しそうな顔をした賢治を見るのは事件以来初めてのことだった。誓は介護ベッドの高さを調整し、賢治を座らせた。尻を軸にして回転させて寝かせる。

賢治の腰に巻いていたバスタオルがズレて、賢治の鼠径部と陰毛が少し見えた。誓は冗談半分でバスタオルの下をのぞいてみた。

「おい。なんだよ」

賢治が誓の額を笑ってこづきながら、囁く。

「今日はなんかエッチだぞ」

じゃれ合ううちに舌を絡ませ合っていた。向島に惚れているわけではないと言い聞かせるほど、賢治を求める唇が力む。賢治の鼻息も荒くなる。唇を吸われたまま乳房を愛撫され、下着に手を入れられた。だがここから先は、ない。どうやって終わらせるのかで、いつも気まずい時間が流れる。姑の「ごはんよー」の掛け声に、助けられた。


夕食後、誓は風呂から上がった。姑とヘルパーは夕食前には帰った。夫はリビングのソファに身を沈めながら、スマホをいじっていた。

「随分長いこと入ってたな」

「捜査のこと、考えてて」

誓は即答した。本当は誰のことを考えていたのか、悟られたくない。

テーブルの上に、賢治がマル暴時代に使っていたノートが広げられていた。賢治は充実感溢れる顔をしている。車椅子で自宅から出られないのに、事件捜査を進展させる大きな情報を与えたのだ。ガサ入れを前に興奮しているようだった。

「本ボシがベトナムマフィアだとすると、国際犯罪対策課が捜査本部の主役になるだろうからな。ちょっと悔しいな」

「捜査一課は製粉会社の技能実習生に絞っているみたいよ。私達は小林がどこの暴力団の人間なのか早急に突き止めないと、抗争認定もできない」

賢治はネットの検索画面に『ベトナム技能実習生　製粉会社　暴力事件』と具体的な言葉を入

れて、エンターキーを押した。

「なにを調べてるの」

「もちろん、犯人だよ」

「いまのキーワードは？」

「今回の犯人は手口が荒っぽい。小林にかなりの恨みを感じる」

技能実習先でよほどの目に遭っていたのではないかと考えているらしい。

「パワハラ以上の暴力沙汰とか」

「それなら警察が介入していないとおかしくない？　普通は警察に駆け込むよ」

「じゃ、事故かな」

賢治は検索窓に『事故』と追記した。

「事故でひどい目に遭ったのに労災がおりなかったとか、ひどい後遺症を負ったのに、誰も責任を取ってくれなかったとか」

検索結果のトップに出てきたのは、半年前に製粉工場で起こった粉塵爆発事故だった。

「場所は東京都あきるの市にあるオクト製粉だ」

「粉塵爆発ってなに」

「空中に舞った粉に引火して爆発状態になることじゃなかったかな」

賢治が記事を読んでいく。工場内の倉庫から製粉施設へ小麦粉の原料を送る途中、送気装置が故障し、送風量の調整ができなくなったらしい。タンク内の酸素濃度が上がっていることに気がつかず、ベトナム人実習生が送気装置を修理しようとした。火花が散り、粉塵爆発が起こった。

ベトナム人従業員は顔をやけどする大けがを負った、とある。

　誓は国際犯罪対策課が持っていた製粉会社のリストを見た。全四十一社の中に、確かにオクト製粉の名前がある。ここで働いているベトナム人は、レ・ミン・フックという二十七歳の男性だった。半年前に失踪している。監理団体は和グループホールディングスが運営している、アジア技能研修協同組合だった。

「賢ちゃんビンゴかも。すごい！」

　誓は思わず賢治の腕を摑んだ。かつて一緒に捜査していたときも、こんな瞬間があった。賢治も前のめりだ。

「しかもこのベトナム人、逃亡しているみたいだ。どういう人物なのか、ＳＮＳで調べてみるか」

「逃亡しているのにＳＮＳをやる？」

「逃亡前のものが残っているかもしれないだろ。フェイスブックより、ベトナムＩＴ企業が開発したＺａｌｏなら逃亡後も使っているかも」

　賢治はＺａｌｏのトップページに入った。アルファベットに葉が茂っているような文字を、賢治は次々と入力していく。ベトナム語のようだ。

「賢ちゃんってベトナム語できたっけ」

「勉強の真っ最中だよ。話してなかったっけ？」

　方々に広げられたノートの下から、ベトナム語のテキストが出てきた。

「もしかして、この捜査のために？」

賢治は苦笑いした。

「今後の警察官人生を考えてのことだよ」

車椅子でもできる警察官の仕事で、最も現場から求められているものはなにかとずっと考えていたらしい。辿り着いたのが、ベトナム語通訳官だったようだ。

「確かに、いまベトナム語通訳官はどこも引っ張りだこだもんね」

「ベトナム人犯罪が急増しているのにベトナム語ができる日本人が少ないからね。しかもマフィア化しているなら、暴力団捜査の経験がある俺はかなり役に立てるかな、と」

賢治は得意げに腕を広げ、画面を見せた。

「ヒットだ。Ｚａｌｏにそれらしいアカウントがあるよ」

レ・ミン・フックという名前で登録された、富士山の画像がアイコンのアカウントだ。自己紹介ページを、賢治が日越辞典をめくりながら訳した。

『日本在住。ベトナムで起業するため、日本で修業中です』

多くの技能実習生が、日本の最先端技術を学べると期待して来日する。実際は誰でもできる低賃金の単純労働を長時間強いられる場合が多い。

「最後の更新は八か月前だね」

日付を確認する。

「オクト製粉で粉塵爆発事故があった三日後だわ」

賢治が投稿をクリックした。画像がついている。フック本人の顔だろうか。水ぶくれでふくらんでいるところ、水ぶくれが破れて膿んでいる箇所もある。全体的に赤く腫れあがっていた。

「これは重度のやけどよね。どうしてこんな写真を――」

賢治が文面を訳した。

『痛くて眠れない。爆発したのは僕のせい。治療のお金は出ない。壊れた機械を弁償する。組合の人も僕に弁償しろという。解決料も払わなくてはならない』

　誓はため息をついた。

「ひどいね。一方的にフックを悪者にして、また金をふんだくろうしている」

「和グループホールディングスも傘下の監理団体もクソだな」

　フックは不安と痛みで眠れず、顔が元に戻るのかと気にしている。恋人や友人がこの顔を怖がり離れていくことを憂慮していた。最後、こう締めくくられる。

『日本に来なきゃよかった』

　病院に行く金もなく、修繕費だの解決料だのをふんだくられる。

「そりゃあ、刺し殺したくなるよね」

　監理団体をまとめる、和ホールディングスの小林和也を。

「監理団体の担当者とかオクト製粉の上司を恨むのはわかるけど。どうして和ホールディングスという上部組織のトップを狙ったんだろう。ちょっと関係性が薄いというか、遠い気がする」

　誓は疑問を口にした。賢治が言う。

「上を狙えば狙うほど社会的影響力があると思ったんじゃないか？」

「テロ的な効果を狙ったんだとしたら、逆に弱すぎないかな。小林和也が政治家とか官僚ならまだしも」

「ベトナム人がそこを辿るのは難しいよ。技能実習制度を作った政治家や管轄している厚生労働省の誰かを狙うってことだろ？」

「小林和也という人物を突き止めるのだってベトナム人には大変よ」

賢治は唸りながら、フックの投稿をスクロールして言った。

「一件、コメントがついているね」

「誰からのコメント？」

「チュントイ八王子、と読める」

誓は背筋が粟立った。チュントイの支部は警視庁管内にはないと浜名管理官は話していたが、存在していたのだ。国際犯罪対策課はベトナム人グループの急拡大に、追いつけていない。

「チュントイ八王子が、なんて？」

賢治が辞書片手に、訳し始めた。

『ココに来い。ベトナム人看護師がいる。無償で治療できる』

誓はすぐさま藪に電話をかけた。藪は寝ていたようだ。明日の越境捜査に備えて早く布団に入ったのだろう。誓は前のめりでチュントイ八王子について話をした。藪の反応は鈍い。

「チュントイ八王子ねぇ。根拠はネットの書き込みだけなの？」

「そうですが、住所が書いてあります。いまからでも様子を見に行ってみませんか」

明日から兵庫でガサ入れだ。状況によってはしばらく帰ってこられない。今日の夜しか時間がないのだ。

「勘弁。あんたも明日朝早いんだから、もう寝なさいよ」

「藪さん！　このままじゃ本当に国際犯罪対策課にホンボシを……」

藪はうるさそうだ。

「ネット情報なんか嘘ばっかりなんだから、当てにするな」

「夫が突き止めた情報なんです」

賢治が心配そうに電話する誓を見上げている。誓は必死に食らいついたが、藪はけんもほろろだ。

「だからだよ。賢治はもうマル暴刑事じゃない。裏取りもろくにできていないネットに出ていただけの情報に現役が振り回されるな」

誓は頭に血が昇る。通話を切り、スマホを床に叩きつけたくなった。賢治の手前、激情を抑える。バスローブ姿だったが、ジーンズに着替えた。

「ちょっと行ってくる」

賢治は心配そうに時計を見上げた。

「もう二十三時になるぞ。大丈夫なのか。藪さんも来るのか」

夫を心配させたくないし、藪の賢治に対する厳しい見方を察してほしくない。誓は嘘をついた。

「もちろんだよ。チュントイ八王子に乗り込んでくる」

幕間

デスクの上にホルマリン漬けの瓶が置かれた。パスタ保存容器くらいの大きさだ。三本の小枝のようなものが、ぼんやりとホルマリンの中を漂う。爪がついていた。一部には血管のようなものもぶら下がっている。人の左手の中指と人差し指、そして親指だ。

「腕一本と言ったはずだが？」

向島は瓶を差し出した若頭の千住《せんじゅ》を見上げた。

「同行させた闇医者が嫌がったんですよ。太い血管を処置するだけの用具を持ってきていないとか、なんとか」

向島は大瓶の中をふわりと舞う、三本の指を眺めた。

「もう左手の指は全滅か」

すでに左手の小指と薬指は取引相手に渡した。交渉は不成立だった。今回はどうか。

「忠虎《チュンフー》を呼べ」

向島は立ち上がった。若い衆が外出を察し、背後のクローゼットを開ける。

「どちらまで」

「泉組長のところだ」

若い衆はアルマーニのスーツを出した。濃紺だが白いラインのストライプが大胆に入る。わかっていない。向島は自ら濃紺のオーダーメイドスーツを出した。少し光沢があるので、サラリーマンのようには見えない。

「地味ではないですか。舐められますよ」

「舐められない」

若い衆は押し黙った。

「ネクタイはどうしますか」

「いらない。それからこの指の入れ物を変えろ。忠虎が持っている」

「あいつのコレクション瓶は小さすぎませんか。指三本分ですよ」

「小さい容器にぎゅうぎゅう詰めの方が、迫力が出る。これじゃ三本もあるのにゴミが浮かんでいるようだ」

ノック音がして、忠虎が入って来た。ポロシャツにジーンズ姿の、三十八歳の中国人だ。彼も向島と同じく、左腕の肘から先がない。向島はクローゼットから、白いスーツと黒のワイシャツを出した。

「お前はこれを着ろ」

忠虎はスーツよりも、パスタ保存容器の中の三本指に見入っている。

「それからコレクション用の瓶をひとつ持ってこい」

「いまは予備がないんです。発注はしているんですが」

「ならどれか捨てろ」

忠虎はとても悲しそうな顔をした。向島が出したスーツを大事そうに抱えて、談話室へ行く。六畳の和室だ。当番の若い衆が仮眠を取ったり、飯を食ったりする。向島一家最年長で若頭補佐の山城《やましろ》が、座布団を二つに折って枕にし、腕を組んで昼寝していた。もう七十だが、若いころはボクシングの名選手で引退後はテレビにも出ていた。ヤクザとの関係が露呈し、芸能界から追放された。バブルのころは、総会屋やタレントの借金トラブルなどの仲介に入ってやっていたのに、暴対法施行後にポイ捨てされた。

彼はいま知人名義でボクシングジムの経営をシノギとしている。金が足りなくなると、いまでも芸能界で活躍する名の知れた監督や俳優を過去のネタで脅し金をせびっている。落ちぶれヤクザという人もいるが、七十にしては上腕筋の太さと浮き出た血管が威圧的で頼りになる。

忠虎が、談話室にある二つの冷蔵庫のうち、ワンドアの小さな冷蔵庫を開けた。びっしりと小指の入った小瓶が並んでいる。これまで向島一家やその界隈で指詰めをさせられた者たちの指だ。全ての小瓶の蓋に、名前と指詰めした日付が記されている。側面には理由が書かれたシールまで貼ってある。『女』と『借金』が多いが、中には『殺し』もある。組に迷惑がかかる殺人はご法度だ。向島一家では薬物と詐欺を強く禁じているので、その名目も多い。

「どれか捨てろ」

命令した。忠虎は渋々、『女』が理由で落とされた指のホルマリン漬けを取り出した。忠虎は女っ気がない。『女』が理由で落とされた指には価値がないと思っているのかもしれない。クルマや金に興味を示さず、もっぱら指を集めている変人だが、頭はいい。

忠虎は誰かの古い指を流しに出し、ガラスの容器を洗った。若頭の千住がパスタ保存容器をあけて、三本の指を入れ換える。

「親分、あれは誰の指よ。三本も。なにやらかしたの」

　山城が目覚めていた。口ひげに囲まれた唇がにやけている。向島は答えなかった。

「古い指をミキサーにかけてトイレに流しておくよう、若い衆に言っておいてくれ」

　山城はつまらなそうに肩をすくめ、若い衆を呼びに行った。

　忠虎は手を拭き、その場で白いスーツに着替えた。向島と同じ色付きの眼鏡をかけた。鏡の中の自分と向島を交互に見ながら、髪型を整えていく。毎月、同じ日に同じ散髪屋に来てもらい、二人揃って髪を切っている。

　忠虎は向島の影武者だ。四十のときに四代目吉竹組の若頭補佐に抜擢されてから、向島にマル暴の監視がつくようになった。どこへ行くにも誰かしらがついてくる。カーチェイスしようものなら即逮捕されるし、まこうとして無茶な運転をすると、道路交通法違反で運転手を持っていかれてしまう。隠密行動をしたいときには邪魔で仕方ない。

　困った向島が四代目の豊原組長に相談したところ、どこからか左腕のない中国人を連れてきた。中国で物乞いビジネスをやっている筋から調達してきた男らしかった。

　中国では物乞いは商売だ。より同情を乞い多くの金を得るために、自らの子供や誘拐してきた子供の手足を切断したり、目を潰したりして、路上に放り出す。忠虎の出生は不明だが、物心ついたときからすでに左腕がなかったらしい。やがて成長すると同情されにくくなったため、組織から邪魔物扱いされていた。豊原は彼を百人民元で買ったと話していた。当時の為替レートで千三百円だ。

忠虎は数年で日本語を覚え、日本のアンダーグラウンドの仕組みとルールを学んだ。特異な出自を持つ彼はヤクザからは同情され、日本を根城にする海外マフィアからも一目置かれる。いまや彼は総長の影武者という役割を超えて、海外マフィアの情報を得る窓口になっている。

物心ついたときからずっと路上にいて太陽に焼かれ続けていたせいか、外出が大嫌いだ。ホルマリン漬けの指を静かに眺めている時間が、最も幸福なのだそうだ。彼を影武者にしてからもう十年以上経つが、未だにマル暴は影武者の存在に気が付いていない。

今日のように、持っていたら一発で現行犯逮捕に繋がるブツを運ぶなど、犯罪に関わる移動のとき以外は、影武者は使わないからだ。

忠虎に山城ら幹部を五人つけて、ベンツで出発させた。どこかで監視しているはずの向島一家担当のマル暴が動き出すまで十分と見て、向島も事務所を出る。

キャップとサングラスをかけ、ワイシャツの上にブルゾンをかけてひとりで出た。親分らしく人を連れすぎていると却って目立つ。

駐車場で古いスカイラインに乗る。運転手と千住が合流し、出発する。

関東吉竹組総本部に到着する。顔パスで組長室に通された。泉組長が立ち上がる。

「よく来た。まあ座れ」

経済ヤクザの泉は今日もスーツにネクタイ姿だ。義理ごとのときすら、和服を着ない。ヤクザと一目でわかる恰好を嫌う。指も十本揃っているし、顔や体にひとつの傷もない。争いごとを腕力ではなく金で解決してきた男だ。

吉竹組から離反を表明し、関東吉竹組の名乗りを上げたとき、向島は驚いたものだ。新しい双子の組長を適当にあしらって抜け目なくやり過ごすと思っていた。自身が不審な交通事故に巻き込まれ死にかけたこと、栃木の舎弟だった黒土一家の組長が妻と娘ごと消されたと聞いて、金でしか物事を見なかった泉も頭に血が上ったのだろうか。

十三歳だった黒土の娘は臓器を抜かれて死に、臓器は闇市で売買された。妻の方は目玉をくりぬかれ指を全て落とされた。組長はそれを口いっぱいに詰め込まれて窒息死したと聞いている。三人の死体は都心の某タワーマンションの基礎工事の際、地中三十メートル地点にコンクリートと一緒に固められた。警察が見つけ出すことは不可能だし、誰かがケツを割っても掘り起こすことは不可能だろう。

向島は一礼して座り、懐から小瓶を出して目の前のテーブルに置いた。長テーブルの中央にはヴェネチアングラスの大皿があり、南国のフルーツが盛られている。かつては生花が飾られていた。ここのところ、やたらマンゴーが盛ってある。

向島が出した小瓶を、関東吉竹組の若頭補佐が一礼して手に取り、泉組長の元へ差し出した。

「腕一本という約束だったよね？」

「申し訳ありません。状況が整いませんでした。なにせ腕一本となると、闇医者の立ち合いや現場の清掃、輸血——大掛かりな準備が必要です」

「お前のときはどうだったのよ」

泉が、向島の左腕を指さした。袖は空っぽでぶら下がっている。

「もちろん、死にかけました」

「自分で落としたんだろ。あいつにその覚悟はないのか」

「そんな度胸のあるやつではないと、ご存じでしょう」

あきれたように泉が肩をすくめた。

「お前さ、なんでそんなやつを匿うわけ」

「余計な血を流させないためです」

泉はじっと向島を見つめたままだ。

「和グループホールディングス界隈に起こっているもめ事を穏便に済ませないと、本格的な抗争に繋がります」

「ふうん。抗争を阻止するために火の粉をかぶっているというのか」

向島は頷いた。

「そんなことは警察さんのお仕事じゃないの」

「警察では手に負えません。警察がマル暴に十万人くらいの人員を投入しないと無理でしょう」

表向き、暴対法と排除条例で暴力団もその構成員の数も減っていると言われている。それは法律を作った官僚たちの詭弁とお得意の数字上のごまかしでしかない。

どこかで十人減っても、どこかで二十人のユーレイ組員が増えている。それがいまの暴力団の世界だ。外様にヤクザがやっていることを見せることができなくなったのだから、任侠道もくそもない。暴力団による犯罪は認知件数が減っているだけで、実際は増えている。

「お前がうちの傘下に入ればいいだけの話だろう。本家吉竹組はうちに手を出せなくなる。あの向島がいる、となればな」

泉が手下になにかを用立てた。差し出されたのはペティナイフだった。若頭の千住がにわかに緊張し目を光らせる。泉は鼻歌を歌いながら、マンゴーをひとつ取った。皮をむき始める。彼は料理上手だ。自宅ではナンバーワンホステスだった妻と美しい三姉妹に料理を振る舞っている。

この話の流れで光り物を出す——泉の圧を感じる。向島は正直に苦しい胸のうちを話した。

「本家吉竹組にも恩義があります。私は関東にも本家にもつくことはできません」

「この先も独立を保つつもりか？　懐事情は大丈夫なのか。博徒系のシノギなんか、もうすぐ警察に奪われるぞ」

向島一家の主なシノギは、闇カジノの運営による収益だ。平成の初期まで賭博場を開いていたが、いまは人が集まらない。ネットカジノの方は堅気も気軽に手を出すので、湯水のごとく金が入ってくる。法規制が入ったらそれも終わる。

「不動産のない組はどこも将来が不安定だ。お前のところもそうだし、本家も大阪のちんけな町に総本部を持っているだけだろう。あそこの不動産価値は一体いくらなんだよ。この泉ビルヂングの十分の一もないんじゃないか？」

泉のような不動産を扱うヤクザは安定している。泉は六本木や麻布の他、都内の一等地に無数のビルを所有している。この先も金に困ることはないだろう。

「本家は双子組長だなんだで直参や枝から上納金を倍も吸い上げて、なんとか資金繰りを保っているだけだろう。武闘派ぞろいだかなんだか知らないが、世の中は金だよ、金」

泉がむしゃむしゃとマンゴーを口にする。

「なあ向島。うちにつけよ。お前がきたら若頭補佐の座布団を用意する。上納金は警備費用と相殺でいい。六本木の城を、お前が守ってくれ」

本家吉竹組は双子の弟、進組長を筆頭に武闘派で血の気が多いのが揃っている。一方で知能派の兄、勇組長の錬金術は泉をはるかにしのぐ。

勇は現在、国内に群雄割拠する特殊詐欺グループのうち三割の金主だ。中国やアジアに散らばった末端の掛け子たちがせっせと電話をかけ、その日暮らしの受け子たちが老人からかき集めた金の五割が、勇の懐に入るシステムになっている。

新たに特殊詐欺グループが誕生すると武闘派ヤクザを送り込む。特殊詐欺のシステムを作りあげたのは本家吉竹組の組長、矢島勇だから、その特許料を払えと要求するのだ。殆どの特殊詐欺グループは抗えずに二割ほどの売上金をかすめ取られている。

毎年警察庁が発表する特殊詐欺被害額のグラフを見るたびに、向島は眩暈がしている。あのうちのほぼ半分が、勇の懐に入っていると知っているからだ。

本家吉竹組と関東吉竹組が本格的に分裂抗争に入ったら、六本木が血の海になるだけだ。人数も金も腕力も、どれを取っても関東吉竹組はかなわない。東京は人が多すぎる。抗争が始まったら、どれだけの一般人が巻き込まれて死ぬだろうか。

「黙ってないで、なんとか言え」

泉が立ち上がった。ペティナイフを握ったままだった。一歩、二歩と向島に近づいてくる。不安の表れだろう。若頭の千住が立ち上がって向島を守ろうとしたが、下がらせた。

「なんとか言ってくれよ、向島」

泉は右手にナイフを握ったまま、左手で、向島の頬を撫でた。マンゴーの甘いにおいが漂ってくる。泉の左手が向島の喉元を捉える。怖くはなかった。泉の腕力では、向島の首を絞め上げることはできない。

「あれを見せてくれ。俺はお前のあれを眺めるのが大好きなんだよ」

泉が左手だけで、器用に向島のワイシャツのボタンを外し始めた。向島は敢えて抵抗しなかった。ワイシャツごと、スーツのジャケットを乱暴に脱がされる。上半身を晒されることは、向島にとっては屈辱ではない。背中の刺青はヤクザにとって印籠でもある。

「何度見ても見事な絵だな。月岡芳年の最高傑作、直助権平の必殺顔面剝ぎ！」

仰々しく泉が叫んだ。手下たちに向島の背中を見せびらかす。

「一体、右手だけでどうやって人様の顔面を剝ぐというんだ、え？」

称えているようでいて、蔑んでもいるようだ。

「四代目体制のもとで何人もの離反者や敵対勢力の顔面の皮を剝いで、豊原組長に献上してきたそうじゃないか」

本当かよ、と泉はゲラゲラ笑った。

「どうせ顔を切るか弾くか程度だろ。お前は右手一本しかなくて弱々しいから、こんな刺青を入れるしかなかったんだな」

隣の若頭の千住が歯ぎしりしている。いまにも飛び掛かりそうだ。向島は静かに反駁した。

「いつかお見せできる日が来ましたら、泉組長をその場に招待いたします」

泉は「そうかそうか」と微笑んだ。目は怒っている。乱暴な手つきで、向島のワイシャツとジャケットを同時に着せた。ボタンは関東の若い衆が締めた。いつ光り物やハジキが飛び出してくるか知れないので、組長室は張り詰めている。

泉が執務デスクに向かった。引き出しを開けて、一通の封書を出した。

「ところで、また怪文書が届いているようだぞ」

向島は思わず目を閉じた。鼻から深いため息が漏れる。抗争が始まるかもしれないこのきなくさいときに、ベトナムマフィアが動き出している。更にややこしくなりそうな火種が、この怪文書だった。一年ほど前から本家や関東、双方の吉竹組幹部に届き始めた。これで五通目だ。

あちらの若い衆の手を伝い、向島の眼前で怪文書が広げられた。見るに堪えない内容であることを承知で、向島は目を通した。

ワープロの行書体で安っぽいサブタイトルがついていた。

『左腕のないヤクザと、夫を撃たれた女マル暴刑事の禁断愛』

向島と誓が不倫関係にあるというのを、淫らな文章で綴ったものだった。泉はテーブル席に戻り、二つ目のマンゴーの皮をむき始めた。手紙の内容を勝手に要約する。

「女マル暴、仲野誓は向島との運命の再会に、とうとう火がついて向島一家に足しげく通い始めたそうじゃないか。写真つきだぞ」

文書の最後に写真が添えられていた。どこかで誰が隠し撮りしたのか、事務所の扉を開ける向島とその脇をすり抜ける誓の姿がうつっていた。藪の姿はどこにもない。デジタル処理できれいに消されていた。

「そもそもお前らの出会いはなんだったっけ？　一通目の怪文書に事細かに記してあったよな、ドラマチックで麗しい禁断愛が」

泉の手下がわくわくした様子で言う。

「向島総長が二十九のときにカンボジアで桜庭功に逮捕されるところから始まっています」

「そうだった。水本組長の逃亡を手伝った犯人蔵匿罪だったか」

そこまでは、事実だ。

「向島は実刑を三年食らって出たあと、桜庭刑事の手引きで足を洗った。しかし脱退を認めない吉竹組に襲撃され瀕死の重傷を負い、しばらく桜庭刑事の自宅に身を隠した」

向島は実刑を五年食らっている。出所祝いで駆けつけた向島一家初代総長の車で、そのまま曳舟に戻っている。足を洗ったことはないし、身内から襲撃されたことも、桜庭刑事の自宅に入ったこともない。

「向島春刀が転がり込んだマル暴刑事の自宅には、十四歳になり、女として満開寸前の娘がいた――それが桜庭誓だっけ」

泉が器用にマンゴーを切り分けながら、メロドラマのような筋書きを語る。

「誓が傷だらけのお前を甲斐甲斐しく看病するうちに火がついて、とうとう、二人は親の目を盗み一線を越えた」

泉とあちらの若い衆がニタニタと笑う。

「十四歳だろ。お前、ロリコンか」

「全て作り話です。私はそのころまだムショにいました」

「処女を貫かれた誓は女に目覚め、お前たちは夜な夜な、マル暴刑事夫婦と襖一枚隔てたところでこっそり契りを交わしていたと書いてあったぞ」

向島はじっと耐えた。

「だがいずれは桜庭刑事の知るところとなった。激怒した桜庭刑事が鉈を振り下ろし、お前の左腕を切断した」

「私が左腕を失ったのは十八のときです」

「誓は血の海に泣き沈み、お前は救急搬送されて命は助かったが、再び極道へ戻った。大阪府警は現役マル暴刑事がやらかした殺人未遂に真っ青になって、必死に隠蔽工作したそうじゃない。大阪府警から吉竹組に流れた金は数億とか」

向島は笑っておく。そんな事実はないが、かつて大阪府警と吉竹組は蜜月だった。初代の吉竹常春は、大阪府警で一日警察署長をやって大っぴらに御堂筋をパレードしたことすらあるのだ。昭和三十年ごろのことだ。

「桜庭誓はやがて初恋の人を忘れ去り、マル暴の妻となった。ところが夫が銃撃されてチンコが勃たなくなるや、誓はお前の体を再び求めるようになり……」

泉は仰々しく言っているが、顔はつまらなそうだ。真実ではないとわかっているからだろう。向島も退屈だった。

「誰がこんな三文小説を書いてばらまいているんだろうね、向島よ」

「私も内容より、書いてばらまいている人物が誰なのか気になります」

「見つけたらどうする」

「二度と小説を書けぬように両腕を切り落とします」

「右手一本でできるのかい」

「できます。顔面を全て剝ぐのにはどんなに急《せ》いても十分ほどかかります。両腕を切り落とすくらいなら、三分です」

泉の口角が少し、震えた。本当は誰よりも、向島の刺青を見て肝を冷やしているはずだ。泉はバカラの平皿を持ってこさせた。切り分けたマンゴーを盛り、デザート用フォークを二つ添える。

「向島総長と若頭にお出しして」

食べるつもりはなかったので断ろうとしたら、「ちょっと待って」と泉が皿を引き戻した。傍らで忘れ去られていた小瓶を手に取り、蓋を開ける。中身をマンゴーの上にぶちまけた。

「召し上がれ」

向島の前に、人の指が三本まき散らされたマンゴーが出される。

「向島よ」

泉が声にドスを利かせて呼びかける。

「今度こそ、やつの首を持ってこい。今度は腕でも許さない。首だ。そもそもあちらさんの要望は、やつの首だからな」

泉が三つ目のマンゴーを取り、ナイフで皮をむきながら、しゃぶりつくす。

「お前のお得意の、顔面皮剝ぎでもいいんだよ」

そうだそれがいい、と泉は笑った。

「小林和也の顔面の皮を剝いで、私に献上しろ。私がチュントイと話をつけてやる。あちらに私の金を積んでやってもいい」

隠密に事務所に戻った。若頭の千住はすぐに動き出す。怪文書を撮影した画像を若い衆に配り、郵便物の消印がされた郵便局と範囲内にある全ての郵便ポストを張ってこいと命令している。

「親分の名誉を毀損するやつをこれ以上、野放しにはできない。これだと思うやつがいたら車に引っ張り込め。ケツを割らせたら事務所に連れて来るんだ」

若い衆は場所を調べ、微妙な顔になる。消印は霞ヶ関郵便局になっていたからだ。

「警視庁本部のすぐ近くじゃないですか」

官公庁のど真ん中は、ヤクザには縁のない場所だ。千住が向島を伺う。

「もしや警察が流している文書でしょうか」

「それなら目の前の郵便ポストに入れるようなバカな真似はしないだろう」

「しかし、警察でも怪文書はしょっちゅう回ると言いますよ」

すぐそばにある警視庁本部庁舎には、誓のデスクがある。向島は影武者の忠虎に電話を入れた。まだ外で内偵中のマル暴と遊んでいる。

忠虎は一時間後、幹部を引き連れて戻ってきた。部屋を跨ぐなり、大先輩の山城や幹部連中に頭を下げた。

「お前、役者だな。俺が知っている俳優よりずっと演技がうまいよ。所作が親分と見まがわなくなってきた」

山城が褒めている。忠虎はいつものジーンズとティシャツに着替え、向島の執務室に報告にやってきた。

「今日の追尾は誰だった？」

「マル暴の新人の山田《やまだ》巡査長ひとりです」

藪や誓は渋谷の捜査本部に入っているので、内偵や監視に戻れないのだろう。

「一つ面白い情報が入ってきてます。アジージからです」

違法ブランド品を路上販売するナイジェリア人だ。向島一家の縄張りを知らず、曳舟駅前で商売を始めた。すぐに締めあげボコした。忠虎が仲裁に入り、以降は友好関係を保っている。

「不良ナイジェリア人がどうした？」

「アジージの同胞が八王子の飲食店で用心棒をやっています。女性マル暴が一人でやってきて散々絞られたと」

画像を見せられた。店の防犯カメラ映像を切り取ったものだ。店長に詰め寄る誓の姿が映っていた。ジーンズにブラウスという私服姿だ。

「どうやらこの店を、チュントイ八王子のアジトと勘違いしていたようです」

「チュントイ八王子など存在しない」

チュントイの支部は高崎と牛久にしかない。東京にいるチュントイメンバーは支部を持たず、ネット上で繋がっているのみだ。

確かに向島は、誓に『チュントイ』とヒントを与えた。なにがどうやってチュントイ八王子などという架空の組織を探るに至ったのか。

「ここは一体なんの店だ？」

「ネパール料理店です」

「ベトナム人のたまり場なのか？」

「いえ。地元の人からは美味しいカレー屋と評判の、普通の店です」

誓は一体なにをしているのか。無関係の飲食店で警察官が無茶をすると、こうしてアンダーグラウンドの世界に顔写真が出回ってしまう。

あの怪文書の一件にしろ、霞ヶ関郵便局の消印にしろ、どうも誓の周辺がきなくさい。

向島は若頭の千住を呼んだ。総長室で二人きりになった。耳打ちする。

「警視庁の桜庭誓に見張りをつけろ」

千住は目を丸くした。

「マル暴刑事に見張りなど……よほどの事態が起こったときのみでしょう」

「よほどの事態が既に起こっている」

千住が息を呑んだ。

「いまは抗争前夜なんだ」

第四章　解散

藪は早朝に東京駅の新幹線のぞみのホームに着いた。誓がすでにベンチに座っている。ブラウスにジーンズという格好で、バッグを枕にしてウトウトしていた。藪は隣に座り、その膝を叩いた。

「なんで私服なの？」

誓は眠たそうに身を起こした。「おはようございます」と挨拶はする。どこかふてくされたような顔だ。

「寝てないんです。八王子から始発で来ました」

「まさか、昨日言っていた飲食店にひとりで行ったの？」

誓がこっくり頷く。大外れだったことは、その表情を見ればわかる。

「だから言ったじゃない、ネットの情報を鵜呑みにするなと」

「住所が間違えていただけかもしれません」

藪はあきれ果てた。まだ八王子にこだわっている。

「頭を切り替えろ。今日は播磨大豊組にガサ入れだよ」

新幹線のぞみがホームに滑り込んできた。藪は促したが、誓はなかなか立ち上がらない。

「乗鞍さんは？」

「あいつは横浜住まいだから、新横浜駅から乗る」

　ホームドアが開き、新幹線の扉が開いた。藪は乗り込み、車両の自動扉を抜けながらチケットの座席番号を確かめた。

「誓ちゃんは……」

　後ろを振り返り、藪は真っ青になった。誓がいない。慌てて扉の手前まで引き返す。誓はホームに突っ立ち、乗り込もうとしない。もう発車ベルが鳴っている。

「ちょっと、誓！」

「もう少し粘らせてください。チュントイ」

　向島から出てきた情報だから、誓はすっかり信用してしまっているようだ。

「きっとチュントイ八王子が見つかります。フックだって」

　夫が見つけ出した情報だから、あきらめもつかないのだろう。

　扉が閉まった。誓をホームに残したまま、新幹線は出発した。


　新大阪駅で在来線に乗り換える。新横浜駅から隣に座っていた乗鞍は、名古屋駅を出発したころ、電話に行ったきりだ。まだ戻ってこない。新大阪駅に到着するアナウンスが入り、ようやく乗鞍が戻ってきた。

「誓のやつでしょ」

　乗鞍が不機嫌そうに鼻を鳴らした。

「お前の監督不行届きだぞ」

「そこまで面倒見切れないよ。新人じゃない、再採用だよ」

誓の口癖だ。ろくに経験もないくせに、やたらマル暴としてのプライドが高い。

「いまはチュントイ八王子のアジトを突き止めるべく、八王子市内にあるベトナム料理屋を回っているそうだ」

向島を頼っているわけではないから、まあいいか。

「それはどこ情報なの」

「浜名管理官だ。国際犯罪対策課もどうやらフックに辿り着いたようだぞ」

フックの勤め先だったオクト製粉の技能実習生やそのSNSを、ベトナム語通訳官が解析している。

「フックにはリエンという恋人がいたらしい。同じく技能実習生だ」

乗鞍が、たったいま捜査本部から届いたという画像を見せてくれた。目が大きくて小さな口をした二十歳前後の女性だった。小鼻のふくらみが東南アジア系の女性らしい。

「恋人のリエンはフックより前に実習先を逃亡している。国際犯罪対策課はまずリエンを捜し回っている。八王子の飲食店で不法就労しているという噂だ」

それで誓と鉢合わせしたのだろう。

「丸田に話して、誓を連れ戻させるか」

「好きなようにさせたら。あの子が戻ってきたのは賢治の仇討ちなんだ」

乗鞍が苦い顔になる。管理官に就任した初日に起こった事件でまだ解決できていないから、乗乗鞍は責任を感じているのだ。

「賢治の筋からの情報なんだから。賢治の代わりにやっているつもりなのかもしれない」

「献身的な妻だな」

藪は肩をすくめた。

「気持ち悪いほどにね。夫は妻にブランド品を貢ぎ続けていたし」

「麗しい夫婦だ。気持ち悪くはないだろ」

「心配なんだよ。あの夫婦の必死さが。あんた、結婚してから妻に必死になったことがある？」

乗鞍は思い出し顔になり、ハッとした。

「そういえば、ないな」

新大阪駅に到着した。在来線に乗り換え、尼崎へ向かう。

播磨大豊組は尼崎市内の中部を流れる蓬川《よもがわ》沿いにある。住宅地のど真ん中だ。暴力団の事務所は繁華街にあることが多いので珍しい。競艇場が川を挟んだ西側にあるからだろう。

最寄り駅を下りる。兵庫県警の捜査車両が出迎えた。若い刑事が運転席から降りてきて、後部座席の扉を開けた。

「事務所までお送りします。準備万端なんで」

藪は助手席に座るスキンヘッドの男を見た。藪を懐かしそうにじっと見つめている。『兵庫県警』の腕章がなかったら、暴力団員と間違える見てくれだ。藪は助手席のすぐ後ろの席に座った。

「久しぶり」

「あーちゃん。元気やったか」

「その呼び方」

スキンヘッドをぴしゃりと叩いてやる。マル暴刑事は頭を剃っている者が本当に多い。薄くなってきたら潔く剃り落としてしまう
「有島さん、お久しぶりです。乗鞍です」

「乗鞍さんか。帝国ホテル以来やな」

三人でとりあえず大笑いする。車は出発した。

「東京は相変わらず大変やな。藪さんは五十になってもいまだに走り回ってんねんか」

「死ぬまで走るしかないでしょ。有島さんは？」

「俺はいま神戸西署のデスクや」

「なんで所轄が来るのよ。播磨大豊組の担当だったっけ？」

「警視庁のマル暴が来よるとなったら俺に自動的に声がかかるんや。なにせ俺は警視庁と帝国ホテルで結婚式を挙げた男やからな」

藪と別れた後、彼はお見合い結婚して、いまや四児の父だ。

「そちらさんは十人態勢か。申し訳ない」

有島がルームミラー越しに藪を見た。

「なにが申し訳ないの」

「直前になって、播磨大豊組に人が集まり始めてな。百人単位でおる」

「どういうこと。五十人もいない組織でしょう」

「知らんで。兵庫県警の面目丸つぶれになるやろ、方々からかき集めて八十人態勢にした」

警視庁と合わせて九十人なら、ガチンコの対決になっても警察の顔は立つが、警視庁のガサ入れなのに警視庁側の人数が少なすぎる。

「それ早く教えろ」

悪態をついた。

「言っとくが情報漏れてんやで」

「そっちのせいでしょ」

「うちやない。うちにガサ情報漏らすようなマル暴などおらん」

「警視庁にいるってぇの」

「そちらさんは大所帯だろうが。変なのがひとりくらい混じっとってもわかりゃせん」

播磨大豊組は蓬川の土手を背にした四階建てのビルだった。一階はガレージで、シャッターが下りている。その前に組員たちが集結していた。半分以上が播磨大豊組の上部団体、関東吉竹組の人間だろう。

真夏なのにヤクザたちはみなスーツ姿だ。ダブルのスーツを着ている者もいるし、白いスーツの者もいる。昭和のころのヤクザは真夏のガサ入れでは上半身裸になって刺青を晒し、竹刀や木刀を持って警察を威嚇した。いまはない。近隣住民を不安にさせると立ち退き運動などに発展してしまうからだ。警察に対してはそれなりの態度を見せる。暴力団員もメンツを保つために必死なのだ。

乗鞍も藪も荷物から赤と黒のベストを引っ張り出した。警視庁のマル暴刑事の証だ。

パトカーや覆面パトカー、鑑識車両などの大行列ができている。交通指導車も出ていて、ビルに面した道路が渋滞しないように配慮していた。近隣の住民が何事かと窓から顔を出している。畑が点在する地域なので東京のように野次馬が路地を埋めつくすということにはならなそうだ。畑では麦わら帽子に手ぬぐいで頬かむりしたおばあさんがとうもろこしを収穫していた。

令状を持った乗鞍が先頭に立つ。警視庁のマル暴刑事たちを従え、その周囲を黒いベストを着用した兵庫県警のマル暴刑事たちが取り囲む。

「警視庁組織犯罪対策部、暴力団対策課だ」

家宅捜索の根拠を読み上げる。ベトナム人から搾取し横領の罪に問われている小林をかくまっている犯人蔵匿罪とした。

「何かの間違いではありまへんか」

播磨大豊組の若頭を名乗る男が対応した。背後の組員たちが野次を飛ばす。

「うちに小林某なんかおらんで、あほんだら」

「帰れ、警視庁！」

「兵庫県警は警視庁の尻に敷かれとんのか、情けないのう！」

有島が警棒を振り上げた。

「黙らんか、コラァ！」

乗鞍が大声で言う。

「裁判所からの命令だ。入らせてもらうぞ。妨害する者は公務執行妨害で摘発する」

組員たちはいっせいにブーイングしたが、警察官に手出しはしなかった。交通整理されながら安全にデモを行う市民団体みたいだ。

　乗鞍が部下たちを振り返る。

「一二〇三《ひとふたまるさん》、着手」

　玄関のガラスの扉の中へ入っていく。

「立会人はあなた？」

　藪は先頭にいた若頭に言ったが、拒否された。「帰れ！」コールが始まる。不当だ、人権侵害だ、警察権力の横暴だ、とするコールも聞こえた。

「情けない。左翼かっつうの」

　藪は鼻で笑った。若頭が「おい！」と声を荒らげた。髪を引っ張られ、階段から引きずり降ろされる。

「ワレ、こらぁ！　撤回せぇ！」

　地面に押し倒され、胸倉を揺さぶられた。暴力団は愛国心溢れる右派が多い。左派を嫌う。暴力団事務所へのガサ入れは、もみ合いや殴り合いがあった方が箔がつくものだが、言い過ぎた。

「女に手ぇあげんな、コラァ！」

　有島が若頭の腕をひねりあげ、地面にねじ伏せた。あちこちでどつき合い、取っ組み合いが始まっていた。乗鞍に拳を振り上げているヤクザもいたが、乗鞍は先制パンチをお見舞いしていた。ヤクザオタクみたいな乗鞍だが、若いころにヤクザにボコられて以降、ボクシングを習っている。若いヤクザは一発でＫＯされていた。藪は男たちの足の隙間を這い出て立ち上がる。パトカーで待機していた警察官が「機動隊に応援を呼びますか」と右往左往している。

「大丈夫、もうすぐ収まるから」

藪は警棒を伸ばして何人かの腕や足を叩きのめした。パンパン、と頭上から手を叩く音がした。

「やめんかい。ご近所さんの迷惑や」

玄関先の階段から、和服姿の男が降りて来た。組長だろう。この真夏に紋付き袴は暑そうだ。背後にダブルのスーツできめた二人のヤクザを連れている。ひとりは右耳がもげている。ひとりは左手の小指がなかった。

小競り合いの末に組長がやってきて、幹部と話し合いの末に、ガサ入れが始まる。お約束の光景だ。

パトカーの中で涼んでいた兵庫県警の組織犯罪対策局長が出てきた。組長と二言三言、話をした。

「入ってよろしい」

組長が許可した。


播磨大豊組のガサ入れが始まった。一階には駐車場、二階には応接室の他、マージャン卓のある談話室があった。三階はオフィスで奥が組長室だ。四階はスポーツジムでジャグジーとサウナがついている。ジャグジーは壊れていた。サウナは室温が七十度までしか上がっておらず調子が悪いようだ。

藪と乗鞍でざっと全ての部屋を見たが、小林の姿はない。下部団体の組員を集め、組長が正装で迎え入れるほどだから、ガサ入れを受け入れる準備をしていたのだろう。オフィスには書類は一切なく、駐車場の一角にハンマーで破壊されたパソコンが山積みになっていた。乗鞍が全て回収の指示を出した。鑑識が復元できるか。時間はかかるし予算も食うので、解析をあきらめる場合もある。

兵庫県警の鑑識係員がカメラを構え、押収物の横に組員を立たせる。

「これ、指さしてください」

警察官ではない者を立ち合わせて、押収物についてひとつひとつ指差しをさせて写真を撮らないと、押収できない。

「わし、指がないねん」

ぼけっとガサ入れを見ていたヤクザが言った。両手とも親指しか残っていなかった。指を何度詰めてきたのか。ミスばかりのヤクザ人生だったと、残った指の数で察する。

「そこの若い人、指さして」

タブレット端末でガサ入れの様子を撮影していた若いヤクザに、鑑識係員が頼んだ。

「自分は撮影係なんで、無理っす」

「誰か呼んできてよ」

親指しか残っていないヤクザが、のろのろと階段を上がっていった。入れ違いで若頭が階段を下りて来る。

「あ、えーっと、藪さん」

有島に顔を殴られ、瞼の上が切れていた。ばんそうこうを貼っている。

「さっきはすみませんでした。親分に、女に手ぇ上げたらあかんと叱られましてん」

「いいですよ。男並みにやってもらった方が私もマル暴刑事としてメンツが立つので。こちらこそ左翼みたいだと言ってしまってすみません」

若頭は苦笑いで流した。

「親分が警視庁さんと話をするということですので、どうぞ」

えらく腰が低い。ヤクザはメンツがあるので、外ではあんな風に威勢よくするが、内輪で謙虚な人はわりといる。

組長室はガサ入れの真っ最中で人が入り乱れている。二階の談話室に通された。

「やあ、どうも。さっきは」

組長がにこやかに藪と乗鞍を通した。和服から着替え、上下グッチのジャージ姿だった。名刺を受け取る。

関東吉竹組系播磨大豊組の組長、諫早誠《いさはやまこと》とある。通称だ。本名は田中誠一《たなかせいいち》という。藪と同い年の五十歳だ。

「久々のガチンコ、楽しませてもらいました。警察さん、お怪我してはりませんよね」

「我々は大丈夫です。手加減してもらえたようで」

嫌味たっぷりに乗鞍は言った。

「ほんまですよ、警察さんももうちょい手ぇ抜いてほしかったですわ。ガサ入れ前のメンチ切りはパフォーマンスでっしゃろー。プロレスみたいなもんですわ」

「この界隈は繁華街ではなく住宅街です。派手なことはなさらない方がいいのではないですか」

「いまどきは秘境だろうが繁華街だろうが、ネットひとつで全世界ですわ」

スマホを見せてくれた。播磨大豊組は動画チャンネルを持っていた。暴力団は動画サイトの公式チャンネルは持てないはずなので、第三者のヤクザウォッチャーを装って投稿しているらしい。一時間前のもみ合いがもうアップされている。タイトルは『播磨大豊組ＶＳ警視庁・兵庫県警！ガサ入れ中継！』とあった。刑事に見せてしまうとは、ずいぶん脇が甘い。

藪は諫早に尋ねる。

「我々が来ること、察知されていたようですけど」

「察知もなにも、最近はヤクザも見せ場がないでしょう。抗争したらあかんし、警察さんにガサ入れしてもろうてゴチャするんがいい宣伝になるんですわ。来る日も来る日も警察さん来ぃひんかな、って待ち構えてましてん」

バカなヤクザだという気もするし、誰からガサ入れ情報を得たのか、うまくはぐらかされているような気もする。

「我々播磨大豊組も天下の警視庁さんにガサ入れしてもろうて箔がつきますさかい」

諫早は後ろに侍らせていた若い衆に、「茶をださんかい」と乱暴に言った。

「藪さんは女性や、甘いもんがお好きでしょう。尼崎ロールを知ってまっか。わざわざ東京から来てくださったんやから、どうぞ呼ばれてください」

ニキビ面の若いヤクザが、慣れない様子でお盆を運んできた。お盆にロイヤルコペンハーゲンのカップセットと、ロールケーキが三つのっていた。若い衆が手先を震わせながら紅茶を注ぐ。酌は慣れていても、紅茶を注ぐ機会はあまりないのだろう。

「藪さんは東京では向島一家を担当してはるとか」

関西のヤクザにしては情報が早すぎる。やはり、ガサ入れ前にこちらの情報が漏れていたと考えるべきだ。しかも藪が来ることも、藪の担当まで知っている。

諫早を甘く見ない方がいいかもしれない。彼はニコニコしたまま、ロールケーキを勧める。

「これね、私の知り合いの養鶏場の卵を使うてますねん。おいしいですよー。クリームが濃厚」

藪はロールケーキを食べた。

「まあ美味しいです」

「その反応は残念や。めっちゃおいしいって目尻を下げてもらわんと」

諫早が「次のを持ってきいや」と子分に命令する。

「早速ですが」

乗鞍は飲み物にもロールケーキにも目を向けず、写真を出した。小林を車に乗せて走り去る播磨大豊組所有の車が写っている。

諫早は見向きもしない。

「ところでどうです、東京の方は。向島一家」

長い話が始まった。

「我々は泉親分に続いて吉竹組から離反しました。わしは生まれも育ちも関西ですのに、いまや関東吉竹組系播磨大豊組って言われますねん。離反は苦渋の決断や。播磨って名前ついとんのに、上部団体は関東ですよ。どれだけこの名前がいやかわかってもろえますか」

「ならば本家につけばよかったのでは？」

「泉親分には世話になっとる。かんなみ新地でモメたときにだいぶお手を煩わせてもうたんです。

本家のあの双子さんには、会うたことも恩義もありませんしねぇ。先代は立派な方でしたけど、やはり偉大なリーダーの後はずっこける。歴史が証明していますわ」

ずっこけると結論づけるのはまだ早いだろう。本家の双子組長体制は異例で批判も多く、それ故の分裂騒動だが、狡猾な兄と武闘派の弟、一心同体の双子は二人揃うからこそ完全無欠だ。二人に分裂していることが大きな欠落でもある。

若い衆がメロンのショートケーキを持ってきた。

「メロンはいまが旬でしょう。実は私の知り合いの農家がやっとる一玉二万円の高級メロンを使うてまんねや」

「それならショートケーキとは別で、メロン単体で食べたいところですが」

諫早は顔をひきつらせた。藪は神棚に供えられている果物を指さした。

「高級スイーツを出されようが、あそこに飾られている腐りかけのマンゴーを出されようが、私たちは質問をするのみです。お宅の欲しがる情報を与えることはありません」

いただきます、とメロンのショートケーキを食べた。ロールケーキよりはおいしい。

乗鞍が写真をガラステーブルの上に置いた。

「本題に入りますよ。これは八月五日、摩耶ふ頭の物流倉庫の防犯カメラ映像を切り取ったものです」

諫早組長は乗鞍を無視し、藪に取り入ろうとする。藪が女だから甘いものでつっているわけではなく、藪が向島一家の担当だから藪にしか目がない様子だ。

「どうです藪さん。美味しいでしょう。それで、向島一家ですわ」

「それほどに向島一家が気になりますか。尼崎から遠く離れた東京の下町の小さな組です」

「ヤクザの組の大きい小さいは、人数やないで。どこの上部団体のどこのポジションにおるか。それが全てや」

「向島一家は独立系で上部団体はありません」

「あほぬかすな。四代目吉竹組の義理ごとをあんた見たことありまっか。親分と、若頭がおる。他の幹部連中や舎弟もおる中で、若頭補佐がずらっと脇に並びよる。後期高齢者ばっかりや」

吉竹組の幹部ともなれば、暴力団の生き馬の目を抜く世界で実績を重ねてのし上がってきた者たちだ。若いうちに血を流し、または血を流させ刑務所で耐え抜く。幹部に向島のような四十代の若造がいたら、確かに目立つし、一目置かれる。

「しかも左腕がないときた。四代目に取り入ろうとしてごますりするようなやつでもない。その向島が、分裂騒動を機にあっさり笹の代紋を捨てた。と思うたら、六本木と天王寺を行ったり来たりしよる。そりゃあんた、向島が気にならんヤクザはいまの日本にはおらん」

抗争か、和解か。向島はどこを目指して動いているのか。

「抗争になった場合もそうや。向島一家は八十人とはいうてもな、あの向島がトップやで。本家についたら関東は秒ももたん。関東についたら本家との勢力が拮抗する」

藪はケーキを平らげた。乗鞍が、手付かずのロールケーキとメロンのショートケーキの間に、写真を滑らせて諫早に示す。

「病院を抜け出した和グループホールディングスの小林和也を車に乗せていますね。どちらに運んだんでしょうか」

「藪さん。向島一家、どないなってます。紅茶のおかわり淹れましょか。甘いもん二つも平らげたら胸やけしますでしょう」

「お願いします」

藪は紅茶を飲み干した。乗鞍の質問に答えさせるためにも、多少はこちらも情報を出す態度を見せるべきだった。当たり障りないことを口にしてみる。

「向島、ねぇ。背中にしょってるものがまずアレですからねぇ」

諫早が前のめりになった。

「さすが東京の刑事さんや。あの刺青をご存じやね。英名二十八衆句。月岡芳年の無残絵」

藪はなみなみと注がれた紅茶を口にした。出がらしだ。

「あの無残絵、二十八衆句と言いながら十四枚しかないのはご存じです？」

「さあ。そうなんですか」

「無残絵が、十四枚。似たような血みどろの浮世絵が、十四枚ですよ！」

やけに強調する。

「他にも無残絵を背中に彫っている者がいるってことですか」

「向島を含め、十四人おるって計算やな」

乗鞍のデータベースが反応した。

「まさか。『決死十四人衆』のことですか」

藪の背中に悪寒が走った。

決死十四人衆とは、四代目吉竹組時代にひそかに存在していたと言われている暗殺部隊だ。

『最凶の拷問・暗殺集団』と言われ、敵対するヤクザをとらえて残酷に拷問し情報を吐かせて殺す。絶対に警察に気づかれずに死体を遺棄するプロフェッショナル集団だと言われていた。

　警察にバレないというのはすなわち、警察が存在を把握できないということだ。かつて大阪府警が情報を摑もうとやっきになっていた時期があったが、なにも出てこなかった。いまではガセネタとして扱われている。ガセネタとして扱わないと大阪府警のメンツが立たないという側面もあるだろう。十四人もいると言われているのにメンバーの一人の名前もわからず、殺人部隊と言われているのに殺人を一件も立件できなかったのだ。

「旧吉竹組の決死十四人衆。実在するんですね」

　藪は前のめりになっていた。諫早はにんまりと口角をあげて、若い衆になにか言った。次のスイーツが出るようだ。

「まあ藪さん、向島には気を付けることや。平気で人を殺す奴やで。死体処理もお手の物。決死十四人衆に殺られたと噂されるやつらはみんな行方不明やからね。絶対に失敗せんし、死体も出さへん」

　乗鞍が賢治の銃撃事件について触れた。

「それなら、我々の仲間が撃たれた事件はどうでしょう。殺害に失敗している時点で、向島の仕業ではない？」

　諫早は答えなかった。乗鞍が本腰を入れる。

「こちらの話もお願いしますよ。お宅の組の車で、小林和也を連れ去りましたね」

「連れ去るなんて人聞きの悪い。路上に腹から血を流しておる人が倒れとったら、誰だって救護するやろ」

「救護するために車に乗せて、いまどこにいるんでしょうか」

「向島のこと教えてもらえませんかね、藪さん」

諫早の声がオクターブ低くなった。

「情報を持ってはるでしょう。二十四時間三百六十五日張り付いてなんも知らんなんて、天下の警視庁がそないなアホな話ありませんわ」

向島は本家か関東か。和解か抗争か。

「なんか摑んどるはずや」

藪は写真に指を置き、組長の前に滑らせた。

「まあねえ。私はケーキより情報が好物なんだけどなぁ」

諫早はソファの背もたれにうずもれながら、つまらなそうに言う。

「小林和也。ベトナム人から搾取する下種なヤクザやろ。こいつは本家吉竹組の二次団体、坂崎興業のもんや」

大きな情報が出た。隣の乗鞍の喉仏が上下している。藪は飛びつかなかった。あたかも知っていたことのように振る舞った。その方が相手の口が軽くなる。

「やっぱり坂崎興業だったかー。弱者から搾取するようなシノギを泉親分は嫌がるものね。関東吉竹組の人間はこんなことしない」

「その通り、本家はクソや。金のためならなんでもあり。任俠道を捨てたも同然のクズや」

「しかし坂崎興業に小林の名前は――」

乗鞍の言葉を、諫早は遮った。

「せやからあいつらはクソやと言うとんのや。本家吉竹組は代紋掲げただけのマフィアや。ヤクザやない。警察に隠れてこそこそとやりよって」

「つまり、小林和也は実質、暴力団員として動いている？」

「盃を返したのは警察対策。下関の本庄会にいたころの破門状も偽装。警察さんに出した脱退届も嘘八百や」

やはり、偽装脱退だったか。本庄会が解放した後に神戸の坂崎興業に流れたが、堅気のふりをしてシノギの上がりを坂崎興業に上納していたのだろう。

「小林はいまでもズブズブのヤクザやけども、暴対法で商売にならんから坂崎興業を名乗らへんだけや。こっちじゃ、シノギのうまいヤクザとして有名やで毎月相当な上納金を本家にあげとるらしいで。そりゃこっちとしちゃおもろないわな」

任侠道を貫き、正々堂々とヤクザ稼業に邁進しようとすればするほど、食っていけない。播磨大豊組はノミ行為で生き延びているが、じり貧なのは事務所を見ればわかる。神棚のマンゴーは腐りかけているし、ロイヤルコペンハーゲンのカップセットは使い古されてヒビが入っている。

「小林はそちらにとっては敵対する組織の人間だったはずです。病院を抜け出した小林を、どうやって見つけたんです」

「うちの若頭と小林は知り合いでね。あちらからお助けくださいの連絡が来たんですわ。ベトナム人に刺されとんのに坂崎興業はベトナムマフィアとの正面衝突を恐れて、ほったらかしにしたらしいですわ」

暴対法で身動きが取りにくいいま、牛刀を振り回すベトナム人マフィアに目をつけられた小林を、相手にするのが面倒なだけだろう。外国人マフィアともめ事を起こしたヤクザは、組織から切られるだけだ。

「小林はあっさり梯子を外されてカンカンに怒っとった。坂崎興業のことをなんでも教えたるから助けてくれ、言うてな」

「治療をしてほしいということですか」

「治療ちゃうで。あの怪我は東京の闇医者に治してもろたんやろうけど、兵庫まで逃れてきたってことはそりゃ、追われとるからやろ」

「ベトナムマフィアに？」

「そうそう」

諫早はニタニタ笑った。

「うちもベトナムマフィアは勘弁やってお断りしよ思たんやけどな。アイツ、『坂崎麻呂』の愛人の情報ペラペラしゃべんねん」

坂崎麻呂とは、坂崎興業の会長のあだ名だ。眉毛が薄く瞼が広いので、敵対勢力は麻呂と揶揄して呼ぶ。

「坂崎麻呂の寝こみを襲ったらええ、手引きしてやるて小林は言うんや。よほど腹に据えかねたんやろな。うちは情報もろうて、解放したった」

諫早が得意げに言った。

「小林はここにかくまってほしかったんじゃないんですか」

「知らんで。かくまうべきは坂崎興業やろがい。我々は一円も和グループから上納金をもろうてへんのや」

「しかし坂崎会長の情報はもらった」

「真偽のほどがわからへん。真実とわかるまではかくまってやれへんな」

ようは、最初からかくまってやる気などみじんもないのだ。情報を取るだけ取って見捨てたことになる。やっていることは、坂崎興業と変わらない。乗鞍は疑わしそうに尋ねる。

「どちらで解放したのですか」

「神戸や。坂崎興業の入るビルの後ろ」

「本当はもう消してしまったんじゃないですか」

「不謹慎なこと言うたらあかんで。いまどきヤクザが殺しなんかせえへんよ。若い衆をムショにやったところで、面倒見切る金もないんやから」

「それならなんのために坂崎会長の周辺情報を取ったんですか」

「だから何遍も聞いとるやろ。向島春刀の動向次第やねん」

諫早は語気を強めた。初めて声にドスが入る。

「六本木と天王寺が仲良しこよしの方に向こうとるんなら、わしらは地元で下手に暴れられへん。泉親分に迷惑がかかるやろ」

本家と関東が抗争するなら話は別、坂崎興業ともめてもいいということか。

「我々、播磨大豊組が兵庫で火蓋を切る。一番乗りで本家吉竹組二次団体の組を潰しよったら泉親分の覚えもええやろう。だからいまはなにより空気を読むこと、情報取りが大事やねん。情報や流れを読み間違えたら、死ぬからな」

諫早が拳をガラステーブルに振り落とした。食器が浮いて大きな音を立てた。

「わしは言うたで、藪さん。小林は神戸の坂崎興業に落としてきた。で？　向島はどうしとるんや」

「いま、ガラステーブルを叩いて威嚇したね。威力業務妨害になるよ」

「偶然拳があたっただけや。藪さん、次は手作りプリンでどうや。うちの養鶏場のニワトリが今朝産んだ卵で作っとるんやで」

おい、と諫早が若い衆を呼んだが、藪は結構と立ち上がった。乗鞍はスマホに耳を当て、坂崎興業へ向かう態勢を整えている。

「いろいろとご馳走様でした」

「おい、待たんかい！」

藪は肩を摑まれかけた。けん制する。

「気を付けて。私は女だからね。肩を摑んだら強制わいせつ未遂。声を張り上げたら脅迫でぶちこむよ」

諫早が目を血走らせる。

「調子こくな。たったいまここでどれだけの利益供与を受けた思とんねん」

「なんのお話？」

「ケーキを何個食うたかと聞いとんねん！」

「二つだよ、うるさいな」

「暴力団事務所でケーキを二つも食うて紅茶まで飲んではいさよならはないで。藪てつこいう女マル暴は暴力団事務所でスイーツ食いまくっとるとマスコミにぶちかましたろか」

「そんなにケーキ二つが惜しいんなら東京からスイーツを二十個送ってやるよ。マスコミに、播磨大豊組の組長はケーキ二個でぶつくさいう小さいやつだから倍返ししたと書いてもらう」

諫早は怒りのあまりか絶句している。

「それから私の名前はてつこじゃなくて、あきこだから」

ほなさいなら、とエセ関西弁を捨て台詞に、藪は播磨大豊組を後にした。

*

八王子駅界隈にはベトナム料理屋が八つもあった。誓は朝から一軒一軒回っていたが国際犯罪対策課の捜査員と鉢合わせしてしまった。彼らは乗鞍にチクったようだが、お咎めはない。

朝から食べ続けて苦しい。十三時、野猿街道沿いの雑居ビル一階に入居するベトナムサンドイッチ店に来た。これで四軒目だ。窓口だけの弁当屋みたいな店構えだった。

定番だという、レバーペーストとベトナムハムのバインミーを頼む。具材を詰め込む店員にフックの画像を見せた。

「実は人を探してるんです。この人を知っていますか？」

フックがやけどをする前の、パスポート写真だ。

「知らない」

「顔の半分にやけどを負っています」

店員の手が止まった。

「警察？」

両手を広げ、バッグの中身も見せた。

「警察手帳とか、ないでしょ」

警察官ではないとは言っていないから、嘘はついていない。店員がトッピングを尋ねてきた。

「一番高いのを五つくらい入れて」

情報が欲しい。金を落とすつもりがあるとアピールする。

「エビが一番高いけど、レバーと合わないよ」

「それじゃ、追加でエビとアボカドのバインミーをお願い。で、この男――」

「二つだけでいいの？」

「じゃあ、焼き肉バインミーも追加で」

「三つだけ？」

何個頼めば教えてくれるのか。

「じゃあもうメニューにあるのを全部！」

マイドー、と店員は言い、あっさりと答える。

「それ、フックだよ」

ようやく知人に辿り着いた。

「フックのエクシガールフレンドがうちで働いているよ」

元恋人ということらしい。

「もしかして、リエンさん？」

フックのSNSで名前が出ていた。店員が頷く。

「いまどこにいますか」

「あと何個追加？」

誓は財布から三万円を出した。

「これで買えるだけ、全部！」

「わあ、アリガトー」

「で、リエンは？」

「リエン、キッチンカーのほうにいるよ。この店舗、おまけね。メインはキッチンカー」

背後の壁にかかった写真を指す。ベトナム国旗の柄に装飾されたキッチンカーの前で、エプロン姿の女性が微笑んでいる。

「彼女がリエンさん？」

「そう。今日は汐留《しおどめ》に行ってるよ」

誓は四十個のバインミーを三つの袋に入れて、汐留方面に向かった。がんばって乗り換え駅のホームでバインミーを二つ食べたが、朝から食べ通しで、三つ目には手がのびなかった。警視庁本部に立ち寄り、丸田に「差し入れ」とバインミーの袋を押し付けた。

急いで汐留に向かった。途中、現金を下ろした。フックの居場所を吐かせるため、リエンからは五十個くらいバインミーを買わねばならないかもしれない。

汐留のオフィスビルの噴水広場の前にキッチンカーが二台停まっていた。ひとつはピザ屋で、もうひとつがバインミーのキッチンカーだった。十四時だが行列ができていた。

行列の最後尾からキッチンカーの中は見えない。はやる気持ちを抑えて待っていると、最前列の客と店員がもめ始めた。小太りの中年男性がカウンターを叩きながら怒鳴っている。他の行列客が「警察を呼ぶ？」と言い始めた。

「どうされましたか」

誓は行列の先頭に行き、声をかけた。男性客と言い争いしているのはリエンだ。誓を無視し、男性に言い放つ。

「私はあなた知らない。帰って。他のお客さんメイワク！」

「あれだけ人から金を巻き上げておいてよく言うよ。証拠は山ほどあるんだぞ！」

男は販売口に上半身を突っ込みそうな勢いだ。誓は男性の腕を引く。

「落ち着いてください。向こうが悪くても、あまり強く出るとあなたの方が不利になってしまいますよ」

「あんた何者だ。いきなりしゃしゃり出てきて」

警察官だと名乗ろうとしたが、リエンの声に遮られる。男性の容姿を罵っていた。

「私こんな男と寝るはずない！」

誓はリエンを咎めた。

「警察呼んで。この男、乱暴した！」

「なにが乱暴だ、金を返せよ。お前に三百万円も貢いだんだぞ！」

キッチンカーのバックドアが開き、リエンが飛び出してきた。逃亡か。誓は慌ててその腕を掴んだ。

一人で対応するのは無理だ。誓は一一〇番通報した。

駆けつけた東新橋交番の警察官に事情を説明し、リエンと男を連行した。交番は目の前を第一京浜が走る、やかましい一画にある。

男性は受付カウンターで地域課の警察官が対応した。誓はリエンと交番の奥にある部屋で向かい合った。彼女はパトカーに乗せられている最中もずっと男性の悪口を言っていたが、いまは疲れたように黙っている。気持ちをほぐしてやろうと、誓はバインミーの話をした。

「八王子店のを食べてきたんですよ。すごくおいしかったです」

「私は自分の店のバインミー嫌い。鶏レバーペースト。ベトナムの味じゃない。豚レバーがベスト。日本人は臭がる」

「なるほど。日本人向けに味が改良してあるんですね」

「においしない納豆、食べる？」

「食べませんね」

「それと同じ」

弁の立つ女性だ。書類に氏名を書いてもらっている間、聴取をどう進めれば聞きたいことを引き出せるか考える。藪から電話がかかってきた。誓は一旦外に出た。電話に出るなり、藪に一方的に言われる。

「大至急、デパ地下でケーキを二十個買って、播磨大豊組に送ってほしいの。宛名は諫早誠組長ね」

誓はぽかんとしてしまった。

「ケーキ二十個をヤクザに、ですか？　利益供与になりませんか」

「問題ない。私、こっちで二個食ったの。だからこっちからは二十個。倍返しにして黙らせる」

「二個の倍返しは四個ですよ」

「細かいこと言うな。勝手に捜査しているくせに」

藪の方は播磨大豊組のガサ入れが終わったらしい。兵庫県警に立ち寄って態勢を整え、次のガサ入れに行くという。

「小林の所属は本家吉竹組系の坂崎興業だった。ユーレイ組員だ。和グループの売り上げを上納金としていたみたい」

藪が興奮気味にまくしたてた。

「小林の身柄が坂崎興業にある可能性が高いし、ベトナム人から搾取した金が暴力団に流れていると判明したら大金星だ」

受話器を握る手が汗で滑る。ようやく小林が所属する組がわかりそうだ。

「誓。リエンを発見したのは大手柄だよ。今日中に吐かせてフックの居場所を特定して」

「簡単に言わないでください。私はマル暴です。ヤクザのことならわかりますけど、ベトナム人のことはさっぱりです」

昨夜もネパール料理屋でなにも掴めなかった。

「だったらなんで一人でベトナム料理屋を回っているんだよ。いまからでも遅くない。リエンを国際犯罪対策課に引き渡しな」

誓は口を尖らせるしかない。藪の声は深刻だ。

「嫌な予感がしている。播磨大豊組に警視庁のガサ入れ情報がだだ洩れだった」

藪が来ることまで把握されていた上、藪が向島一家担当のマル暴刑事であることまで知っていたらしい。ヤクザに情報を流しているやつが警視庁内にいるのか。

「小林は詐欺罪や横領罪で逮捕、小林を襲撃したベトナム人も逮捕するとして、花岡による賢治銃撃事件や花岡の殺害事件も全てが複雑に絡み合っている。これらは必ず、一本の線になるはずだ」

誓も気持ちが急いてくる。

「放っておくと余波が広がり、事件が増えすぎて訳がわからなくなる。小林が本家吉竹組系の暴力団員とわかった以上、早いところカタをつけないと、国内で大きな抗争が勃発するよ」

ただでさえ吉竹組は分裂して火種がくすぶっている。ここへベトナムマフィアが絡んできたら血みどろの抗争に発展するだろう。

「反社会的勢力はいつも、微妙な均衡を保った状態でひしめき合っている。ひとたび石を一つ投げ入れたら、波紋のように影響が広がっていく。わかるね？」

「はい。わかります」

誓はごくりと唾を飲み込んだ。

「全く無関係と思われたところで火柱が上がる。そうなったら警察はもう阻止できない。モグラ叩きみたいに、起こってしまった事件の捜査に追われるだけ。それはマル暴の敗北だ」

「わかりました」

誓は気持ちを引き締めた。

「一刻も早くリエンの口を割らせて、フックの居場所を突き止めます」


誓は交番に戻り、詐欺被害を訴える男性から話を訊いた。

「箇条書きで構わないので、リエンから騙された内容と金額を書いてもらえませんか」

「それなら、ここに」

男は懐から手のひらサイズのメモ帳を出した。全て書き留めてあると言う。

「これは助かります。話が早い」

メモ帳を借りて、誓はリエンの待つパーテーションの先に入る。

男性のメモによると、故郷の両親の療養費、生活費の援助の他、友人の堕胎費用までリエンは求めていた。

詐欺被害を認めさせるだけでも骨が折れそうだ。そこに時間を割きたくない。誓の目的は、フックの居場所を突き止めることのみだ。

どうやってリエンの心を動かすか。技能実習生として来日し、和グループに搾取されながらも、一方で日本人男性から金をむしり取っていた。どこかにお互い共感できる部分はないだろうか。

考えあぐねた末、誓はリエンの待つテーブルに戻る。自身のスマホで四月三日に撮影した賢治の画像を見せた。手術が終わっても容体はまだ不安定だった。全身に生命維持装置が繋がれて、死線を彷徨っていた。このまま死んでしまうか、意識が戻らないかもしれないと思ったから、誓は写真を撮った。

「私の夫も刑事だったんです。四月にヤクザに撃たれて、重傷を負いました」

リエンは画像を見るなり、口元を両手で覆った。心から同情した様子で誓を見た。

「夫は一か月後に目覚めましたが、下半身不随。わかります？」

「車椅子？」

「そう。一生歩けないとお医者さんに言われた。それまでは、ヤクザを捜査する警察官として、活躍していたんです」

「日本のヤクザ、ひどいね」

「夫は荒れました。動けないことにいら立って八つ当たりする。オムツを替えようとすると殴られる。彼は人が変わってしまった。モンスターになった」

大袈裟に言いながら、誓は懐からフックのパスポート写真を出した。リエンの表情がさっと変わる。本当は詐欺被害ではなく、彼のことを訊きに来たと悟ったはずだ。

「レ・ミン・フック。あなたの元恋人ですね。これはパスポート写真。顔面にやけどを負う前のもの」

フックがやけどを負った直後の画像を見せた。リエンが目を逸らす。

「フックさんはＳＮＳであなたのことをたくさん投稿していました。本当に大好きだったみたい」

リエンのきゅっと閉じた唇が、かすかに震える。

「やけどの治療は適切にされていたのでしょうか。人相が変わってしまったんじゃないかと思うの。昔の自分には戻れない。心も荒《すさ》んだんじゃないかしら」

　リエンはうつむき、ぼそっと言った。

「フックとあなたの夫、似てるね」

「やはり怪我をしてからフックも変わってしまったのね」

「フックを変えたのは、日本人。フック、日本に来なきゃよかった。いま日本にいるベトナム人、全員思ってる。話が違う。お金稼げない。みんな冷たい。日本中が、グル」

　誓は否定しなかった。彼ら外国人の低賃金の単純労働によって、現在の日本の製品は価格を抑えられている。それを買う全ての日本人が、ベトナム人から搾取しているも同然なのだ。

「オクト製粉の事故の怪我。会社も、組合も、治療してくれなかった。警察に行ったら、被害者なのに、逮捕されかけて、逃げた」

　警察側になにか誤解があったのだろうか。相手が外国人だから犯罪傾向が強いと思い込む警察官は、確かにいる。

「日本の警察、日本人の味方。治療してくれたの、助けてくれたのはチュントイ」

「アジトはどこにあるかわかりますか？　チュントイ八王子という組織、マフィアがいると聞きました」

「そんなのないよ」

　あっさりリエンが言った。

「チュントイは高崎と牛久だけ。東京の怖いベトナム人はインターネットだけ。バラバラ」

ネット上だけの繋がりで、アジトもないし、組織化もしていないということか。賢治が見つけ出したものはガセネタだったのだ。誰がフックのＳＮＳにあんな書き込みをしたのだろう。

「フックはチュントイのどちらの組織に属しているの？　高崎か、牛久か」

「高崎よ。一番でかいチュントイ。でもチュントイも悪い！」

リエンが感情的に叫んだ。

「チュントイも、フックを利用した！　バックに日本のヤクザ、いる！　あいつらは日本のヤクザの手下なってる。小林殺せ、小林殺せ。毎日来た」

「小林を殺せと、毎日のようにヤクザが命令しにきたということ？」

「八王子ソーリュカイ」

誓は雷に撃たれたような衝撃を受けた。

八王子双竜会のことか。ドラゴンファイナンスという消費者金融の奥にあった事務所を思い出す。紫色の胡蝶蘭が見事に咲いていた。

「フックを利用した。ほんとはあいつらヤクザが、小林を殺したい。でもフックに呪文かけた」

「呪文のように、小林を殺せと言い聞かせたということ？」

「ベトナム人から搾取してる和グループ、ショアクノコンゲンだからって」

諸悪の根源。

「オクト製粉や組合に復讐しても、ベトナム人搾取、終わらない」

組合とは和グループのアジア技能研修協同組合だ。

「小林の首を取れば、顔のやけどの復讐できるし、日本にいる全てのベトナム人同胞、解放できる」

実際には小林ひとりの首を取ったところで、現実は変わらない。技能実習制度そのものを国が変えないとずっとベトナム人は搾取され続ける。八王子双竜会は自らの都合のいいように、小林を諸悪の根源に祭り上げて、フックをたきつけたのだろうか。

誓は立ち上がり、交番のパソコンを借りた。八王子双竜会のデータを呼び出し、構成員とされる男たちの一覧表を表示させた。リエンに見せる。

「フックに小林を殺害しろと言っていたのは誰？」

リエンは画像一覧から顔を上げた。

「名前、知ってる。ハナオカさん」

花岡亭か。

誓は頭が真っ白になった。花岡は、八王子双竜会の組員だったのか。

夫を銃撃したのは、向島一家ではなく、関東吉竹組系の八王子双竜会ということになる。

「花岡さん、チュントイ来なくなった。いまは海竜さん」

海竜将の写真を指さした。藪にラーメン屋のトッピングチケットをもらい、関門海峡の抗争を熱心に話していた男だ。

「ちょっと待っててね」

誓は立ち上がり、一旦交番の外に出た。詐欺の件はどうなったかと男性が尋ねてくる。

「ヤクザの話をしている場合じゃないでしょう」

「ヤクザの話をしている場合なんです、抗争が始まるかもしれない！」

いや、もう始まっていたのだ。

第一京浜を走る車の走行音がうるさいが、重要事項を通行人に聞かれずに済む。藪に電話をかけた。藪がもしもしと言い終わらぬうちに、誓は説明した。

「花岡亭が八王子双竜会の組員だったというの!?」

藪も電話の向こうで仰天している。

「小林と同じパターンではないでしょうか。偽装脱退、ユーレイ組員です。花岡は関東吉竹組系八王子双竜会の人間だった。小林は本家吉竹組系坂崎興業の組員でした」

花岡はベトナムマフィアを使って小林殺害を命令していた。

それに気づいた小林が八王子双竜会の花岡を殺害し、半グレの安藤を巻き込んで死体を遺棄した。だが、八王子双竜会は今度こそとベトナムマフィアのフックを使って、小林を刺した――。

「小林と花岡は組は違えど幼馴染みよ。五年前からは手を組んで共にシノギを稼いでいた。もめた原因はなに」

「吉竹組の分裂ではないですか」

シノギで得た利益の一部は上納金として組にあげるものだ。和グループの売り上げを、小林は坂崎興業へ。花岡は八王子双竜会へ流していた。それが更に上部団体である吉竹組へ流れていく。ところが去年の春、吉竹組は分裂してしまった。

「すると本家にとっては、花岡がベトナム人からピンハネしていた金が関東吉竹組に流れてしまうということになりませんか？」

「なるね。そうなる」

「本家は双子体制で上納金を二倍に増やした金の亡者ですよ。和グループの上納金を全て本家に流したいと目論んでもおかしくない」

そうなると、ケイズダイナーの副工場長をやっている関東吉竹組系の花岡が邪魔になる。

「花岡は花岡で、八王子双竜会からせっつかれていたかもしれません。小林を失脚させれば、シノギを総取りして関東吉竹組に流すことができる」

藪さん――と呼びかける声が、震える。

これは、搾取する日本人に復讐する不良外国人の事件ではなかったのだ。

「これは二つの吉竹組の抗争です。水面下でシノギの奪い合いがとっくに始まっていたんです……！」


藪や乗鞍が播磨大豊組と坂崎興業のガサ入れを終え、東京に戻って来た。誓も合流し、八王子双竜会のガサ入れ準備を始める。

花岡が八王子双竜会の人間であることや、和グループの金が上納金として流れていたことがわかれば、八王子双竜会が上納金を納める関東吉竹組のガサ入れもできる。

ガサ入れを翌日に控え、誓は早めに帰宅し、錦糸町のリハビリセンターへ夫を迎えにいった。ガサ入れに入ったらしばらく帰れなくなる。

もともとはバレエスタジオが入っていたというリハビリスペースは、東側の壁の全面が鏡張りになっている。

賢治はマットレスの上にあおむけになっていた。理学療法士がウォームアップのため、賢治の太腿の付け根の関節を動かしている。ジャージの裾から膀胱留置カテーテルの管が出ていた。尿の入った袋は手すりに引っ掛けられている。

和グループホールディングスを舞台にしたベトナム人による復讐事件は、分裂した吉竹組による代理戦争だった。これに賢治の銃撃事件はどうかかわっているのだろう。

花岡は本家吉竹組系の小林とシノギを巡りもめている真っ最中だったはずだ。なんのために賢治を銃撃したのだろうか。

誓はリハビリが終わるまで、廊下を挟んで向かいにある休憩室で待った。給湯器と自動販売機、ソファがある。窓辺に、水に浸したタッパーが並んでいた。種を水耕栽培しているのか、大きな黒い種にもやしのような芽がひょろりと出ていた。それぞれに名前が入っている。併設するデイサービスセンターに通う老人たちが育てているものだろう。

十七時になり、誓は介護タクシーを断って、賢治の車椅子を押した。地下の駐車場に停めた車の助手席の脇につける。導尿パックを賢治に持ってもらい、後部座席に移乗させた。賢治の愛車でもあったランドクルーザープラドは車高が高すぎて、介護で使うには不向きだが、いまでも誓は車の買い替えを提案はしていない。賢治が自分で提案できる日が来るまで待つつもりだ。

賢治が撃たれてからは誓が運転しているが、運転シートに座るたびに、怖気づく。当初は震えながらこの大きなＳＵＶのハンドルを握っていた。半年近く経ち、多少は慣れた。

賢治がシートベルトをしながら尋ねる。

「今日は早かったんだね。仕事はどうなの」

「明日、八王子双竜会のガサに入る」

シートベルトが嵌まるカチャリという音が、静寂の車内に響く。

「いよいよだな」

賢治には、花岡が八王子双竜会の組員だったことを話してある。

「俺の件で築地署の捜査本部がガサ入れするの？　それとも、小林の件か？」

「両方よ。築地署の捜査員も来る。明日、八王子駅前は大騒動になると思う。八王子警察署の警備計画もすごかった。地域課が五十人近く現場を封鎖する」

「そりゃすごいな……」

どこか怖気づいたように、賢治が言った。

「どうして花岡が見ず知らずのマル暴刑事の賢ちゃんを撃ったのか、見立ては変わらない？」

「本家吉竹組との抗争を有利にするため、関東吉竹組系の八王子双竜会は、向島一家を味方につける功績が欲しかった。それしか考えられない」

関東吉竹組も向島を欲しがっていた。八王子双竜会が向島に借りを作ってやれば、関東吉竹組に向島春刀の気持ちが流れる。すると泉親分の八王子双竜会の覚えもよくなるし、向島一家を味方にできたら本家吉竹組など怖くなくなる。

「向島一家に勝手に恩を着せるため、向島一家を内偵していた賢ちゃんを、ユーレイ組員の花岡が銃撃したってことね」

賢治はため息をついた。

「いずれにせよ、花岡が八王子双竜会の組員だったことを証明しなきゃ、捜査のふろしきを関東吉竹組へと広げることはできないな」

「だからこそ、明日の八王子双竜会のガサ入れは重要なの」

ごめん、と誓は先に謝った。

「明日以降、しばらく家に帰れないかも」

「俺のことは気にするな。絶対に結果を出せ」

その晩、賢治はなかなか寝床に就こうとしなかった。ダイニングテーブルで日越語辞典やベトナム語のテキストを広げて、必死に勉強している。誓は明日のリハビリの準備だけはしておこうと、賢治の荷物を開いた。中から、車椅子ユーザーでも運転できる福祉車両のカタログが出てきた。自分で運転したいという欲求が湧いてきているようだ。

賢治が顔を上げて、苦笑いする。

「どこのメーカーも福祉車両はミニバンばっかりなんだ。つまんないよ」

賢治は車両で捜査に出るときは、いつもスバルのインプレッサを選んでいた。官舎の隣人警察官夫婦とバーベキューに行ったとき、あちらが軽自動車に乗っていたのを「男が乗るクルマじゃない」とひどくバカにしていたこともある。

「ＳＵＶは乗り込みにくいし、スポーツカータイプだと車椅子を積むのが大変そうだよ」

「いつかハチロクを改造して福祉車両にしてやる」

誓は大笑いしてしまった。賢治なら本当にやりかねないと思った。

夫は前を見て歩み始めている。その姿は眩しかった。誓、と呼ばれる。

「チュントイ八王子の件は、すまなかった」

結果的に誤情報に誓は振り回されて、播磨大豊組でのガサ入れに参加できなかった。賢治が見つけた投稿は改めて確認したところ、削除されていた。

「いいよ。空振りはよくあることじゃない」

「藪さんの見立てが正しかったのに、俺のためだったんだろ」

誓は微笑み、流した。誓、と改めて呼ばれる。

「いつもありがとう。俺、がんばるよ」

「私も、がんばる」


午前七時、渋谷警察署から捜査車両二十台が車列を組んで八王子に向け出発した。八王子警察署での交通整理や警備の準備も万端らしい。築地警察署は六時半には銀座を出たと一報が入った。いよいよ始まる。誓はハンドルを握る手が震えそうだ。無線から乗鞍がマル暴刑事たちを鼓舞する声が流れてくる。

「八王子双竜会と花岡が盃を交わした証拠を押さえられたら、マル暴刑事銃撃事件の共同共謀正犯で八王子双竜会の組長の首を取る」

うまくいけば、上部団体の関東吉竹組に手を付けられるか。

「八王子双竜会からチュントイに繋がる証拠が出てくるかが勝負所だ」

無線機の向こうから、乗鞍が興奮気味に叫ぶ。

「これが出たら、一連の事件は、チュントイと和グループを代理とする二つの吉竹組の抗争と認定できる！」

関東吉竹組総本部だけでなく、本家吉竹組総本部のガサ入れにまでいっきに持ち込む。

「二つに分裂した吉竹組の頂上作戦にそれぞれ持ち込めたら、いっきに双方の力を削ぐことができる。日本最大の特別指定暴力団の分裂抗争を防ぐぞ！」

　誓は血が騒ぎ、オーッと拳を振りあげたいところだ。助手席の藪は冷めた顔をしている。

「そう簡単にうまくいくかっつーの」

「ずいぶん冷静ですね」

「小林も花岡もユーレイ組員だったんだよ。組に証拠が残っているとは思えないし、最近は金の流れを追うのも簡単じゃない」

　仮想通貨に換えてマネーロンダリングをしてから、上納金をあげる。最近はこのパターンが多い。金の流れの解明に数年かかるのが最近の傾向だ。

　午前八時、八王子駅前に到着した。

　八王子双竜会が入るビルはせせこましい路地裏の一角にある。周辺はすでに交通規制が敷かれていた。警察官が多く出ているが、野次馬は殆どいない。朝が早い上、通勤で駅へ向かう人々は無関心だ。振り返ることはあっても素通りしていく。

　シャッターを閉めたラーメン屋の前で誓は車を停めた。換気扇が回っていて、豚骨のにおいが漂ってくる。朝からスープを煮込んでいるのかもしれない。

　午前八時ちょうど、乗鞍と築地署の山吹管理官がそれぞれ家宅捜索令状を持ち、階段を駆け上がった。藪と誓は三列目についた。

　フロント企業であるドラゴンファイナンスはシャッターが閉まっていた。営業時間は十一時からとシャッターに書いてある。フロント企業は営業時間外でも、ヤクザは二十四時間営業だ。中にある八王子双竜会の事務所には、当番の若い衆がいるはずだ。藪がインターホンを押した。何度やっても、返答がない。

乗鞍が拳でシャッターを叩く。十分待ったが音沙汰なしだ。

「しょうがない。重機」

八王子警察署が万が一の時のため、金属も破断できるチェーンソーを準備していた。シャッターの鍵の部分をくり抜き、三分後にはシャッターが上がった。

ガラスの扉に鍵はかかっていなかった。中に入った誓は胸騒ぎがした。照明が落ちたドラゴンファイナンスのカウンターの脇を抜けて、八王子双竜会の事務所の鉄の扉の前に立った。乗鞍が拳で扉を叩いたが、やはり応答はない。

山吹管理官がドアノブを回した。

「開いている……」

勢いよく扉を開けた。誓は愕然と、目の前に広がるがらんどうの空間を見つめた。八月の初旬にここを訪ねたとき、上がり框にはスリッパが準備してあった。ガラスのテーブルと皮のソファがあり、床には紫色の胡蝶蘭の鉢植えが置いてあった。

いまはなにもない。塵ひとつ落ちていなかった。

ドラゴンファイナンスもカウンターとチラシやポップ、デスクが残っていただけで、空っぽだった。暴力団員がフロント企業と共に事務所ごとごっそりいなくなった。前代未聞だ。

八王子のビルの事務所は、八王子双竜会の本当の事務所ではなかったのだろうか。だが警視庁には八王子のこのビルの住所で届け出がされている。

表が消費者金融だったくらいだから、フロント企業のオフィスを間借りして警察の目をくらませていたか。全く別の場所に本部を構えていない限り、一瞬でいなくなれるはずがない。

ユーレイ組員に、ユーレイ事務所か。

事件の全貌を解明できそうなのに、証拠がひとつもあげられない。

フックも小林も行方がわからないままだ。坂崎興業のガサ入れでも小林の姿は見つからなかった。防犯カメラ映像では確認できている。裏口に播磨大豊組の組員によって置いていかれた小林の姿が映っていた。小林は事務所に入らず自力で電車に乗り、その後タクシーを乗り継いで消えてしまった。

リエンはフックの行方を知らないと言っている。マフィアになった元恋人など興味がない様子だった。

なにが起こっているかわかり始めているのに、解決のめどが全く立たないまま、捜査一課はフックの顔写真の公開を決め、指名手配の準備を進めている。

国際犯罪対策課は、フックの背後にいるベトナムマフィア、チュントイの摘発に力を入れている。

リエンによると、管内にいるチュントイメンバーはネット上でしか繋がっていないという。会合場所もいつも違う。国際犯罪対策課は毎日のように、繁華街をうろつくベトナム人を任意同行して、情報を掴もうとやっきになっている。

暴力団対策課は、捜査本部に隣接する小部屋で資料に埋もれかけていた。播磨大豊組と坂崎興業から押収した段ボール箱が三百箱近くあるのだ。

　誓は段ボール箱を開け、証拠を探す。坂崎興業は、小林が構成員であることを認めていないし、金も受け取っていないとしている。なんとしてでも和グループホールディングスからの金の流れを摑まなくてはならない。仮想通貨を使ってマネーロンダリングをしていないか、サイバー犯罪対策課にもヘルプを求めた。帳簿を見ることにたけている捜査二課の刑事にも手伝ってもらいながら、誓は電卓を叩く日々だった。

　他の捜査員は八王子双竜会の構成員を探している。もう八王子にはいないとみて、近隣の町田、相模原の繁華街にローラー作戦を敷いた。範囲を東へ伸ばしていき、とうとう東京都西部の繁華街は掃討した。誰も見つからない。チュントイも一人も見つからなかった。この界隈で働くベトナム人たちはみな真面目な在留資格者たちだった。

　今後のメインは都心の繁華街だ。新宿、渋谷、六本木——人も建物も店も、数が多すぎる。

　藪は乗鞍と共に、連日、地裁の令状部に詰めている。八王子双竜会が事務所ごと構成員もろとも飛んでしまったいま、上部団体の関東吉竹組に手をつける道しか残っていない。

　令状部は慎重だ。そもそも、花岡亨が八王子双竜会の構成員だという証拠がない。リエンの証言頼みだが、彼女は詐欺罪で逮捕されている。逮捕された詐欺師の証言が、裁判で証拠として耐えうるか。

　夕方、捜査会議が開かれた。もう八月も下旬の二十八日になっている。

　乗鞍管理官が仕切った。当初は捜査本部に入っていなかったが、分裂した吉竹組による代理戦争の可能性がでてきたいま、捜査幹部の中心にいる。

捜査一課が報告する。

「フックの居場所は見つかりませんでした」

国際犯罪対策課も後にならえ、だ。

「チュントイ関係者は見つかりませんでした」

藪が立ち上がる。

「和グループホールディングスから坂崎興業への金の流れは摑めませんでした」

提案はした。

「こうなったら、なにがなんでも関東吉竹組に手をつけましょう」

誓も加勢した。

「私もそうすべきと思います。これは吉竹組の分裂騒動が発端の代理戦争です。上部団体のガサに入るべきです」

乗鞍が、「根拠は」と短く言い返した。藪は自信満々で答える。

「八王子双竜会は警察に届け出せずに事務所を移転したんです。暴対法違反で立件、上部団体である泉組長の共謀共同正犯を問うという名目で、関東吉竹組へのガサ状の請求ができませんか」

乗鞍の目の色が変わった。悪くない、と思っただろうか。

「それなら――いけるか」

「地裁の令状部を説得してみせます！」

藪と誓は令状請求書類の準備をすることになった。誓はまた自宅に帰れない日が続きそうだ。賢治が心配だったが、報告すると自分事のように興奮し、応援してくれた。

藪がジャケットを羽織りながら立ちあがり、誓の肩を叩いた。

「八王子に行くよ。ビルの管理会社に転居の事実を示す書類を出してもらう」

正式な解約日はわかっているが、いつ申し出ていつ明け渡したのか、立会人は誰だったのか。正式な書類を作らなくてはならない。

「了解です！　ビルのオーナーもみっちり絞りましょう」

捜査車両で出かけようとしたが、乗鞍に咎められた。電車を使えという。捜査本部も発足から大所帯で動いていたため、予算が厳しくなってきたのだろう。証拠を上げられなければ、どれだけ幹部ががんばって追加の予算請求をしても、認められない。捜査本部は縮小していく運命にある。

仕方なく、誓は藪と共にＪＲ中央線で八王子駅に向かった。電車が立川駅を過ぎたところで、藪のスマホに乗鞍から電話がかかってきた。電車に乗っているから出られないと藪がメールを返しても、しつこくかかってくる。

藪と誓は一旦電車を降りた。豊田駅だった。のどかな景色がホームの外側に広がっている。八王子駅はこの次だ。電話をかけ直した藪が、怒鳴り始める。

「どういうことですか、それ！」

乗鞍の声が漏れ聞こえたが、内容まではわからない。ようやく藪がスマホを耳から離し、誓に説明する。

「麻布署に泉が乗り込んできた」

「え？」

「下部団体の八王子双竜会の解散届を持って来たってさ」

「解散って――」

もう存在していないということにするつもりか。事務所移転の不届について共謀共同正犯を問うことができなくなる。藪は電話の向こうの乗鞍にまくしたてた。

「解散したなんて偽装に決まっています。認めさせちゃだめです」

誓はがっくりと、しゃがみこんでしまった。

警察は突然の解散届を絶対に受理しない。法に則り、解散の事実の検証に乗り出すことになる。つまり、今後の争点が『八王子双竜会の解散』に移る。関東吉竹組の手入れは先延ばしになるだろう。

いつまでたっても一連の事件を抗争として捜査することができない。同じことを乗鞍から言われたのか、藪は愕然として通話を切った。

「泉のやつ、さすが頭がいいですね」

暴対法を逆手に取り、捜査させないようにあの手この手で抵抗する。

「マル暴捜査はいつからこんなに複雑になっちゃったのかな」

藪がぽつりと嘆いた。ツクツクボウシが鳴いている。もう夏が終わろうとしていた。

第五章　双子

九月に入り、行き詰まった捜査本部で乗鞍が出した提案は『休むこと』だった。

八月一日に和グループホールディングスの小林和也宅で襲撃事件が発生してから、捜査員たちは不眠不休で捜査をしてきた。順に遅い夏休みを取り、リフレッシュして新たに事件に臨んだ方がいいと思ったのだろう。

誓は九月二日から三日間休む。四日間は休めと言われたが、四日間も捜査がしたくてうずうずしていたら余計に体調が悪くなると訴えて、一日縮めてもらった。

夏休み初日の朝、誓は上目遣いで夫を見た。

「本当にいいの」

車椅子の前にしゃがみ、夫に靴下を履かせてやっている。これからリハビリだ。

「行ってこいって。煮詰まった顔しながら家にいられても困るし」

お盆休みすらなかったのだから、大阪の八尾市にある桜庭家の墓参りに行って来いと夫は言っているのだ。

「賢ちゃんも一緒に行こうよ」

「俺は足手まといだよ。車椅子だし……」

誓の両親が眠る八尾市内の墓地公園は、丘陵にある。階段や砂利道を進まないとお墓に辿り着けない。車椅子での墓参りは難しいだろう。

「気晴らしもかねて伝説のマル暴刑事のお墓に手を合わせてきたらいい。なにかいいアイデアが浮かぶかもしれないよ」

九時半に介護タクシーがやってきた。誓も旅行鞄を抱えて、一緒に家を出ることにした。賢治が出発するのを駐車場で見守る。

「奥様もお出かけですか」

介護タクシーの乗降リフトを操作しながら、いかつい運転手が訊いた。

「ええ。ちょっと里帰りに」

「離れちゃうのは寂しいでしょ。ギリギリまで賢治さんといてやってください」

賢治は「なに言ってんすか」と苦笑いしている。いまや介護タクシーの運転手や理学療法士は、賢治の親友のようだ。同僚の刑事やかつての友人とは殆ど会わなくなった。

介護タクシーで錦糸町まで一緒に乗ることにした。リハビリセンターへ賢治を見送り、誓は自動販売機のある休憩室に飲み物を買いに行った。水耕栽培の黒い種は大きな緑の葉をつけていた。なんの実がなるのだろう。これが実をつけるころには、賢治は歩けるようになっているだろうか。

一連の事件にケリをつけることができるだろうか。

東海道新幹線に乗り、新大阪駅で下車した。八尾市まで電車は使わず、レンタカーを借りることにした。

墓参りは四年ぶりだった。賢治との婚約を報告しに来たのが最後だ。〝今後はマル暴の妻としても精進します〟と墓前の両親に手を合わせた。

あのころはどれだけ幸せだっただろうか。

桜庭家の墓がある区画へとぼとぼと一人歩いていく。子供のころから盆と正月は必ず父に手を引かれて墓参りに来ていた。その父があっという間にここに入ることになった。東京で母が死んだときは、都内で荼毘に付し、四十九日にお骨を持って八尾まで里帰りした。誓はひとりぼっちになってしまった。祖父母はどちらも亡くなっていたし、父は一人っ子だった。母方の実家は青森県で、兄弟とも疎遠だった。誓は母方の伯父や伯母には数回しか会ったことがない。最後に会ったのは小二のときだ。母が亡くなったとき青森に訃報を伝えたが、音沙汰なかった。

あのときまだ十八歳だったから、新幹線の中で喪服に身を包み、遺骨を抱えた女の子を、他の乗客たちは気の毒そうに見ていた。

それでも当時は、いまほど寂しくはなかった。父母に愛され大切に育てられたという事実と、優しい思い出が誓を温かく包んでいた。自分の拍動と、手首にうっすらと浮かぶ血の管を見て、お父さんとお母さんはここに生きている、ひとりではない、と思うことができた。

四年ぶりに墓前に立つ。

長らく放置していたが、桜庭家の墓はさほど荒れてはいなかった。草を取り、墓石に着いたこけを落として水をかけ、タオルで拭いた。線香に火をつけて手を合わせる。

「じゃあね」

賢治は墓前に手を合わせればなにかいいアイデアが生まれるかもしれないと言っていた。なに

も出てこなかった。頭に浮かぶのは、

――嘘つき。

父への罵りだった。

車へ戻る。予約してある八尾駅前のホテルにチェックインして休もうか。心斎橋まで出てたこ焼きでも食べようか、梅田で買い物をしようか。カーナビの画面を動かしているうちに、『天王寺』の地名が目に飛び込んできた。

手が勝手に、住所を入力していた。

大阪市天王寺区下寺町１５９番地――。

本家吉竹組の総本部だ。警視庁は単独で踏み込むことはできない。

「前を通り過ぎるくらい」

誓はアクセルを踏んだ。


大阪市天王寺区下寺町は縦に一キロ強の長さがある細長くて小さな街だ。ここに寺が二十五軒も密集している。

一九四五年の大阪大空襲のとき、常春《じょうしゅん》寺《じ》という浄土真宗の寺の本堂が焼け落ちた。この寺の復興に金を出したのが、吉竹組の初代組長、吉竹常春だ。名前の表記が同じで、縁を感じたのだろう。住職は亡くなる間際に吉竹組に土地建物を譲っている。以降、吉竹組は寺の本堂を増改築し、八十年近く本拠地としてきた。

敷地面積は三百坪で、周辺を屋根瓦付きの白い壁で囲まれていた。入口は人の背丈の二倍はある観音扉で堅く閉ざされていた。寺というより小大名の城の城壁のような趣だ。瓦には笹の代紋が入っている。

最近の暴力団は看板を出さない。吉竹組は堂々と組長の表札を出していた。

『矢島勇』

『矢島進』

ヒノキに墨彫りされたものは年季が入っている。出身母体である矢島総業に掲げられていたものかもしれない。

観音扉のすぐ上に、防犯カメラが見えた。死角を一切作らないためか、五台も取りつけられている。警備担当の若い衆が見ているだろう。大阪府警の担当マル暴もどこかで監視し、出入りの人間をチェックしているはずだ。

長居すべきでない。アクセルを踏みかけたとき、観音扉が開いた。

誰が出てくるか。誓は思わずブレーキをかけ、扉の内側に注目した。

向島春刀だ。

厳しい表情で車内の誓を一瞥した。地面を睨みつけながらレンタカーに近づいてくる。

真夏だが黒いワイシャツに深緑色のシルクのネクタイ、黒のスラックス姿だった。左袖が所在なさそうに風に吹かれている。誓は自分の身なりが気になった。プライベートの帰省だったので、バルーン袖のカットソーにハイウェストの膝丈スカート姿だ。ヤクザと対峙するにはあまりに甘ったるい恰好をしていた。

助手席の窓をノックされた。誓は窓を開ける。

「なにしに来た」

東京にいたときは全く違う、厳しく叱責するような口調だった。誓はつい反抗的な口調になる。

「あなたに関係ないです」

向島は困ったようにため息をついた。

「わかっています。もう退散する。府警にも怒られちゃうし」

「組長が呼んでいる」

「え？」

「矢島組長が、あがっていけと言っている。俺に警視庁の女刑事を呼んで来いと命令した」

防犯カメラでチェックしたのだろう。

矢島の双子が誓の顔を知っているということに、強い違和感を覚えた。遠く離れた東京の女マル暴刑事の顔を、ヤクザの頂点にいる双子が逐一チェックしているはずがない。賢治の銃撃事件で、妻であり現役の誓はヤクザの間で全国区になっているということか。

「いますぐサイドブレーキを下げてアクセルを踏み、発進しろ」

向島が暗に、立ち去れと言った。

誓はエンジンを切り、車を降りた。

逃げない。

本家吉竹組総本部の門扉が開いた。

向島の後に続き、中に入った。誰もいないのに、背後の観音扉が閉まり、施錠された。遠隔操作されているようだ。

丸石がぎっしりと敷きつめられた前庭に、飛び石が玄関前まで続く。左手には見事な日本庭園と池があった。かつて常春寺だったころにあった鐘撞堂がそのまま残っている。池には赤い橋がかかっていた。若い衆が手ぬぐいをかぶって草むしりしている。誓を威圧する者はひとりもいない。

建物の玄関は引き戸になっていた。向島が前に立つと自動で開いた。いまどき珍しいパンチパーマのヤクザが出迎えた。

本家吉竹組の幹部で事務局長の水本だ。隣の淀川区にある水本組の組長でもあり、本家吉竹組の古参だ。

「お前は奥の院へ戻れ」

水本がガラガラ声で向島に言った。誓を見る。

「あなたはこちらです」

向島が連れて行ってくれるものとばかり思っていた。途端に心細くなる。向島が守ってくれると無意識に期待していた自分に気が付いた。

向島は靴を脱ぎ、裸足になってすたすたと廊下の向こうへ行ってしまった。

あの先が奥の院――つまり、双子の組長がいるところだろう。誓はどこへ連れていかれるのか。

水本が北側へ続く薄暗い廊下を歩き出す。

「あの、私はどこへ」

「暑い中を来てくれはりましたから、茶をどうぞ」

「組長は奥の院にいるんじゃないんですか」

「組長は向島さんと昼食中ですわ。そこへレンタカーの女が門の前にいると報告がありましてね」

警視庁さんでしょう、と振り向きざまに確認してきた。

「我々はかまいやしませんけど、いまごろ大阪府警はひっくり返ってますぜ。東京に戻られたら、上司から雷落とされるかも」

誓は思わず、肩を落とした。水本がおもしろそうに誓を振り返った。

「すでにやらかしてはる」

愉快そうに肩を揺らして笑った。実はね、と水本は穏やかに話しかけてきた。

「十五年ほど前、おたくの御父上に、わしはワッパかけられとるんですわ」

誓は足を止めた。

「逃亡先のカンボジアでね。あれほど根気強いマル暴刑事はそうはおらん。お父さん、ヤクザからも尊敬されとりましたよ」

暴力団員を追って父がカンボジアへ出張に行っていたことは誓も覚えている。母が「あの国はまだ地雷とかあるんじゃないの」と心配していたのだ。帰宅した父は、首都のプノンペン付近にあるトンレサップ湖から見える美しい夕日の写真を見せてくれた。誓をいつか連れていきたいと話していたが、その三年後に父は他界している。

「もしかして、ここに入れてくれたのは父のことがあるからですか」

墓参りをした直後だけに、早速〝ご利益〟があったように思えてしまう。

「さあ。双子の組長の気まぐれですわ」

廊下のつきあたりは、真夏の昼間でも薄暗い。扉が開け放たれていた。水本が「こちらへ」と誓を中に促す。

大きな台所だった。若い衆が総菜を皿に盛りつけている。「もう飯を食わはるかな」とか、「酒が足らん」とか、飲食店の厨房みたいに騒然としていた。

なぜこんなところに通されたのかわからないまま、テーブルに座らされる。八人くらい座れそうな大きなものだったが、皿や料理が所狭しと置かれていた。次々と盛りつけされ、厨房の作業台のようだ。下げられた膳も目の前にある。水本が冷蔵庫を指さし、食器棚を顎で見た。

「麦茶はここや。グラスは棚ん中。自分でやりや。女やろ」

誓は怒りで顔が熱くなる。父のことを知っていると親身ぶっておいて、急に無礼な態度を見せる。父にワッパをかけられた恨みが残っているのだ。

「私、帰ります」

立ち上がった。若い衆に強く腕を掴まれる。

「あきまへん。親分が呼んどります」

盆を突き出された。大瓶のビールが一本、載っている。

「親分が、警視庁の女刑事にお酌してほしいと」

若いヤクザたちが卑猥に笑う。

「ちょっとくらいサービスしたってくださいよ」

「姉ちゃん、なんなら一杯ひっかけていったらええねん」

「そんな短いスカート穿いて押しかけよって、あんたも下心があるんちゃうの。親分らに太腿を少し触らせてやったら、警視庁マル暴の覚えもよくなるかもしれんな」

ヤクザたちが手を叩き、どっと笑う。誓は歯ぎしりした。

完全に女マル暴をバカにしている。男性刑事相手なら絶対にこんな対応をしないはずだ。誓のプライドが凄まじく傷ついた。

大瓶の首を握る。このまま振り上げて、若い衆の頭に振り下ろしてやりたい。

いや、振り下ろす相手が違う。

誓は笑顔を作った。

「組長、お二人いるんですよね。瓶が一本足りません」

「昼やからさほど飲まれません。すでに一本空けてはりますし」

誓は舌打ちしてお盆を受け取った。水本が再び案内に立つ。台所の東側の出入口を出て、薄暗い廊下を進む。

水本が襖の向こうに声をかけた。

「失礼します！」

おう、と返事が聞こえた。双子の声は二重奏のように寸分なく揃う。

襖が開けられる。

二十畳はありそうな立派な客間だった。襖で仕切られているが、全て取り外したら百畳はある大広間になるはずだ。父の書斎に総本部の間取り図を記した書類があった。父はガサ入れで何度もここに入っているのだ。

上座に双子が並んでいた。

向島が障子を背にあぐらをかいている。膳には天ぷらや刺身が盛り付けられていた。

「姉ちゃん、遅いでー」

矢島勇が言った。ほくろの位置ですぐに兄とわかる。弟の方は同じ場所に傷がある。誓が幼少期に雑誌で見たときよりも年を重ね、年輪が顔に出ている。同じように老けた顔が二つ並ぶ。頭の禿げ具合まで同じだ。妖怪みたいだと思った。

「はよぉ酌してくれや。おじさんら、喉がカラカラや」

弟の進が言った。二人ともカラフルなアロハシャツにハーフパンツという格好だった。正装をしている向島との落差が激しい。向島を軽く見ているということだろう。その服装で誓に酌をしろという。

舐められたものだ。女だからだろう。事務所に引きずり込まれ、「東京のデコスケがなにしに来たんや！」と若い衆に袋叩きされる方がまだましだ。

向島はじっと誓を見つめている。右膝を立て、いまにも誓に飛びかかりそうだ。誓がキレてなにかやらかしやしないかと、冷や冷やしているのだろう。

誓は大瓶をわし摑みにして、盆を捨てた。

水本よりも早く、向島が立ち上がった。

双子の兄弟はおもしろそうに誓を見上げている。

誓は目の前にあった柱に思い切り大瓶を叩きつけた。瓶は粉々に割れた。黄色の液体が泡を立てながら噴き出し、畳に飛び散る。誓の素足にもかかり、壁や畳を汚した。

「ごめんなさい。手が滑っちゃった」

目の前に向島が立っている。誓の手から瓶ビールの首を取り上げた。割れたガラスがギザギザに尖る。双子の老人くらい簡単に殺せそうだ。

水本は双子の組長を守ろうと、両手を広げて前に立ちはだかっていた。

「つまらん。帰るわ」

誓は関西弁で言った。

「そこの時代遅れのパンチパーマ」

水本はすぐに自分のこととは気づかず、キョロキョロした。

「あんたや！」

と誓は水本を指さす。

「帰るから出入口まで送っていきや。若い衆に言うて、私のレンタカーを玄関につけといて。エアコンかけて車内を冷やしておくようにも言うといてや」

誓は水本に車のキーを投げた。水本は思わずキャッチしていたが、途端に怒り出す。

「このアマ、何様や！」

「警視庁マル暴の桜庭誓様や！」

誓は無意識で旧姓を名乗っていた。

水本は見送ってくれなかったが、誓が出ていくのを咎める人はいなかった。観音開きの扉の内側に立つと、誰が操作しているのか、自動で開いた。

目の前に誓のレンタカーがつけてある。エンジンがかかっていた。運転席から半身を出したのは向島だった。乗れといわんばかりに助手席に顎を振る。誓が助手席に乗ってドアを閉め終わらぬうちに、向島は車を急発進させた。

「ちょっと！　あなたは片腕で運転できないでしょう」

「できる。免許が取れないだけだ」

「でも府警につかまる」

「どうせすぐ東京に帰る。無免許運転の取り締まりのために府警の警察官が東京に来ると思うか」

「そうだけど、気を付けないと大阪府警のマル暴が難癖付けて踏み込んでくるかもしれないよ」

向島は変な顔をして、誓を見た。

「私はあなたの組を担当している。府警にあなたの身柄を持って行かれたら困るの」

「府警は府警で、今日のあんたの行動に激昂しているだろうな。あんたは府警のシマに割り込んだ」

「違うわよ。墓参りのついでに前を通り過ぎたら招待を受けた。だから顔を出しただけ。そして麦茶を一杯もらって帰ろうとしたら間違えて瓶ビールを落としちゃったの」

「柱に傷が残っていた」

向島は目が怒っている。

「あんたが立ち去った後、双子は柱の前に寄ってじいっとあんたがつけた傷を見つめていた。あの建物は初代が金を出して建てたものだ」

「知ってます」

「Ｂ29に焼かれた寺の中で唯一焼け落ちなかった奇跡の柱を、あの場所に据えた。元々あった寺は建立が江戸初期だ」

誓はだんだん背筋が粟立ってきた。

「歴史的にも価値ある柱だ」

「……ごめんなさい」

向島は誰もいない公園の脇に一度車を停めてエンジンを切った。砂場にはシートがかけられ、遊具は錆びついている。夏休みが終わった公園は静かだ。

向島は懐から煙草を出した。誓もシガレットケースから煙草を出して、口にくわえた。一拍ずれて、ライターの音が重なる。

「とにかく、俺の仕事をこれ以上増やすようなことはしないでくれ」

「増やすようなことをしたつもりはない」

「俺は分裂した吉竹組を和解させるために奔走しているのに、今度はあんたが問題を起こした」

「柱の傷のこと？」

「今度は双子の怒りをおさめるために奔走する羽目になる」

「なぜあなたが奔走する必要があるの。私は警察官よ。あなたはヤクザ。ヤクザのあなたが私の尻ぬぐいをする必要がある？」

向島は黙り込んだあと、誰かに言い聞かせるように、呟いた。

「余計な血は流さない」

すとんと心に落ちる言葉だった。

「それがヤクザの鉄の掟だと思っている」

「余計だとは思わない血が流れるのはいとわないのよね」

誓は思い切って尋ねてみた。

「吉竹組の四代目が組織した決死十四人衆の一人だったんでしょう」

もうその手で何人も殺してきているはずだ。煙草をはさむ右手の指は長くて華奢に見える。

「左腕は、そのさなかに失ったんじゃないの」

向島はなにか言いたそうに誓を見つめた。口を開けたが、結局、言葉を引っ込めた。

「小林の件も、もう警察は全貌を掴んでいる。吉竹組の分裂抗争は始まっている。そうでしょ。今日の件はベトナム人マフィアを使った代理戦争だった」

蟬がすぐ近くで鳴き始めた。うっかり季節を間違えたふうだ。

「あなたはこの代理戦争の中で、一体どの立ち位置にいるの」

蟬がうるさくて、誓はつい声が大きくなる。

「あなたは本当に和解の使者として奔走していたの？　代理戦争が勃発しているのよ。全然役に立っていないじゃない」

向島は唇を嚙みしめ、黙っている。目尻に悲しみが見えた気がして、誓はハッとした。

「ごめんなさい。言い過ぎた」

向島が二本目の煙草に火をつけた。誓はまだ一本目を吸い終わっていない。こんなにせわしなく煙草を吸うのは、動揺のあらわれではないかと思った。

「——旦那の加減は」

向島が突然、賢治の話を振ってきた。

「相変わらずだけど」

「いつまで欺瞞に満ちた結婚生活を続けているんだ」

誓は質問の真意を測りかねて、向島の横顔を見つめた。藪に、あんたたち夫婦は昔から嘘っぽい、と言われたことを思い出す。

見る人が見れば、わかるということか。

向島の視線が、誓の右頬をとらえていた。不思議そうに、まぶしそうに、ゆっくりと誓の唇に視線を動かしていく。

「髪が口に入っている」

「え？」

向島は煙草を窓の外に捨てた。右手を誓の顔に伸ばしてくる。人差し指でさらっと口に入った髪を払い、車を降りた。誓を見る流し目が微笑んでいた。本家吉竹組総本部の方へ徒歩で戻っていく。

誓はそれから何時間も車から動けなかった。


新大阪駅から新幹線に乗る前、誓は梅田で買った菓子折りを持って、大阪府警本部に立ち寄った。組織犯罪対策課の本家吉竹組担当者に会いたいと申し出る。

太った刑事と色付きメガネの刑事の二人組が、対応に出た。太った方は誓を苦々しい目で見る。

色付きメガネの方は驚きを隠さない。誓が本家吉竹組の敷居を跨いだこと、向島と交通違反のドライブをしたこと、全て把握しているはずだ。

「まさかのご本人が弁明にいらっしゃるとは」

太った刑事が厭味ったらしく言った。

「この度はご迷惑をおかけしました」

菓子折りを出す。

「こんなお願いをするのはおこがましいのですが、父の名に免じて、警視庁にはこのことを報告しないでいただけますか」

桜庭功という刑事が十五年前、警視管理官を最後に定年退職していることを伝える。

「ああ。あの伝説の――」

色付き眼鏡が呟いた。さらに誓は重ねる。

「実は向島と車で個人的に話したのも、本家吉竹組がどうというよりも、夫の銃撃事件のことに関してのことなんです」

「ご主人が銃撃された？」

「まさか、警視庁の仲野刑事の奥様ですか」

二人の刑事が立て続けに質問した。

マル暴の娘でマル暴の妻。そして、本人も本職。誓は持っているだけの武器を大阪府警の刑事たちにふりかざした。

「銃撃事件の犯人が死体で見つかったので、警視庁は本部を解散しようとしています。しかし夫は下半身不随のままで私が下の世話をしている状態です。本人も、私にとっても生き地獄です。個人的に向島と話をつけたい思いがありました。本家に入ったのは決して双子の組長の顔を拝んで点数をあげてやろうとか、大阪府警のシマを荒らしてやろうとか、そういう意図ではありません。ごくごく、個人的な動機で動いたまでです」

太った刑事が同情の目で誓を見る。

「今回は内輪で処理しましょか。向島が運転した距離はせいぜい五十メートルですし、交通課にもまだ報告はしていません」

「そのまま、警視庁にも……」

色付きメガネの刑事が頷いた。

「おおきに。ほんま、助かります」

関西弁で深く頭を下げた。刑事二人とはその後、父のことや八尾で育ったことなどを関西弁で談笑した。相手に親近感を持たせられただろう。味方になってくれるはずだ。

大阪府警本部庁舎を出た。有名建築家が設計した、大阪城をモチーフにした庁舎だった。

「ちょろいわ」

誓は鼻で笑い、庁舎に背を向けた。夫の件や父親の威光をふりかざせば、誓はそれなりに大阪府警管内で好き勝手できると気づいた。向島と個人的に会うことは東京では絶対に無理だが。

——大阪なら。

新大阪駅のホームで新幹線を待ちながら、向島と二人きりで会うなと言った藪の忠告が浮かんでは消えていく。

休み明けの九月五日、誓は渋谷警察署の捜査本部に出勤した。薮は今日から四日間の夏休みだ。どの課も捜査員たちは順番に休みを取っている。国際犯罪対策課と捜査一課の刑事がひとりもいなかった。

誓は幹部席の乗鞍に声をかけた。

「おはようございます」

府警がチクっている可能性もあるので、窺うような挨拶になった。

「おはよう。ゆっくり休めたか」

「おかげ様で父の墓参りもできました」

暗に大阪に行っていたことに触れたが、なにも言われなかった。

「捜査一課と国際犯罪対策課は？」

誓が休んでいる間に捜査本部が縮小してしまったのかと思ったが、全員外に出払っているだけらしい。

「千葉県警管内で、フックの目撃情報が相次いでいてな」

「なぜ千葉県ですか」

こっちが聞きたい、と乗鞍はため息をついた。

「小林和也は兵庫で消えたというのに、チュントイはなにをやっているんでしょう」

「ベトナムマフィアといっても、完全に組織化はされていない。日本の地理にも疎い。暴力団にかくまわれているかもしれない小林を探し出すのは難しいだろう。だが執念深い」

乗鞍が、証拠品袋に入った一冊のノートを誓に突き出した。

「国際犯罪対策課が、フックがかつて住んでいたアパートの部屋から押収した」

現在でもその部屋はオクト製粉に勤めるベトナム人が住んでいて、フックの私物を取っておいていたようだ。

誓は手袋をして、ノートをあらためる。日本語の練習ノートだった。同じ言葉が二十回ずつ書いてある。しごと、おかね、いいえ、こうじょう。一生懸命に勉強していたのが窺える。

途中で人名に代わった。

小林和也。小林和也。小林和也。小林和也。

捲っても捲っても、『小林和也』で埋め尽くされたページが現れる。誓は眩暈がした。

「乗鞍さん、例えば小林をかくまっている可能性があるという理由で、本家吉竹組へのガサ状を出せませんかね」

坂崎興業が本家吉竹組の二次団体であることは認定されているのだ。

「藪も同じ提案をしていたが、そもそも小林が坂崎興業の所属だという証拠を見つけられていない」

「諫早組長の証言は信憑性がない、ということですか」

「ああ。敵対するヤクザだ。警察に敵対する組織を売ろうとして嘘八百を並べるヤクザは腐るほどいる」

誓はため息をついた。

「偽装脱退。ユーレイ組員。ユーレイ事務所。暴力団がマフィア化するとこんなに捜査が厄介になるんですね。暴対法や暴排条例で締め付けない方がよかったのではないですか」

乗鞍がぎろりと誓を見返した。

「暴対法や暴排条例があるから守られている市民もいる。足を洗うヤクザも増えてきた。我々警察は懐古主義にはふけらない」

かつてのように暴力団と持ちつ持たれつで犯罪を摘発してきたことを言っているのだろう。

「その時々の法と体制のもとで柔軟に任務を全うするのが警察だ。いまできることをやる。いまの法制下でどこまでのことができるのか知恵を絞る。あとはどんな理不尽が転がっていようが歯を食いしばって粛々と仕事をするのみだ」

誓は大きく頷いた。

「必ず物証を見つけます」

押収物の箱が並ぶ隣室に入った。段ボールはまだ半分以上が未開封で残っている。

段ボール箱をいくつか持ち上げ、最も重い物を開いた。写真アルバムが十冊ぎっしりと詰め込まれていた。旧吉竹組で行われた義理事の数々を写したアルバムだった。平成十年から三十年までである。誓は古いものから開いてみた。笹の代紋をつけた小林、もしくは花岡の姿が見つかれば大金星なのだが――。

平成十二年の、年次納めの写真の中に、向島を見つけた。まだ二十代くらいだろうか。初代向島一家親分の一歩前を歩く。ボディガードとしてそこに立っているようだ。

すでに左腕がないようだが、ボディガードに抜擢されるなんて、よほど信頼されているのだろう。組長クラスはスーツか紋付き袴だが、向島はダウンジャケットを着ていた。茶色に染めた髪は耳にかかるほど長い。

「二十代のころは結構チャラかったのね」

どこかの組長の葬式の写真が出てきた。喪服姿の向島が写っていた。右手に数珠を持っている。このときは黒髪に短髪だったが、髭を生やしていた。日付から三十代のころだ。

「髭で貫禄を出したかったの？」

さらにページをめくる。向島は左腕がないから、何十人もの紋付き袴姿のヤクザが並んでいても、一瞬で見つけられた。五年前の写真にも向島はいた。ヤクザの親分として貫禄が出て堂々と振る舞っている。

誓の頬に、向島の指の感触が蘇る。髪が口に入っているのを取ってくれただけだが、普通、するだろうか。口で指摘するだけでいいし、そもそも言うほどのことでもない。女性が男性の服についたゴミをつまんで取ってやるような甲斐甲斐しさと馴れ馴れしさが、向島の仕草にはあった。賢治との夫婦関係を指摘されたあとの行動だった。

誓は頭をかきむしった。心がかき乱されている。我に返り、頬をパンパンと叩いた。

「小林と花岡だ。私が探さなきゃいけないのは、小林と花岡……！」

丸田から電話がかかってきた。連絡係の彼は今日も本部にいて待機している。

「向島一家で不穏な動きがありました。大至急、監視小屋に来てもらえませんか！」

誓は捜査本部を飛び出した。


向島一家の内偵は藪班で続けられていたが、捜査員の殆どが渋谷署や築地署の捜査本部にいる。

立山ビルの監視小屋の担当として残っているのは二人だけだ。一人が十二時間交代で監視するのは難しいので、八時間ずつに担当を分けている。つまり一日のうち、八時間は監視カメラの録画が頼りだった。

　誓は丸田と合流し、墨田区曳舟に向かった。

　立山ビルに到着する。軒先のプランターに、豆腐屋の元店主が水をやっていた。挨拶をすると「はあどうも」と他人行儀な挨拶をする。誓のことをすっかり忘れている様子だった。

　屋上に上がり、監視小屋に入る。山田という若手の刑事が一人で監視作業を続けていた。誓の顔を見るなり表情を曇らせる。

「あの、藪さんは？」

　誓では頼りないと思ったか。

「遅い夏休み」

「乗鞍管理官は」

「捜査本部の指揮に入っているから動けないよ」

　丸田が説明した。

「とにかく、なにがあったのか教えて」

　誓は穴にはめ込まれた双眼鏡をのぞく。向島一家の事務所がある五右衛門ビルの六階廊下を見た。今日は月曜日だ。管理会社の人間が掃除をしている。

「鹿島良子！」

　夫が死線を彷徨っていたとき、気にしていた女だ。山田は見向きもせず録画カメラの映像を巻き戻した。

「〇九一〇《マルキユウヒトマル》の映像です」

いまはもう十時だから、五十分前の映像だ。

エレベーターホールから降りてくる二人組が映っている。向島一家の若い衆だ。大人の腰丈ほどある大きなスーツケースを転がしていた。ひとりは周囲を警戒するようにきょろきょろしている。扉を開けた。段差を乗り越えるのに少し難儀しているように見えた。

「それなりに重さがあるスーツケースみたいですね」

丸田が言った。山田が確認する。

「行方不明の小林って――確か、身長百八十センチ超えの大柄な男性でしたよね」

顎で映像の中のスーツケースを指す。それくらいの重さがありそうだと山田は言いたいようだ。

「身長が百八十もあったらスーツケースには入らないと思うよ」

「フックかもしれない。フックは小柄だ。身長は百六十三センチだったか――」

丸田が言ったが、誓は首を傾げる。なんのためにフックをスーツケースに押し込めて事務所に運ぶのか。

和解に奔走していて忙しい、と向島は大阪で誓に言った。地域の治安を乱すものはヤクザだろうと半グレだろうと海外マフィアだろうと一掃するとも話していた。それが任侠道である、と堂々と宣《のたま》っていた。

「まさか、フックを見つけたのかしら」

シノギを独占しようとしていた本家吉竹組系坂崎興業の小林和也の行方はまだわからない。余計な火の粉を浴びたくない本家吉竹組によって消されている可能性もある。フックはあのノートを見るに執念深い。小林の死体を見るまで追い続けるだろう。フックの動きを一刻も早く封じないと抗争が本格的に始まってしまうと思ったから、拉致したのか。

「でも、向島は簡単に殺人を犯すような人間じゃないし……」

丸田は目を丸くして誓を見た。

「なにをおっしゃる。向島は決死十四人衆のひとりだったと判明したばかりですよ。簡単に人を殺すやつでしょう」

「播磨大豊組の組長がそう言っているだけよ。そもそもその決死ナントカも本当に存在しているのか――」

「中身は薬物や銃器ですかね」

山田が、映像の中のスーツケースをキャプチャーした。誓は否定する。

「薬物売買に手を染めるのは御法度だよ。任侠道に反する」

「それは建前でしょう。薬物のシノギに精を出しているヤクザは腐るほどいますよ」

「向島一家はしないと思う。銃器はアリかもしれないけど――」

山田は視線を震わせた。

「銃器を大量に集めているのなら、抗争前夜ということですか」

いよいよ本家吉竹組と関東吉竹組がぶつかる。すでに関東吉竹組系八王子双竜会の花岡が小林に殺されているので、収拾がつかなくなっている。向島一家がどちらかにつくと態度を決めたのだろうか。

「ガサ入れしますか」

丸田が呟いた。誓は首を横に振る。

「トランクを運び入れていただけでガサ状が出る？」

誓は首を横に振った。丸田が考え込んでいる。山田はトランクの件をあまり深く掘り下げたくないようだ。報告した手前か、きまり悪そうに言う。

「あのトランクの中身を深読みしすぎましたかね。九月になったとはいえ、これからヤクザも遅い夏休み——バカンスかもしれませんよ」

丸田が危機感をあらわにする。

「吉竹組の分裂抗争はもう始まっていて、まさにいま代理戦争の真っ最中ですよ。バカンスなんか行かないよ」

「代理戦争中だろうけど、その証拠がない。いまの段階ではまだ抗争と認定できない。向島一家にもガサ状は出ないでしょうね」

誓の意見に丸田は唇をかみしめた。山田がスマホを出し、アドレス帳をスクロールする。

「藪さんに相談しましょう。ここはベテランの——」

「夏休み中よ」

「藪さんなら飛んできますよ」

「私が行く」

男二人がぎょっとした顔で誓を見た。

「私が向島一家に顔を出して、様子を探る。私は向島に気に入られているから」

丸田が白い目で誓を見た。

「誓さん。絶対だめです」

「どうしてよ」

山田も加勢する。

「無謀ですよ。場所は暴力団事務所で相手は総長、決死十四人衆の一人だった元暗殺者です。もしあのスーツケースの中身が死体だったら、相手が警察官であろうが向島は消しにかかりますよ」

「彼はそんなこと――」

ぴしゃりと丸田が言った。

「誓さん。府警から話は聞いています」

誓は苦々しくため息をついた。本家吉竹組に入り、向島とは二人きりで五十メートルのドライブをした。府警は菓子折りを受け取って穏便に済ますと言っておきながら、二枚舌で警視庁に報告を入れていたようだ。

「乗鞍管理官も知っています。正式な抗議ではないから処分はないでしょう。直属の上司の藪さんに話してから、誓さんへの指導を考えると言っていました」

誓は開き直った。

「そうよ。私なら向島とサシで話し合える」

「誓さん、そういうことじゃなくて」

「行ってくる」

誓は監視小屋を飛び出した。

立山ビルを出た。豆腐屋の元店主はまだ水をまいていた。隣の一軒家の前を通り過ぎて、五右衛門ビルに来た。掃除係の鹿島良子がエレベーターから降りてきたところだった。すれ違う。夫が銃撃直後に気にかけていた女からは、犯罪のにおいもヤクザの気配もない。夫の襲撃事件と和グループホールディングスを舞台にした二つの吉竹組の代理戦争、その全貌を知っているはずの向島。その向島が事務所に運び入れた巨大なトランクまで、誓は思考を一巡りさせる。

全てが一本の線で繋がることがあるのだろうか。

エレベーターに乗ろうとして、藪から電話がかかってきた。怒鳴り散らされる。

「誓ちゃん！　私が現場に行くまでそこを動かないで」

「藪さんは夏休み中でしょう」

「向島と二人きりで会うなとあれほど言った！　いま丸田から全部聞いたよ。大阪で向島と逢引してたって！」

「逢引じゃないです。私と向島は男女の関係ではありません」

「とにかくひとりで行くな。私が行くまで待ってろ」

「その間にことが終わってますよ」

「ことってなんだ！」

「向島の性格からしてわかるでしょう。代理戦争の原因になっているフックを消すに決まっている。トランクの中に入れるのは体格的にフックだけなんです」

「だとしたらあんた、殺人の現場に飛び込むことになるんだよ！」

誓は黙り込んだ。

「向島は決死十四人衆の一人なんだよ。現場を見られたら刑事だろうが女だろうが、口封じのために殺す」

「向島は私には手を出さない」

「その根拠はどこからくる。言ってみろ！」

藪がわめいた。藪は誓が闇落ちしかけていると思っているのだ。誓はわざと軽い調子で話す。

「前に藪さんに怒られた提案でいきましょう」

「どの提案よ？」

「向島一家のルートを使ってフックを探そうと提案して、藪さんに叱られたでしょ」

渋谷署の屋上で怒られ、喧嘩になったのを思い出させる。

「小林もフックも見つからない。しかも代理戦争で抗争であるとも認定できずに八方ふさがりの中で、血気盛んな女刑事が暴走して、向島春刀を秘密裏に頼りにきた——そういう体《てい》で中に入ります」

藪は心底呆れたようだった。「あんたねぇ」と言ったきり、続きが聞こえてこない。

「藪さんは、私が向島に惚れていると勘違いしていますよね。あちらもそうかも。ちょうどいいじゃないですか。トランクを探りにきたと気づかれないでしょ」

藪は黙っている。

「バカな女刑事が向島に会いたくてしっぽを振ってやってきた、そういう体で入るというのもアりかと」

「誓ちゃん」

冷静な声だった。これ以上藪と話したら言い含められると思った。

「ごめんなさい。電波が悪い」

誓はスマホの電源を切った。


六階でエレベーターを降りた。鹿島良子が掃除したばかりなのに、廊下には蝉の死骸が転がっていた。

事務所の扉を叩こうとして、一旦、深呼吸する。チャイムを押した。

いつかの若い衆が扉を開けた。誓の背後に目をやり、身を乗り出して廊下を覗き込んだ。誓がひとりで来たことを不思議に思っているようだ。

「今日はひとりなんです」

「捜査ですか？」

誓は首を横に振る。両手を尻の上で組んで、ちょっと体をくねくねして見せた。

「親分と話をさせてほしいの。中に入ってもいい？」

若い衆は胡散臭そうに、誓を上から下まで見た。今日は黒のパンツスーツ姿なので、色気が出ない。

「個人的に、ということですか」

誓はこっくり頷く。

「ならダメです」

「どうして」

「警察の捜査以外で女性を入れるなと言われています」

さすが、任侠道原理主義者だ。誓は咳払いし、警察手帳を示した。

「警察の捜査です」

「いまさら。しかもひとりじゃないですか」

「いいから中に入らせて！　親分に私が来ていると言って。絶対に入れてくれるはずだから」

若い衆はため息交じりに扉を閉めた。五分ほどして、再び扉が開く。

向島自ら、扉を開けてくれた。嬉しい。その嬉しさがどこから来るものなのかは、あとで考えようと誓は思った。向島は今日、フレッドペリーの紺色のポロシャツにジーンズ姿だった。

「中に入ってもいいですか」

「捜査だと聞きました。どうぞ」

自分のシマに戻ってきたからだろうか、服装はラフなのに向島は他人行儀だ。大阪で車の中に二人きりだったときは厳しさの中に親密さを感じたが、いまはどことなく冷たい。

玄関のすぐ先にある応接間に、件《くだん》のトランクはない。どの部屋に持ち込まれたのだろう。

「藪さんは夏休み。だからひとりなんです」

「そうですか。ご用件は」

ソファをすすめられたが、誓はソファの脇に移動し、奥にある扉に近づいた。若い衆が茶を持って入ってきた。扉の向こうの廊下に、件のトランクが見えた。

いまだ。

誓はその場に土下座した。

「向島さん。お願いします！」

若い衆は驚いたのだろう。お盆の上の麦茶をこぼしたようだ。コップが倒れる音がして、盆から溢れた麦茶が目の前にこぼれ落ちる。

向島の裸足が見えた。本家吉竹組の総本部でも彼は裸足だった。手の指も長いが、足の指も長くて優雅に見える。

「一体なんの真似ですか」

向島の静かな声が脳天に降ってくる。

「お願い、協力して。フックの居場所が見つからない。暴力団ならアングラに潜った人間を警察よりも早く見つけ出せることだってあるでしょう」

ベトナム人からピンハネしていた安藤の素性もたったの二日で突き止めたのだ。

「小林も見つからないし、小林が逃げた関西とは全く見当違いの千葉県でフックの目撃情報が相次いでいるんです。なにをしでかすかわからない」

誓は上目遣いに向島を見上げた。

「あなたはフックや小林の居場所を知っているはず。お願い。警察に協力して」

誓は額を絨毯にこすりつける目前で止め、向島の足の向こうに視線を移した。半開きの扉の先に、確かにあのトランクがある。どうにかしてあのトランクの中身を――。

向島が踵を返した。

「この刑事さんは、そのトランクの中身が気になっているようだ」

誓は土下座したまま、動けなくなってしまった。読まれている。

「ここに持ってこい」

誓が反応できぬうちに、扉が大きく開かれた。青色の大型のトランクが、廊下の壁沿いに置かれていた。向島の手下がトランクをゴロゴロと転がして、応接室に運び入れた。誓の眼前に迫る。

「どうぞ、顔を上げてください」

慇懃無礼に向島は言った。

誓の目の前でトランクは横倒しにされ、ロックを外されて中身を晒される。

溢れるほどの洋服が出てきた。全て値札がついたままだ。シャネル、ルイ・ヴィトン、グッチ、プラダ——有名ブランドのロゴがセンスなく洋服にちりばめられている。

「曳舟駅の周辺で偽ブランド品を路面販売しているナイジェリア人がいると情報が入りましてね。追い出すのに苦労しました。昨夜、ようやくです」

ナイジェリア人を追い出し、商品を奪ったようだ。

「よろしければ警視庁さんが押収してくださってかまいませんよ。渋谷を根城にしている、アジージという男です」

向島が一枚上手だと、誓は痛感した。二人きりの車内で一瞬だけ見せたあの親密さの正体は、なんだろう。

誓は悔しくて、奥歯を嚙みしめながら顔を上げた。

ヤクザと警察官。その線引きを、向島は決して越えることはない。

誓は監視小屋には戻らなかった。渋谷署にも向かわず、警視庁本部に向かった。監視小屋にノコノコと向かったら、丸田や駆けつけた藪に雷を落とされる。渋谷署には乗鞍がいる。げんこつにふうふう息を吹きかけて、誓が戻ってくるのを待っているに違いない。

我ながら無謀なことをしすぎた。タクシーの後部座席に揺られながら、自省する。

結婚前はこんな捜査はしなかった。組織の中のひとつの駒として、自覚を持って行動していた。大阪府警、伝説のマル暴刑事・桜庭功の名前を汚してはならないと思っていたからだ。

あのときの自分といまの自分は、別人だ。

——嘘つきお父さんの、せい。

タクシーは墨田区から警視庁がある桜田門に向かっている。首都高速都心環状線が、ＪＲ線を跨ぐ。北陸新幹線の車両が東京駅のホームに滑り込んでいくのが見えた。誓は必死に東海道新幹線を探していた。

国際犯罪対策課に顔を出して、曳舟で偽ブランド品を路上販売していたナイジェリア人の話をするつもりだった。向島一家と不良ナイジェリア人がもめ事を起こしている——こんな風に言って国際犯罪対策課を巻き込めば向島一家にガサ状が出る。向島がなにを企んでいるのかがわかる。

——私が知りたいのは、そんなこと？

高速の壁に遮られ、車から新幹線は見えなくなってしまった。誓は身を乗り出した。

「運転手さん、行き先を変更してもらっていいですか」

「はあ、どちらまで」

「東京駅に向かってもらえませんか」

東海道新幹線に乗りたい。大阪に行かなければ。

誓は新大阪駅の目の前のホテルにチェックインした。もう少し駅から歩けば、一泊数千円の安いビジネスホテルがあるが、彼が来にくいのではないかと思った。

彼に電話をかけようとして、スマホの番号を知らないことにいまさら気づく。事務所の番号は暗記している。かけようとしたら、藪から電話がかかってきた。

「せっかちな再採用の奥さん。いまはどちらにいるのかしら？」

誓が向島一家で問題を起こすまでもなく追い出されたと、もう知っているだろう。藪は怒っていない。声音には面白がるような、揶揄するような色があった。

「内緒です」

「雲隠れしちゃってるの？」

「だって絶対に怒られるもん」

「あの後、向島から直接私のところに電話がかかってきたよ」

誓は胃の底が焼けるように痛くなった。向島が、自分に関するなにかを藪に告げ口していた。誓とではなく、向島と藪の関係の方に信頼が見えた。藪の方がマル暴刑事歴が長いから当然のことなのに、誓はギュッとベッドのシーツを握りしめ、嫉妬した。

「トランクの中身をあんたに説明したと言ってたよ。偽ブランド品を売っていたナイジェリア人から取り上げたものだって？」

嫉妬で震えそうになる声を、振り絞る。

「その通りです。死体でもフックでも薬物でも銃器でもなく、ただの偽ブランド品でした」

「ふうん。ちなみにいまから三十分前には事務所に女が入っていったらしい。モデルみたいなロングヘアの長身の女だって」

警察以外に女は入れないと言っていたのに――。

「誓ちゃん、大丈夫？」

「ええ。なにがですか」

誓は鼻で笑った。藪は誓が嫉妬するとわかっていて、事務所に女の出入りがあったことを知らせている。

「じゃあ明日、捜査本部で」

誓は電話を切り、向島一家に電話をかけた。麦茶をこぼした若い衆が出た。総長に代わってほしいと言ったが、断られた。

「女性からの電話は取り次がないように言われているんです。きりがないので」

よほどたくさんの女からラブコールがあるらしい。誓は嫉妬にあえいだ。

「さっきはモデル風美女を事務所に入れたんでしょう？　刑事からの電話って言ってよ」

長い保留音の後、電話は切れてしまった。奈落の底に突き落とされたような気になる。しばらくホテルのカーペットにへたり込んでいると、知らない番号からスマホに電話がかかってきた。

「もしもし」

誓が電話に出ても、相手はなかなか名乗らなかった。向島だと、誓は息遣いですぐにわかった。

事務所の外に出たのだろう、車の走行音が聞こえる。

「桜庭誓です」

あえて旧姓で名乗った。「ええ」とようやく向島が答える。

「電話を頂きました。どうされましたか」

「いま、大阪に来ているの。何時になってもいいから、来てくれない？」

一方的にホテルの名前と部屋の番号を告げた。切ってしまおうとしたら、思いがけない返事があった。

「駅から近すぎます」

「……え」

「私は腕がないので目立つのです。新大阪駅に降り立って、駅員や鉄道警察の目につけば、府警に通報されてあちらのマル暴が飛んできて尾行を開始します」

「じゃ、無理ね。会えない」

「私に会いたいのですか」

「会いたくない相手に大阪まで会いに来てって言う？」

向島はため息をついた。誓はとても悲しくなる。彼が誓を煩わしいと思っている様子なのが、なにより辛かった。

「梅田まで出て、地下鉄に乗り換え遠回りして北新地に出られますか」

彼の方から提案してきた。

「ホテルＫＩＴＡというビジネスホテルがあります。乗り換えの間に府警の尾行をまきます。先に行って、チェックインしておいてください」

電話は切れた。

誓は急いで部屋を出た。ホテルのフロントに宿泊料を払い、言われた通り、北新地に向かった。確かに向島が指定したホテルがあった。ホテルのフロントで宿泊者カードを書いていると、「桜庭さんですね」とフロントマンから声をかけられた。

「先ほど向島さんから、ご予約をいただいています。ご本人がいらっしゃったら案内するように言われておりますので」

「――そう、ですか」

戸惑いよりも歓喜がまさる。絞られるように胸が苦しくなった。向島の一挙手一投足が、いちいち誓の感情を痛めつける。

案内されたのは、二十五階にあるツインルームだった。窓のカーテンを開ける。総ガラス張りだった。大阪の中心地を見下ろせる。窓辺に座り、備え付けの冷蔵庫にあった酒を飲みながら、時を待った。

向島が部屋にやって来た。誓は小林のこともフックのことも、あのトランクの話もしなかった。向島も一切、事件のことも抗争のことにも触れなかった。

これは闇落ちではない。愛だと思う。

第六章　闇落ち

藪は警視庁本部のデスクで目を覚ました。すっかり朝になっている。夏休みだったのに、昨夕に急遽出勤し、徹夜だった。体が痛い。うーんと大きくのびをしたら体のあちこちからボキボキと音が鳴った。藪のデスクには昨日、八尾市役所からの封書が届いていた。何度読んでも同じことしか書いてないが、改めて藪はその中身を見る。

「藪さん！」

押し殺すような声で丸田が呼ぶ声がした。フロアを小走りにやってくる。藪は慌てて封書をしまい、鍵付きのデスクに入れた。丸田は昨日と同じ服とネクタイで、無精ひげが生えている。ちょっとにおったが、藪が急な命令をしたせいだ。誓を尾行させた。

時計を見る。午前九時半になろうかというころだ。

「彼女、私と同じ新幹線でした。品川駅の改札口で見かけました。山手線に乗ったので、渋谷署に直行すると思います」

丸田が周囲を警戒したあと、藪にスマホを見せた。

北新地のホテルの防犯カメラ映像を、撮影したものだ。捜査だと言ってフロントに出させたのだろう。

二十五階のツインルームに、誓が入っていく。向島は四時間後に入っていった。

「結局、泊まったの？」

丸田が重々しく頷いた。

「向島が先に部屋を出ました。誓さんは三十分後に」

画像を見せられる。向島は色付きの眼鏡をかけているせいか、表情がよくわからない。誓の方は晴れ晴れとした表情だ。

「惚れた男に抱かれた女は、妙にみずみずしいですね」

丸田が言った。

「闇落ち、決定的です」

藪はまだ信じたくはなかった。

誓はこんな愚かな女性ではない。若さ故の無鉄砲さとも違う。誓は一本気であるが、平気で嘘をつく計算高いところもある。男に溺れるタイプの女ではないのだ。なにか裏があるのではないかと勘繰ってしまう。

「本人から直接話を聞くまでは断定できない」

「乗鞍さんに報告しますか」

「落ち着いて。こういう場合は同性の方がいいから」

なんとかしてやりたいと思うのだが、誓が誰かに救いを求めているようには感じない。ホテルの部屋を出る誓の横顔は、平然としている。下半身不随の夫をほったらかしで、なんの罪悪感もないようだ。

「それともう一つ。誓さんを尾行していて気が付いたのですが、彼女には向島一家の若中が張り付いていました」

「なんだって？」

丸田が隠し撮りした画像を見せてくれた。新大阪駅の雑踏の中に映るスーツの男は、確かに向島一家の若中だ。見てくれはビジネスマン風なので、風景に溶け込んでいる。尾行ではやはり刑事の方が一枚上手だ。丸田に尾行がバレていることに気が付いていない様子だ。

「どういうことだ？　結局この後、親分が大阪に入るわけだよね？」

「はい。向島と入れ替わる形で、この若中は東京に戻っています」

ヤクザが刑事を尾行することは確かにあるが、摘発の空気を察して、捜査幹部に張り付くことが多い。末端の刑事を尾行する場合は、その刑事が闇落ちしている場合に限る。裏切らないように見張っているのだ。

「誓さんは闇落ち確定です。極めつけ」

丸田がもう一枚の画像を見せた。こちらはつい一時間前に品川駅の改札口で撮られたものだ。ブルゾンに野球帽をかぶった男が写っていた。

「この男も誓さんを尾行していました」

藪は呆れ果てる。

「一体何人引き連れているんだよ」

気が付かない本人も本人だが、誓はまだ若いしブランクがあるから仕方ないか。

「これは誰なんだ？」

「マルB照会で出てきましたよ。本家吉竹組系二次団体の三下です」

三下とは下っ端のことだ。藪は頭をかいた。

誓には、向島一家と本家吉竹組のヤクザの尾行がついている。

「なんでだ。なんでみな揃って誓の動きを見張っているんだ？」

「関東吉竹組系列の人間はついていませんがね」

訳がわからないが、藪は鍵付きのデスクの中についさっきしまった書類について、考えてみる。

父親のせいだろうか。伝説のマル暴刑事、桜庭功の娘だから、ヤクザたちは誓の動向を気にしているのだろうか。桜庭功はとうの昔に死んでいるというのに。

藪のスマホが鳴った。誓からだ。丸田が微妙な顔を作る。

「来ましたね。闇落ち――」

「言うな」

藪は電話に出た。

「もしもし？」

「藪さん、いまどこですか！」

愛する男と大阪で逢瀬して満たされたばかりとは思えない、荒々しい状態だった。

「どこって、本部だけど」

「すぐに柏市に向かってください。私もいま渋谷署を出るところです」

「柏って、千葉の？」

「フックが民家に立てこもっているそうです。千葉県警から捜査本部に一報が入りました」

「なにっ」

藪は立ち上がっていた。

「住所、言います」

柏市の民家の住所のようだ。世帯主の名前を聞いて、藪は額を手で押さえる。

小林和也。

「和グループホールディングスの小林和也とは、全くの無関係の人物です。民家には、その妻と二歳の女児、生後四か月の赤ん坊がいるそうです」

＊

誓は国際犯罪対策課の捜査車両の後部座席に乗り、渋谷署から千葉県柏市に向かった。堀切で荒川を渡ったとき、夫のことを思い出した。

昨夜、連絡も入れずに外泊したが、特に夫から連絡はなかった。捜査で忙しいと思っているのだろう。どうしてか結婚式の日のことを思い出した。

皆の祝福を受けながらシルクの手袋で夫の腕に手を絡ませて歩いているとき、愛されてはいないということに気が付いていた。

向島に愛されていることは、誓が関東吉竹組に押し掛けて、組長室の前で対峙したあの瞬間から、気が付いていた。

車内の警察無線が、千葉県警の報告を一分おきに伝える。フックが立てこもるに至った理由が無線のやり取りで明らかになっていく。助手席に座る浜名管理官も説明してくれた。千葉県警管内はフックの目撃証言が相次いでいて、捜査一課と国際犯罪対策課で追っていたことまで、誓は把握している。

「昨夜の時点で、成田空港近くのゲストハウスにフックが宿泊していることを突き止め、突入したの」

だが逃げられた。部屋からは都内の図書館から拝借してきたハローページが五冊も出てきたらしい。個人情報保護の観点からハローページは数年前に廃止されているが、一部の図書館には古いものが置いてあるらしい。

「『小林和也』という同姓同名を見つけては、マーカーを引いていた」

フックが使用していたスマホも押収されている。鑑識が解析している。

「フックが最後に閲覧していたのは、東京の神田にあるアプリ開発の小さな会社のホームページだった。社長として顔と名前を晒している三十代の男性の名前が『小林和也』だった」

「自力で小林和也の所在を調べようとしていたんですね」

「会社の所在地に行って待ち伏せすれば、小林和也の柏市の自宅を突き止めるのは簡単よ」

「けれど、顔が和グループホールディングスの小林和也と似てません。フックは全くの別人だとわかっていて、付け狙い、立てこもったんでしょうか」

よくわからない、と浜名管理官は首を傾げる。

「朝一番で千葉県警に注意喚起はしていたの。十時前に柏警察署の捜査員が自宅を訪ねたけれど、もう遅かった」

インターホンを何度押しても、応答がない。全ての窓は施錠されてシャッターは閉まっているが、所有している二台の車は敷地内に停められたままで、子乗せ自転車もある。庭に出されたままの子供用プールにホースが突っ込まれていて、水が溢れていた。蛇口が開いたままで、あたりは水浸しだった。

「すぐさま近隣を聞き込みしたところ、朝の八時前後に女性の悲鳴や子供の鳴き声を聞いている人が何人かいたそうよ」

柏署の捜査員はすぐさま、出勤していた小林和也氏に連絡を取り、自宅や妻の電話を鳴らしてもらった。三十分間もかけつづけ、ようやく妻が電話に出た。泣いていた。東南アジア系の男が押し入ってきて立てこもっていると夫に伝えた。あちらはカタコトの日本語しか話せず、妻はベトナム語を理解できるはずもなく、意思疎通が取れていなかった。要求もよくわからないままらしい。

「フックは和グループホールディングスの小林を執拗に追っていたはずなのに、同姓同名でしかない一般人の家に立てこもるなんて、なんの意図があるのでしょうか」

助手席に座る国際犯罪対策課の浜名管理官が、唐突に言う。

「ベトナムマフィアが名乗っている、チュントイって言葉があるでしょう。あれの意味を知っている？」

「我ら、ですよね」

「他に『我ら』とか『私たち』という意味に『チュンター』っていう言葉もあるの。チュントイとどう違うか、わかる？」

誓はバックミラー越しに首を横に振った。

「チュンターは、相手を含む。チュントイは、相手を含まない」

誓はその意味に妙に納得する。日本人を含まない。

在日ベトナム人が立ち上げたマフィアグループ、チュントイ。強い排他主義的な主張を、チュントイという名前から感じる。

浜名管理官が押収したフックのノートを誓に示した。以前、誓が乗鞍から見せてもらったものだ。小林和也。小林和也。小林和也……。

「フックは漢字を一文字も書けないし、読めない。理解できないはずだとリエンは言っていたわ」

ノートを捲っても捲っても、『小林和也』が終わらない。

「本物の小林和也になかなか復讐ができないいま、もはやフックにとって小林和也は、記号になってしまったんでしょうね。この世から抹殺すべきシンボルになってしまっている」

現場は柏市内の南部にある、碁盤目状に整備された新興住宅地の一角だった。百メートル北側には、グラウンドや池、バーベキュースペース等が設備された柏の葉公園がある。

立てこもりが発生した小林宅は規制線が張られ、立ち入り禁止になっていた。誓は車を降りて規制線をくぐる。

藪と丸田が先に到着し、件の住宅を見上げていた。

一瞬、昨晩のことが頭をよぎる。丸田は怖くないが、全てを見透かす藪を警戒する。藪は誓と出会う前から愛のない夫婦関係に気づいていた。向島と誓の関係も察した。

「おはようございます」

藪と丸田が一斉に振り返る。

――闇落ちではない、愛だ。

誓は胸を張り、尋ねる。

「中の様子は」

「小康状態」

藪が顔色一つ変えずに答えた。丸田は無言で視線を外した。心配そうに、立派な新築の一軒家を見上げる。

「奥さんだけでなく二歳の娘さんと生後四か月の赤ちゃんまで人質なんて……」

パトカーや消防車が次々と駆け付け、サイレンが鳴りやまない。警察無線のやり取りや刑事たちの怒号が飛び交い、現場は騒然としている。上空ではヘリも飛んでいた。野次馬も相当いる。マスコミの中継車も駆けつけて、生中継を始めていた。

外野の喧騒の隙間に、赤ん坊の泣き声が聞こえた。

「フックの要求は？」

藪が顎で、隣の民家を指した。前線本部があるらしい。隣の住民が自宅の和室を千葉県警に貸していた。和室の窓が開けっぱなしで、駐車場から庭へ刑事たちが行き来していた。和室に並べられた机に機材が並んでいる。藪が話す。

「いま、交渉人とフックがやり取りをしているけど、ベトナム語通訳官を介しているから、時間がかかっている。ベトナム人を差別する警察とは交渉しない、だってさ」

　オクト製粉で顔のやけどを負ったとき、助けてくれなかった警察には恨みがあるのだろう。

「どうしますか」

「どうもこうもない。ここは千葉県警の管内だし、こちらの小林和也は暴力団員じゃない。フックの担当は国際犯罪対策課よ」

「私たちは見ているだけですか」

「文句があるなら装備品をつけて千葉県警のＳＩＴと一緒に突入でもしてきたら」

　藪が規制線の内側に停車した特科車両を見やる。千葉県警の文字が入った、青と白の車両だった。人員輸送車も停まっている。中にはヘルメットをかぶった男たちがいる。何人かがバックドアから降りてきた。ＳＩＴのロゴが入った分厚い防弾チョッキをまとい、銃器を帯革に携えている。銀色の大盾を持っている者もいた。

　人質に乳幼児が含まれているだけに、一分でも一秒でも早い突入を千葉県警は計画しているはずだ。

　まずは人質の安全確保が急務だ。自宅の間取りと人質や犯人の位置を正確に把握するため、室内に小型カメラを入れる。換気口などから挿入することが検討されるが、上空でテレビの中継ヘリが回っていると、犯人側に警察の行動が筒抜けになる。千葉県警は報道規制を敷いているはずだが、まだ何機か空を飛んでいる。ヘリがいなくならないと、突入の準備もままならないだろう。

　女の子の泣き叫ぶ声が聞こえてきた。

　隣家の前線本部から、男性が飛び出してきた。砂利じきの庭に裸足で立ち、立てこもりの家を凝視する。この家の主、小林和也だ。

「ひなーッ！」

涙でぐしゃぐしゃになった顔で、娘の名前を叫んだ。

「お父さん、いまから行くから。お父さんが助けに行くから……！」

隣家の塀を乗り越えようとして、警察官に止められた。もがき、警察に抗議する。

「警察はどうしてそんなにのんびりしているんですかっ。息子はまだ赤ん坊で、娘はまだ僕の膝ぐらいしか身長がないんですよ。早く助けてやってください！」

警察に羽交い絞めにされた父親は暴れるうちに、砂利で足の裏を切ったようだ。裸足の足に血が滲んでいる。隣家の砂利が血だらけになっていた。

誓は向島のことを思い出していた。

藪と丸田はなにかを堪えるように立っている。暴力団対策課の腕章は、ベトナム人立てこもり現場ではなんの役にも立たない。ここで場を乱す方が組織捜査の邪魔だと思っているはずだ。

誓は踵を返した。

向島のことばかりを考えてしまう。警察よりも日本の地下組織に詳しく、影響力を持つ向島。そして誓を愛する向島。彼にしかできない解決方法に頼るべきなのではないか。自分なら向島を動かせる。

誓は一度、規制線の外に出た。向島のスマホの番号にかける。もう東京に戻っているはずだ。誓より先に北新地のホテルを出た。だが何度かけても繋がらない。

ちらりと、規制線の中を振り返る。

藪がじっと誓を見つめていた。見張るような目で近づいてくる。誓は素知らぬふりでスマホをしまった。

向島にこの状況を伝えたい。一刻も早く小林を見つけ出し、警察に引き渡してほしいと頼まなくては――。

「誓」

藪に突然、肩をぐいと掴まれた。

「向島のことなんだけど」

パトカーの後部座席に押し込められる。藪が扉をぴっちりと閉めた。エンジンが切られているので暑い。藪は前置きなしで迫った。

「昨日、大阪で密会していたね」

もう気づかれていたことに、誓は動揺する。

「心配しないで。説教は後。いまは目の前の三人の命が大切。向島がなにを考えているのかを知りたいの。なにかあんたに話したなら教えて」

誓は首を横に振った。

「かばってないで、本当のことを言いなさい」

「かばっていません。向島と事件の話は一切していないんです」

「ふうん。認めるんだね、北新地のホテルで一夜を明かしたこと」

誓は言葉に詰まった。男女の関係になったのかと迫られると思ったし、叱られると思った。だが藪はその件についても後回しにした。

「昨日から向島の行動がおかしい。あんたのせいかなと思ったけど、そうでもないみたい」

　まるで向島にとって、誓はたいした存在ではないと言っているように聞こえた。誓はムキになってしまう。

「どういう意味ですか」

「警察官ではない女を事務所に入れたと思ったら、大阪まで女に会いに行く——そもそも向島一家が曳舟駅前のナイジェリア人を叩いたのは、五月のことなんだよ」

「え？」

「四か月前の話だから、まだあんたが復帰する前、賢治がこん睡状態のころだよ。駅前でヤクザとアフリカ人が喧嘩をしていると通報があって、私たちが飛んで行った」

　駆けつけたときにはもめ事は終わっていたが、藪は向島一家の若い衆を逮捕してガサ入れに持ち込んだ。賢治の銃撃事件があったからだ。

「五月のガサ入れのときは、ナイジェリア人を叩いた直後だというのに偽ブランド品のブツが出なかった。昨日になって急に事務所に運び入れたことになる」

　誓は唇を嚙みしめた。向島は一体なにを考えているのか。誓を愛し、誓に振り回されているように見えて、誓を完璧に出し抜くこともある。

「誓ちゃん。なにか心当たりはない？　昨夜一緒に過ごしたとき、向島になにか不審な点はなかった？」

　思い出そうとしても、誓には向島の愛しかわからない。

「この女のことは？」

向島一家の玄関口を捉えた監視カメラ映像を見せられた。誓が事務所から追い出されたあと、中に入っていったというモデル風の女が映っている。エレベーターから下りて向島一家の中に入るまでの、十秒ほどの映像を、藪は自身のスマホに転送していた。女には、向島一家の若頭補佐で元ボクサーの山城が付き添っていた。

「山城はかつては芸能タレントとして活躍していた時期がある。この女、どこかの芸能事務所から引っ張って来た山城の遊び相手かなと思ってるんだけど、タイミング的に変なのよね」

今回の和グループホールディングスの一件は、二つに分裂した吉竹組の代理戦争だ。その中で、独立を保ち双方の事務所がもめないように奔走していた向島一家の若頭補佐が、事務所に女を連れ込んで遊ぶなどありえないことだ。

誓は女の左手が気になった。お腹を押さえているふうだが、手をかばっているようにも見える。日焼けを防ぐレース遣いのUVグローブをつけていた。

左手の指があらぬ方向へ垂れている。指がないのだ。恐らく、全ての指がない。

この女は、変装したヤクザだ。まさか小林和也か。背丈は同じくらいだ。だが小林が左手の指を全てエンコ詰めしていると言う情報はない。

ベトナムマフィアともめ事を起こしたから、エンコ詰めさせられたのか。その割には落とされる指の数が多い――。

考えを巡らせたとき、フックが警察に投げ返した言葉が蘇る。

〝警察とは交渉しない〟

向島一家と、ずっと交渉し続けてきたということではないのか。

誓はそこで向島の企図に気が付いた。なぜ昨日になって、四か月前にナイジェリア人から奪ったものをスーツケースに入れて事務所に持ち込んだか——。

「誓ちゃん」

藪に厳しく問い詰められる。

「なにか気づいたことがあるなら言って」

藪にまっすぐ見つめられ、誓は腹がねじれるように痛くなる。

藪に伝えるべきだった。一緒に曳舟に戻り、向島一家の事務所に踏み込んで、向島を逮捕するべきだった。

あの人を逮捕する。片腕しかない身にワッパをかけて、パトカーに詰め込み、腰ひもをつけて留置場に放り込む。

——いやだ。

誓はいま自分が境界線にいることをひしひしと実感する。左足はもう闇にかかっている。右足はかろうじて警察側にある。

どちらの一歩を踏み出すのか。

誓は左足を踏み出し、パトカーから降りた。

「中で動きがあったみたいです！」

フックが立てこもっている家を指して慌てたそぶりを見せる。誓は藪の目を逃れ、警察官の群れにまじる。反対側の規制線の外に出た。野次馬に溶け込む。

急いで曳舟に戻った。

＊

向島が人を殺すと、室内の気温が八度上昇すると言われている。

かつて決死十四人衆のひとりとして隠密に活動していたとき、四代目豊原組長の目の前でとあるヤクザの顔面を剝いだことがある。豊原は暑がった。壁にかかった温度計を差して、八度も室温が上がっていると指摘したのだ。

顔面を剝ぐと、生暖かい血の海が室内の気温を押し上げる。皮の削がれた顔面がヒートアップして更に一度上がる。死にゆく者の荒々しい息遣いと最後の生命の灯が、また室温を上げる。残りはギャラリーだ。向島の残虐なショーに興奮し熱狂する。何人かは嘔吐する。室温がまた更に上昇するのだ。

若頭の千住は室内の冷房の設定温度を十八度にまで下げていた。九月だというのに外の気温は今日、三十六度だ。天井に備え付けのエアコンから冷風が吹きつけ、部屋中の壁に張り巡らせたビニールがかさかさと音を立てている。

向島はいま、向島一家の第二応接室に座っている。忠虎が向島のジャケットを脱がして右手だけでハンガーにかけた。いま、右手の指だけで器用に向島のワイシャツのボタンを外している。

この部屋はフローリングで六畳しかない。事務所の出入口と直結しているメインの応接室が塞がっているときか、来客者を痛めつけるときに使う部屋だ。普段は簡易的なソファセットとガラステーブルがあるだけだが、今日は全て別の部屋に移動させた。

　フローリングに敷かれたブルーシートの上に、小林和也が転がっている。五人の若い衆が小林に群がっていた。身に着けていたカツラやジュエリー、トップス、ロングスカートを脱がしている。ストッキングの下にはなにも身に着けていなかった。あふれ出てきた陰毛と飛び出してきた陰茎に、山城が「おえ」と目を背ける。ショーツはつけていないのに、胸のふくらみを演出するためか、ブラジャーはつけていた。それを剝ぎ取られて見えたのは、胸筋の張りがない平べったい胸と、恐怖で縮みあがった黒い乳首だけだ。

「勘弁してくださいよ、向島総長」

　小林が懇願する。

「俺を裸にしてどうするつもりですが。総長も脱ぐんですか。俺を掘るつもりっすか。えー、向島一家のトップはゲイだったんすか」

　手下の者たちは粛々と作業を進めている。親分を辱める言動を誰も咎めなかった。これから彼がどんな目に遭うかわかっているから、同情しているのだろう。

　廊下の向こうから鎖の音がした。ビニールシートのガサガサという音につられてか、愛犬が部屋に飛び込んできた。小林はドーベルマンに食いちぎられると勘違いしたのか、悲鳴をあげている。

「遊びの時間じゃないよ。お前はあっちに行っていなさい」

　向島は愛犬を引き連れ、第二応接室を出た。普段、事務所に愛犬を連れてくることはないが、人を殺す日は別だ。たとえヤクザ者の自分であっても、やはり誰かの命を奪った日は心が荒む。誰とも話したくないし、会いたくない。なにも言わずなにも求めない愛犬のそばで時をやり過ごす。

向島は出入口と直結している応接室のソファに愛犬を座らせた。ここにいるように指示する。ドーベルマンは革張りのソファに身をゆだね、退屈そうにあくびをした。

第二応接室に戻った。

「始めるぞ」

壁に飾られた白鞘の日本刀を取る。背を向けたので、床に転がる小林にも直助権兵衛の刺青が見えただろう。

「あ、あ、あんたまさか、決死十四人衆の一人だったのか！」

旧吉竹組に所属したことがある人間なら、誰もが月岡芳年の英名十八句を背負ったヤクザがなにをしてきたのか、知っている。さっきまで軽口を叩いていた小林は悲鳴を上げて、逃げ出そうとした。山城が一撃でノックアウトした。小林は鼻血を流し、失神してしまう。小林にまとわせていたブラジャーを口に詰め込み、ガムテープで封じた。

両手足を拘束したところで、向島は合図した。

千住がバケツの中のものを小林の顔にぶちまける。熱湯だ。小林は一瞬で覚醒し、目を白黒させた。熱そうにのたうち回る。

「心配するな、今日は暑すぎる」

向島は悶える小林を見下ろした。

「顔面を剝ぐには、暑すぎるんだ。それにチュントイのフックは顔面よりも首がいいと言っている。斬首は顔面剝ぎよりは早く死ねるとは思うが、ギロチンのように一瞬では終わらない。我慢してくれ」

小林がブルーシートの上をどこまでも転がっていく。若い衆は面白がって見ていた。忠虎は目を血走らせている。今日はどの体の部位をホルマリン漬けのコレクションに加えられるか、ワクワクしているのだろう。

小林はそれ以上どこにも行けないのに、部屋の隅っこの壁に体をひっつけて、しくしくと泣き出した。山城が釘を刺した。

「本当に大丈夫ですか、親分」

山城は今後の本家吉竹組との関係を心配しているのだろう。小林は、本家吉竹組系坂崎興業のユーレイ組員なのだ。

「場合によっちゃ、関東吉竹組側についたと勘違いされて、本家からどのような報復を受けるか……」

壁にひっついていた小林が、ゴロゴロと転がり戻って来た。何度も頷いて、向島を上目遣いに見る。山城の言う通り、自分を殺したら本家が黙っていないと言いたいのだろう。

「心配するな。矢島組長とはもう話がついている」

本家吉竹組総本部に出向き、小林和也の処遇をどうすべきかすでに相談した。

「ベトナムマフィアとトラブルを起こすような組員はいらないということだった。好きに料理してかまわないと双子から了承を取っている」

小林はみるみる青ざめた。大親分に見捨てられた衝撃はいかほどだろう。坂崎興業を通じて本家吉竹組へ、和グループホールディングスの上納金が相当に流れていたはずだ。それなのにトラブルの尻ぬぐいはしてもらえず、ポイ捨てされようとしている。

向島のもとに小林本人から助けを乞う連絡が入ったのは、八月中旬のことだった。誓と藪に頼まれ、安藤の身元調査のために若い衆を走らせていたころだ。渋谷の件についてはある程度は筋が読めていたが、関わってはいなかった。

小林は自宅でフックに襲撃されたあと、しばらく渋谷の闇医者のところで治療を受けながら隠れていたらしい。長居はできず、所属する神戸の坂崎興業へ飛んだ。ところが門前払いを食らった。激怒した小林は敵対する播磨大豊組を訪ねて、親分の愛人情報を漏らして匿ってもらおうとした。信用はしてもらえず、情報だけ取られて坂崎興業のビルの裏口に捨てられた。腹部の傷が治っていない小林はそこでとうとう動けなくなり、向島を頼った。

向島に電話をかけてきた理由は二つあるだろう。本家にも関東にもついておらず、独立を保っていること。もうひとつは、かつて行き倒れ同然だった花岡に飲食を提供し小遣いをやったことがあるからだ。花岡本人から聞いていただろう。向島一家は親切だと勘違いしたのかもしれない。

チュントイのバックに八王子双竜会、並びに関東吉竹組がいることを、向島はずっと前から知っている。チュントイ側が、全てのベトナム同胞の敵として小林の首を欲しがっているとは噂で聞いていたが、小林は本家吉竹組系の組員だ。うかつに首を刎《は》ねると、本家吉竹組がチュントイだけでなく関東吉竹組にまで報復をしかねない。本家は分裂以来、関東吉竹組を攻める理由を探している状態なのだ。

小林の処遇を間違うと抗争が始まるが、うまく向島がことを治めれば、分裂した吉竹組の和解の糸口を見つけられる可能性があった。だから向島は火の粉をかぶるのを承知で、小林を匿うことにした。

神戸で行き倒れ寸前の小林の元に山城をやり、女装させて東京に連れて帰った。千住がてなづけている女の店の倉庫に匿っていた。

その間、向島は関東吉竹組に出向き、小林の処遇をどうするか交渉をしていた。

泉組長はエンコ詰めでチュントイ側を納得させようとしたが、何本指を送ってもチュントイは譲歩しない。三度目の交渉で「腕一本で構わない」と要求を下げてきた。向島の方で手配が整わず、指三本になった。どうやらチュントイ側の逆鱗に触れたようだ。

「小林和也の首を持ってこないのなら、別の同姓同名の小林和也の首を獲るまでだ」

泉組長を通じて、そう宣ってきた。

余計な血は流させない。それが堅気の人の血なら、なおさらだ。いま千葉で立てこもっているフックとは、チュントイの幹部と関東吉竹組の泉組長を通して、意思疎通が取れている。正午までに小林の首を関東吉竹組に届けるように要求されていた。人質は女と子供の三人だ。絶対に手出しはさせない。向島自ら小林の首を刎ねるしかなかった。

向島はブルーシートの上にあぐらをかいて、日本刀を足に挟む。細長く折りたたんだ手ぬぐいを、日本刀の柄にきつく巻いていく。

「押さえろ」

山城が小林をうつ伏せにさせ、若い衆が首を押さえつける。他の三人がもがく小林の上半身や下半身を押さえつけた。

忠虎が骨壺を持ってきた。金の刺繍がされた覆いの布を取り、桐の箱を開ける。白い陶器を取り出して蓋をあけ、小林の頭の傍らに置いた。

人の生首を持ち運ぶのは、尺寸サイズの骨壺が最も適している。桐箱におさめて覆いをかぶせ、喪服姿で抱えていれば、葬式中の人としか思われない。尺寸サイズは直径が三十センチ以上あり、高さも三十四センチあるので、顔の大きい男の首もすっぽり収まる。

若頭の千住が日本刀を鞘から抜き、向島に差し出した。向島は受け取り、小林の肩の脇に立つ。裸足の足にブルーシートが吸い付いてくる。少し汗をかいていた。小林がもがくから、室温が上がったに違いない。これから頸動脈を切ることになるので、血しぶきが飛ぶ。この部屋はもっと暑くなるだろうが、斬首ならすぐ死ぬ。ものの三十分で血も死体も冷えるだろう。

向島は右脚で小林の後頭部を踏みつけた。日本刀の切っ先を首の後ろに突きたて右手の力を込める。

鎖の音がふっと耳をかすめる。愛犬が動いたのだ。どうしてか、わっと血が騒いだ。

大阪北新地のホテルの部屋で、自分をまっすぐ見つめていた、誓を思い出す。

嬉しそうに、微笑んでいた。

彼女は向島の存在を嫌がらなかった。むしろ、必要としていた。

隣室で大きな物音がした。男たちの注意が小林から別室へ注がれる。

「千住、警備はどうなっている」

向島は尋ねた。斬首見たさに、事務所にいる組員たちの殆どが、この部屋に集まってきていた。本来なら監視当番の二人が事務室にいる。千住は、監視当番のうちの一人が部屋のど真ん中にいるのを見て、激しく怒鳴りつけた。

千住と忠虎が慌てて部屋の外へ飛び出した。

もう遅かった。

誓が廊下にいる。

特殊警棒を最長の六十五センチまで伸ばし、千住の首を狙うように突き出して、じりじりと前へ出ている。出入口の扉を開けたであろう若い衆は喉を押さえて、悶えながら廊下をはいつくばっていた。さっきの大きな物音は、誓が若い衆に特殊警棒で一撃を食らわせた音か。喉を突いたのだろう。喉仏を骨折すると、呼吸困難に陥ることもある。

忠虎は別の部屋へ逃げ込んだようだ。影武者なので、警察に存在がバレたら用無しになってしまうとよくわかっている。

千住は特殊警棒の先で喉を狙われて後ずさり、とうとう、誓と共に部屋の中に入ってきた。誓の後ろに向島の愛犬がいた。いつもは不審者が入ってきたら激しく吠えたて、向島の合図ひとつで飛び掛かる。彼は誓に吠えたてることはなかった。しきりににおいをかいでいる。

愛犬は、誓が向島にとってどんな存在なのか、察しているようだ。

誓の目が向島と小林に注がれた。

向島は日本刀を小林の首の後ろに食い込ませる寸前のまま、止まってしまっていた。

誓は絶句している。特殊警棒の先を震わせながら、向島の背中を見た。かっと目が見開かれる。

向島は辛かった。愛する彼女に背中の無残絵を晒すことになるとは、思いもよらなかったのだ。

誓はみるみる目が赤くなっていく。弱気を助け強気をくじく任侠道に共感するところがあったとしても、向島がその筋の残虐な人間なのだと改めて気が付き、ショックを受けているに違いなかった。

向島は右手のひらに力が入らなくなった。日本刀が落ちる。木製の柄に巻いていた手ぬぐいがはらりと外れる。

小林が顔の真横に落ちたそれに怯え、芋虫のように体をくねらせ逃げまどう。

「凶器、確保！」

誓は我に返ったように叫んだ。警棒を右手で構えたまましゃがみこみ、左手で日本刀を押収した。あんなものを持ったのは生まれて初めてだろう。重たいと思っているはずだ。女が簡単に扱えるものではない。磨き上げられた刀が、誓と向島を鏡のように映し出す。

「鞘は？」

向島は答えなかった。鞘は向島の背後に立つ若い衆が持っていた。

「鞘も押収するから、ちょうだい」

若い衆が鬼の形相で誓を睨みつけている。

「あんた、ひとりか」

「――そうかもね」

「親分」

若い衆の目が、指示を待っている。女マル暴ごと消してしまえと言いたいのかもしれない。向島は誓に背を向け無残絵を晒しながら、若い衆の手から鞘を奪った。無言で誓に渡す。誓は慣れないながら、日本刀を鞘に納めようとした。途中でつっかかる。

「逆だ」

誓は頬を赤らめ、あたふたしている。ささやかな失敗があまりにかわいらしかった。ようやく誓は鞘を嵌めた。向島は逮捕を覚悟した。短く問う。

「なぜわかった」

「四か月前にナイジェリア人から取り上げたものを、昨日になってわざわざ運び込んできた。ここではなにも起きないと、警察に思わせたかったからでしょう？」

向島は答えなかった。背後の千住ががっくりとため息をつく。山城は座り込んだ。

「事務所が警察に監視されていることは知っているはず。その上で、あえて人の体が入る大きなトランクを持ってきた。刑事を中におびきよせて〝なんにもありませんでした〟と認知させるためよね」

昨日、誓は向島の策略にまんまと引っ掛かり、事務所に入ってきた。誓を引っ掛けなくてはならないのは辛かったが、余計な血は流れない。仕方がなかった。

「この事務所はクリア、今後しばらくなにも起こらないと警察側に思わせるため。つまり、ここ数日中にこの事務所で、反社会的な行動を起こすつもりがあったということよね」

流れを見れば、向島がフックを止めるため、この事務所で小林和也を殺す決意をしたことが容易に推測できただろう。だが向島は嫌な予感がする。

「気づいたから、止めにきたのか」

誓はこっくり頷いた。髪が乱れ、また一本が口の中に入った。

「なぜひとりで来た」

誓が言葉に詰まった。向島は誓に反論する。

「そのクズを生かすことに意味はあるのか。いまに千葉で無辜《むこ》の命が散る」

「ここで小林を斬首して、柏の新興住宅地に届けてフックを説得するつもりだったの？」

どういうルートで生首を渡す予定だったのかは、言わない。バカにされたと思ったのか、若い衆が前のめりになった。

「こっちはチュントイに繋がる独自のネットワークがある。警察とは違う方法で――」

「ことを収めようとしたのね。でも警察には警察のやり方がある。いずれ千葉県警の専門部隊が突入して人質を保護する。あんたたちがこんなことをする必要はない」

誓が正面を向いたまま下がり、小林の体をまたいだ。小林は芋虫のように尻を突き出し逃げようとしていた。誓が小林の体を蹴り、仰向けにさせた。

再び転がった彼は、向島一家の眼前に醜態を晒す。悲鳴を上げて恐怖におののく。

「向島さん。こいつのことクズって言ったけどさ」

誓は額の汗を拭った。

「本当にクズだ。弱者から搾取する、ヤクザになりきれない根性ナシのみみっちい不良」

向島に懇願してくる。

「だから、こんなやつのために、その手を汚さないで」

向島は誓の澄んだ瞳に、困ってしまう。深く長いため息をついた。山城がなにかを察したのか、向島に椅子を差し出した。向島は座り、誓に向き直る。

「誓」

呼び捨てにした。彼女の悲壮な覚悟を止めるため、叱責する必要があった。
「それでお前はなぜひとりで来た」

*

誓は薄暗闇の中で煙草を吸う。

スマホのニュースサイトを見る。トップニュースで、柏市の立てこもり事件が解決した速報が出ていた。人質三人にけがはない。外国籍の男は自ら投降した、とある。

両手を挙げてリビングの窓から出てきたフックの姿と、彼に手錠をかけようとする藪と丸田の背中が見えた。

誓からの電話を受けた藪が、小林の逮捕を伝え、フックを説得したのだ。緊急事態だったので、小林を発見し逮捕した経緯と、藪の説教は後回しだった。これからだ。

真夏の盛りなのに、コンクリートの床はひんやりと冷たい。ホースの先から水がちょろちょろと流れ続けている。シャッターが十センチだけあいて、都会の熱風が吹き込んできていた。

立山ビル一階の、閉店した豆腐屋の中にいる。誓の脇に豆腐の冷却水槽があった。ひと昔前のステンレスの浴槽みたいだ。八尾の実家の風呂を思い出す。足を伸ばすことはできないが、顎まで浸かれる深いものだった。父か母が抱っこしてくれないと、幼い誓は沈んでしまった。父が裸の誓を抱きしめて膝の上に乗せながら、ジュリーを歌って風呂につかっていたのを思い出した。『勝手にしやがれ』だったか。父は一九五〇年生まれだ。生きていたら七十二歳になる。誓は父が四十四歳のときに生まれた子供――ということになっている。

奥の扉から、豆腐屋の元店主がやってきた。お盆に麦茶のグラスを二つのせている。

「すみません、場所をお借りした挙句に」

「いいよ、いいよ。屋上も貸してることだしさ。それにしてもすごいね。女刑事さんか」

初対面のように老人は言う。

「そんな細い腕で、こんな大男を逮捕できるもんなの」

老人は、誓の足元で後ろ手に手錠をかけられ、あぐらをかいてうなだれる小林を見下ろした。彼は昭和の少年が履くようなブリーフパンツ一丁という格好だった。向島の若い衆の嫌がらせだった。

「すみません、あと少しでパトカーが来ると思うので」

「大丈夫、きっともう来るよ。サイレンの音が聞こえるから」

元店主は盆を持って、出て行った。

誓には聞こえなかった。

闇落ちしたから、だろうか。

「のど乾いてる？　飲めないよね」

誓はしゃがみこみ、小林の口元にグラスをつけて飲ませてやった。普段から夫の介護をしているので、不自由そうにしている人をみるとつい甲斐甲斐しくしてしまう。小林は麦茶を飲んだが、怪訝な顔をする。

「あんたは一体なんなんだよ」

自分は刑事で捜査をしている――誓はそう言うことができなくなっていた。

「仲野賢治の奥さんだろ」

「花岡を殺害したのはあんただっけ？　そりゃあ知っているわよね、私の顔」

「旦那の仇討ちでマル暴に復帰した。あんたは刑事なんだろ。なんで向島を逮捕しねーんだ。あんたの目の前で殺人が行われようとしていた。殺人未遂の現場を見ただろうが」

「黙れ」

　誓は小林の後頭部を小突いた。

「さっき言ったとおりに話を合わせろ。あんたはフックに襲撃されて兵庫に逃れたが坂崎興業にポイ捨てされ、播磨大豊組にまで利用されて行く当てをなくした。中立の立場にある向島一家を頼った」

　ここまでは事実だ。小林がすでに自供しているし、向島の証言とも合致する。

「千住の女の店に匿われていたことは言わないで。頼ろうとして向島一家の扉をノックしたら、偶然にも私と鉢合わせになり、逮捕されたってことにして」

「押収した日本刀はどうするんだ」

「玄関先での捕り物に驚いた向島一家の若い衆がカチコミと勘違いして、日本刀を抜いて出てきた」

　小林はあきれ果てた顔で、誓を見やる。

「あんた、それでも刑事か」

　わかっている。誓はもう、刑事ではない。

「それをあんた、闇落ち刑事っていうんじゃないのかよ」

向島の殺人未遂の罪を見逃した。いま、小林確保に至るまでの出来事のつじつま合わせに、偽証を重ねている。

「とにかく、私が言ったとおりに証言しないと、ムショを出たあとに向島一家が消しにくるからね。お礼参りってやつだよ」

これは脅迫罪か。マル暴刑事が言うなんてどうかしている。完全なる闇落ちだ。

どれだけの愛があろうが、誓は向島にワッパをかけるべきだった。向島もその覚悟はしていたはずだ。どうしてひとりで来たのかと叱り、誓にたった一本だけの腕をさし出した。ワッパをかけるように迫った。

多分、誓は、自分の体が裂けても向島に手錠をかけられない。せめて彼の両腕が揃っていたらまた違ったのかなと、情緒じみたことを考えてみる。

サイレンの音が誓にも聞こえてきた。今日のそれは、自分が捜査車両に乗ったときに鳴らすそれと、音色が違って聞こえた。


藪の取調べは厳しかった。暴力団員への取調べの方がもっと優しい。

「いい加減、正直に言いなさい！」

誓はガラスのテーブルに容赦なく拳を振り下ろした。渋谷署の取調室ではなく、本部の暴力団対策課の応接室を使って、誓の聴取は行われていた。

「藪さん、そんなに叩いたら割れますよ」

「その舐めた口の利き方！　あんた、いつになったら私の気持ちがわかるの。あんたに期待した乗鞍や丸田、きっと立派な女マル暴になると思ってた私の気持ちがわからない？」

「誓」

藪が誓のジャケットの内ポケットから、煙草を出した。誓の口に一方的につっこみ、火をつける。誓は深呼吸するように煙草を吸った。

「あんたが向島を庇《かば》いたい気持ちはわかる。抱えているものが大きいし、ご両親と……」

車椅子の夫の介護の苦労を言っているのだろうが、「ご両親と」という言葉に誓は引っ掛かった。藪は知っているのだと、悟る。

「お父さんの遺志を継いで警視庁のマル暴になった。お父さんを尊敬していた。お母さんを大切に思ってきた。それを裏切られて絶望して、自分を呪った気持ちはわかるよ」

藪が、八尾市役所の名前が入った封筒をテーブルの上に置いた。藪は恐らく誓の戸籍謄本の写しを取り寄せたのだろう。ニコチンが全身を駆け巡り、全ての細胞を敏感にさせる。

――わかってたまるか。

誓は煙草を嚙み、心の中で藪を、両親を呪う。

『養子』

戸籍のその文字を見たときの衝撃が、他人にわかってたまるか。いままた改めて眼前に突きつけられても、正視できない。賢治と結婚するため八尾市役所から取り寄せた戸籍謄本を開いたときは素っ頓狂な声が出た。

〝え？　なにこれ〟

養子という文字に全く現実感がなかった。桜庭功とその妻の子として誕生し、連綿と続いていた自分の当たり前の人生が、突然途切れたのだ。奈落の底に落ちていくような感覚だった。

誓は吸殻を灰皿に置き、歯を食いしばる。

自分はマル暴の娘ではなかった。憧れた父の血も、やさしかった母の血も、一滴もこの体には流れていなかった。

じゃあ私は誰なのか。

実の両親も、出生地もわからない。戸籍には書かれていない。下手をしたら誕生日も違うのかもしれない。父と同僚だった人に尋ねたが、真実はわからなかった。同僚はこう言った。

〝桜庭さんご夫婦は長らく不妊治療しとったようやで。奥さん、流産を繰り返したとか。せやから妊娠したことも知らせんかったんやと思うたし、ある日突然、子供が生まれたと聞かされても、特におかしいとも思わなんだよ〟

賢治には正直に伝えた。結婚をやめようと言った。どこの馬の骨かもわからない女なんか、いやだろうと思った。賢治は顔色一つ変えず、〝生みの親より育ての親〟と流した。

〝血は違ったかもしれないけど、毎日の衣食住を世話して、ここまで育て上げたのは他の誰でもない、桜庭刑事とその奥さんだ〟

誓もそれで納得しようとした。アルバムを捲り、父が赤子の自分を抱っこする写真を見て、これが親子、これでいいのだと言い聞かせようとした。

だが、闇が誓に囁くのだ。

〝他人の子と知っていて、父は自分を本当にかわいいと思っていたのか〟

幼稚園の入園式で、誓が満面の笑みで父と手を繋いでいる写真でも、父の笑顔に影を見てしまうのだ。

家族で生駒山を登山したときの写真を見ても、ニコニコとピースサインしている小学校一年生の自分がバカっぽく見える。背後で微笑む両親の顔に、苦しそうな色を見てしまうのだ。

平穏で幸せだった二十四年の人生が、全部、台無しになった。物心ついたときから自分が誰の子かわからず、自問自答しながら生きていく方がどれだけましか。ゼロからの自分、根がない自分に折り合いをつけながら生きていく方が、どれだけラクだったか。

誓は強く根を張った大樹にあとから接着剤でくっつけられた、偽物の実だったのだ。リンゴの木から落ちたどんぐりか。周囲はリンゴの木ばかりで、みんな未だに誓をリンゴと思い込んでいる。マル暴という血統書つきのリンゴだ。誓はどんぐりの自分の体をどこに転がしていけばいいのかわからずに、ずっと苦しみ続けてきた。

どんぐりがリンゴ畑を転がり続けても、根を張ることはできなかった。だからマル暴を辞めた。賢治の銃撃事件があり、使命感を持って戻ってきたつもりだが、父のことに触れられるたびに心がざわついた。

「誓」

藪が誓の肩に手を置く。

「あんたの心の闇を私は理解してやることはできないけど、向島に心を持っていかれてしまったことには充分に同情できる。あんたの人生は、辛すぎるから」

祈るように両手を握られた。

「だからここで正直に言って。どうして小林の居場所がわかったの。いつ知ったの。どうして私や丸田を出し抜いたの」

「手柄をひとり占めしたかっただけです」

「向島一家の監視カメラを切っていたけど？」

事務所に入るところを記録に残したくなくて、事前に監視拠点のブレーカーを落としてきた。

「本当はあの日本刀で向島が小林を殺すところだった。あんたはそれを止めたんじゃないの？」

「違います」

誓は背筋をピンと伸ばし、藪の目から一ミリも視線を外さず、堂々と嘘をついた。

「向島は殺人未遂なんか、していません」

藪は失望したように、手を離した。

「私が見たのは、向島一家を頼ろうとしていた小林の姿だけです。ワッパをかけようとして騒ぎになり、驚いた向島一家の若い衆が日本刀を持って出てきてしまった。真実はこれだけ。私は一ミリも嘘をついていない！」

藪はガラステーブルに拳を振り下ろした。とうとうそれに亀裂が入った。

「じゃあなんで辞表を書いた。なんで私に手錠と警棒、警察手帳を預けたんだ！」

言葉に詰まる。

「言ってみろ！　自分が闇落ち刑事だという自覚があるからだろう！」

「違います。私はそもそもマル暴の娘ではなかったから……」

言ったそばから嗚咽になり、言葉が出て来なくなった。誓は立ち上がり、藪に最敬礼する。

「短い間でしたが、ありがとうございました」

誓は西葛西の官舎に帰ってきた。ドアノブを握って回す前に深呼吸した。一生懸命に気分をあげる。

「賢ちゃーん。たっだいまー」

「おかえりー」

賢治は車椅子に乗ったまま、冷蔵庫の飲み物を取ろうとしていた。誓の笑顔につられるように、ニコニコしている。

もう二度と向島には会わない。心に誓った瞬間、向島に会いたくて仕方がなくなる。

「今日は早かったんだね。昼のワイドショー番組に釘付けだったよ。解決したようでよかった」

フックの立てこもりと逮捕のことを話しているのだろう。

「聴取とか送検で忙しくしていただろうに、よく帰ってこられたね」

「だって賢ちゃんに会いたいもの」

辞表を出したことをいつ話そうか。どんな理由をつけたら賢治を刺激せずに済むだろうか。

賢治はマル暴の娘を娶ったと喜んでいたのに、そうではなかったとわかっても、誓を受け入れてくれた。本当は愛情が冷めたのに、誓を大切にしようと努力してくれた。賢治には感謝しかない。誓はこれからも一生懸命に介護し続ける。

賢治は車椅子でも通訳官として警視庁で働けるはずだ。誓は賢治の第二の警察官人生を支える。

それでいい。そうあるべきだ。

目を閉じた。暴力団絡みの書籍だらけだった父の書斎が瞼の裏に浮かぶ。まるで誓の心のよりどころになっていた、父の書斎がことあるごとに頭をよぎる。それが故郷の光景であり、誓の原風景でもあった。誓の心の中は、マル暴の住処でもあったのだ。

――もうマル暴として仕事ができない。

腹の底が擦り切れるように、じわじわと痛くなってきた。

誓はそもそもマル暴の娘ではなかったし、とっくにマル暴の妻でもなくなっている。いま自分自身すらもマル暴を名乗る資格がなくなったのだ。

ヤクザを庇ってしまったのだから。

「誓？」

夫の声に、我に返る。廊下から洗面所をのぞきこみ、誓の背中を見上げていた。誓は長らく手を洗ったままだった。

「……夕飯、作ってくる」

誓はキッチンに戻った。シンクの縁に手をついて深いため息をつく。向島に会いたい。なにを作ろうかと冷蔵庫を開けた。中に詰められているものと、なにを料理するかがうまく繋がらない。

お父さん――。

涙が溢れてくる。車椅子の音が近づいてきた。誓は腕で目をこすって必死にこらえ、野菜室を開けた。

昼に姑が買ってきたのだろう、根菜や青菜、きのこ類が揃っている。見慣れない果物があった。黄色のいびつな楕円形をしている。手に取りにおいをかぐ。マンゴーだ。

車椅子の賢治がキッチンの横を通り過ぎていく。

「賢ちゃん。このマンゴーは誰が買ってきたの？」

「さあ。おふくろじゃないの」

マンゴーは無造作にビニール袋に入っている。十個もあった。半分は腐り始めていた。バーコードや生産者のシールもない。店頭で売っていたものではなさそうだ。

誓は播磨大豊組にガサ入れした際の写真を思い出した。神棚にマンゴーが供えられていた。関東吉竹組では泉組長の部屋にあったガラスの器に、フルーツが盛られていた。パイナップルやマンゴーがたくさんあった。八王子双竜会の冷蔵庫にも入っていた。

誰かが関東吉竹組系列の組に贈ったのではないだろうか。

なぜ我が家にもあるのか。

「賢ちゃん。今日はお刺身にしない？」

誓はエプロンを脱いで、トートバッグから財布を出した。

「急いで買ってきちゃうね。この時間なら半額セールやってるし」

誓はスマホをジーンズにねじこみ、自宅を出た。姑に電話をかけて、マンゴーを買ってきたか尋ねた。

「買ってないわよ。あの黄色いやつでしょ？　賢治に聞いたら、誓ちゃんがもらってきたものだって言ってたけど」

誓は礼を言って電話を切った。黄色のマンゴーについてネットで調べてみる。主な産地は、タイやフィリピン、ベトナムとあった。

第七章　全面戦争

翌朝、目が覚めると、夫が覆いかぶさっていた。勃起はしなくとも、朝になると気持ちがむらむらするらしかった。

パジャマのボタンが開けられて、ナイトブラから乳房が出ていた。賢治は両手で両乳房を存分にもみ、やがて右手を陰毛の奥に這わせてリズミカルに動かし始めた。肘をついてもう一歩、誓の体に近づこうとして、「うっ」とうめいて痛がる。カテーテルが引っかかったようだ。

「誓、もっとこっちへ来て」

「リハビリの時間に遅れちゃうよ。介護タクシーが九時半には来るでしょう」

「まだ七時半だよ」

誓は賢治の手首を摑んで、自分の中に入った夫の指を抜いた。

「朝ごはんを作らなくちゃ」

賢治はすねたように身を翻した。

無言で朝食を食べた。賢治が思い切った調子で話しかけてきた。

「誓。実は理学療法士の人に相談してるんだ。もう一生勃起できないのかな、って」

「先生は、なんて？」

「下半身不随でもリハビリすればできるようになることはあるんだって。一応、それ専用のメニューもあるらしいよ。センシティブなリハビリだから個室でやって、奥さんも一緒に参加しなきゃいけないらしいんだけど」

「ふうん……理学療法士のもとでエッチなことするの？」

「そういうことを、理学的に指導するらしいよ。受けてみる？」

誓は苦笑いで流した。

九時に介護タクシーがやってきた。誓はサンダルにエプロン姿で見送る。運転手が車椅子リフトの操作を終え、誓に声をかけてきた。

「一緒にいらっしゃらないんですか？　セックスセラピーを受けるんですよね」

運転手は卑猥な目で誓を見ていた。いかつくて、格闘技かアメフトでもやっていそうな人だと勝手に思っていたが、誓はその目つきに違和感を覚えた。

「ちょっとなんの話かわからないです」

誓は一礼し、階段を駆け上がった。

自宅の鍵を閉め、チェーンロックもかける。夫が仕事部屋として使用していた四畳半の納戸に入った。ドレッサーにはスーツが詰まっている。学生時代に趣味でやっていたというスノーボードと、刑事になってから付き合いで始めたゴルフ道具一式が壁際にある。

向かいの壁は本棚だ。暴力団関係の書籍は少なく、殆どが自己啓発本だった。誓はデスクに座り、引き出しを片っ端から開けていった。鍵がかかった引き出しが一番上にある。合鍵はどこだろう。別の引き出しの文房具入れや、かつて刑事時代に使用していたビジネスバッグをひっくり返して鍵を探したが、見つからない。

かつて賢治が触られるのを嫌がった場所や物はないか、思い出す。本棚だ。並びにこだわりがあるから、勝手に触らないでほしいと話していた。父の態度と全く違ったので違和感があった。

誓は片っ端から本をあさる。海外の自己啓発本を取ったとき、隙間から鍵が落ちた。

デスクの引き出しの錠と一致した。

引き出しの中身を探る。二年前まで夫が使用していたスマホが出てきた。電源が入らない。充電する。じりじりと、電源が入る状態になるのを待つ。

他に、仕事の書類や領収書の束などがきれいに整理されていた。去年一年分の領収書が入った箱が出てきた。不審な支払いはないか。高額な買い物をしていないか。クレジットカードの明細も見る。

誓はハタと顔をあげる。

高額な買い物を、夫はしているべきだった。これまで誓にプラダの新作バッグからエルメスの定番まで、総額数百万円に上るブランド品を貢いできた。デパ地下でも週に三度は美味しいスイーツを買ってきてくれていた。その領収書が、一つも見当たらない。

今年の日付の入った箱を出す。三か月分しかないので少ないが、誓にプレゼントした物品の領収書が全て出てきた。現金で支払っている。一昨年の分が入った箱を見る。領収書はない。高価なプレゼントをやたら買ってくるようになったのはいつからだったか、思い出そうとする。

古いスマホの電源が入った。充電を繋いだまま、スマホを見る。パスコードの設定はされていなかった。スナップチャットというアプリが入っていて、がっくりする。一定期間経つとやり取りの内容が消えるメッセージアプリだ。暴力団員は必ずこの手のアプリを入れて、警察の捜査に備えているものだ。

友達登録は五人しかいなかった。どのアカウントも開いた途端に「削除されています」と表示された。残ったアカウントはひとつだけだった。

『ちえまま』

鹿島良子だ。

五右衛門ビルの管理会社に雇われた掃除係の女性だった。猫を抱いた本人と思しき顔写真がアカウントに使われている。

やり取りしていてもおかしくはないか。情報屋として雇っていた可能性もある。だが賢治は昏睡状態から目覚めたとき、彼女のことを口走ったのに、完全に覚醒してからは「覚えていない」と断言した。情報屋のひとりだったと言えばそれで済んだ話なのに、はぐらかした。

トーク画面を開いたが、やり取りは全て消えていた。


誓は新宿に向かった。五右衛門ビルの清掃管理会社の本社に入る。対応に出た男性社員に誓は名刺を渡した。

「五右衛門ビルの清掃を担当している鹿島良子さんですが」

「はあ、彼女がなにか。勤務態度はいたってまじめですが……」

「実はあのビルには暴力団の事務所が入っています。毎週掃除をされている鹿島さんにお話をお聞きしたいんですが」

十五時には戻ってくるというが、誓は急かした。

「すぐに呼び出せますか。緊急事態で」

鹿島良子が本社に戻ってきた。誓は本社ビルの裏口で待っていた。エレベーターホールの前で、誓は強引に彼女の腕を引き、自分の車に乗せた。彼女は戸惑った様子だが、相手が女だからか、悲鳴を上げたり抵抗したりはしなかった。

助手席の鹿島良子に迫る。

「私、仲野賢治の妻です」

ぎくりとしたように、鹿島良子は目を逸らした。女が共感しそうな嘘をついた。

「夫が頻繁にブランド物を買っていたの。あなた私の夫と付き合っていたの？」

鹿島良子は慌てたように首を横に振った。

「私はただ仲野さんから配達役もやって欲しいと頼まれただけで……」

「配達役も、ということは、それ以前にもなにか頼まれていたことがあるの？」

「五右衛門ビルの６０６号室の郵便物についてです。ポストから中身を抜いて、誰からのものか撮影したデータを送っていました」

もともと鹿島良子は、夫の情報提供者だったのだ。向島一家に届く郵便物のチェックをさせていた。

「配達役というのは、具体的になにをしていたんですか」

「ええと、受け渡ししていたブランドものは、奥様にあげるものだと聞いていましたけど」

確かに受け取ってはいたが、ここではそういうそぶりは見せず、あくまで夫の浮気を疑う妻を演じた。

「ではプレゼントはあなたが買っていたの？」

「そんなお金はないので、私は配達だけです」

「プレゼントを買ってあなたに渡していたのは誰？」

「あのー……」

鹿島良子は、誓が警察官だと気が付いていない様子で、警察には言わないでと懇願した。

「私はお小遣いを少しもらうかわりに、二人の品物のやり取りを仲介していただけなんです。今年に入ってから現金に変わったので、ちょっとやだなと思っていた矢先に、事件になっちゃって……」

「二人というのは、私の夫と？」

「花岡さんという人です。テレビでニュースを見て、心臓が止まるかと思いました」

いま、誓の方こそ心臓が止まりそうだ。

夫と花岡は、繋がっていた？

誓の反応をよそに、良子は続ける。

「私がプレゼントや現金を仲介した人が刑事とヤクザだったなんて、本当に知らなかったんです」

「どうしてそれを、ニュースを見た時点で警察に言わなかったんですか」

「最初は、ヤクザが刑事に贈る賄賂だったなんて、知らなかったんです！　一回届けるだけで三万円ももらえたし、娘は大学受験でお金がかかるんです」

あのう、と鹿島良子が誓の顔をのぞきこんでくる。

「私、これからも言わないですよ」

「………え？」

「あの人の奥さんなんでしょう？　旦那さん、いまは襲撃事件を生き延びた悲劇の刑事とされていますよね。実は悪徳警官だってバレたら、大変なことになるじゃないですか」

誓は途方に暮れたまま鹿島良子と別れ、錦糸町リハビリセンターに向かった。あと三十分でリハビリは終わりだ。賢治は顔中からポタポタと汗をかきながら、両手で手すりを摑んで体を支え、一歩、二歩と歩いていた。足だけ別人のようにやせ細っている。

誓はスマホに藪の番号を表示させては消す、を繰り返していた。

夫婦揃って、闇落ちか。

ガラスの向こうで、賢治が休憩に入った。目が合うと微笑み返してきた。迎えにきたことがそんなに嬉しかったのか。嬉しいフリか。

妻を愛している、フリか。

一旦リハビリ室から離れ、廊下を挟んである休憩室に向かった。自動販売機でコーヒーを買い、椅子に座った。

向島はたぶん、賢治が闇落ちしていたことを知っていたのだろう。八王子双竜会の花岡と繫がっていたことも。

花岡は賢治のためにブランド物のバッグを買いあさり、賄賂として与えていた。今年に入ってからは現金に変わり、その金で賢治は誓に貢ぎ続けた。見返りに賢治は捜査情報をしゃべっていたに違いない。

　藪が関東吉竹組系の播磨大豊組へガサ入れするときに、情報が洩れていると話していたが、ネタ元は賢治だったのだ。誓が取ってくる捜査情報を、賢治は八王子双竜会に流していた。だから八王子双竜会はガサ入れ前に事務所ごと飛ぶことができた。

　上部団体の関東吉竹組にメスを入れようとした途端に、泉組長が八王子双竜会の解散届を出したのも、誓が賢治に教えていた捜査情報が、八王子双竜会に筒抜けだったからだ。

　花岡のシノギは、和グループホールディングスがバイトを斡旋しているベトナム人からバイト料をピンハネすることだった。賢治は花岡から賄賂を受け取っていたのだから、ベトナム人を搾取する側にいたわけだ。

　和グループホールディングスの事件が起こった当初、賢治は小林和也のことを尋ねても首を傾げていた。花岡の死体が上がった途端に小林のことを思い出して誓に情報を出したのも、自分が闇落ち刑事と知る花岡が死んでいたとわかり、安堵したからか。

　フックの情報をわざわざ誓の目の前でネットから見つけ出したのはなぜだろう。これが二つに分裂した吉竹組の代理戦争であると露呈する前に、フックの個人的な復讐事件として解決してほしかったからか。

　しかもチュントイ八王子など存在しておらず、アジトの情報もでたらめだった。ネパール料理店へ誓を誘導したのは、捜査かく乱が目的か。

　賢治はやっていることがめちゃくちゃだ。車椅子で身動きが取れず、焦っていたのかもしれない。

　改めて整理する。

　花岡は関東吉竹組系八王子双竜会の組員だった。小林は本家吉竹組系坂崎興業のヤクザだ。

　賢治はいまでも花岡のいた八王子双竜会と繋がっている。誓に小林の情報をわざわざ教えたのは、賢治が明確に小林を蹴落としたいと思っていたからだ。警察が本家吉竹組を叩くことを期待したに違いない。

　賢治がやっていることはもはやヤクザと同じだ。どうしてそこまで堕落してしまったのか。

　一方の関東吉竹組はベトナムマフィアと組んで本家吉竹組系の小林を消し、シノギを独占しようとした。ベトナムマフィア側は完全に利用されている。和グループホールディングスを一緒にやっつけようと焚きつけてきた八王子双竜会が、実はベトナム実習生や留学生からアルバイト料をピンハネしていると知らずに、共闘しているのだ。

　留学生、実習生のうちから搾取し、やがてマフィア化しても利用する——日本のヤクザはしたたかだ。

　そうと知らずにベトナムマフィアは、友好のしるしと言わんばかりにマンゴーを贈っているようだ。播磨大豊組や八王子双竜会、関東吉竹組、そして我が家の冷蔵庫から出てきたマンゴーはベトナム産のはずだ。ベトナムマフィアを通じて入ってきたものだと証明できないか。マンゴーの産地を調べる検査はできるか。関東吉竹組系の事務所にあったものは、もう誰かの胃袋にすら残っていないだろう。フックがなにか供述していないだろうか。

　国際犯罪対策課に聞きたいが、辞表を出した誓に情報を流してくれる人はいないだろう。

誓はスマホで、改めてマンゴーについて調べてみた。主な産地はインドやフィリピンで、日本でも温暖な地域で栽培されているようだ。画像を検索すると豊かな緑色の葉の合間にたわわに実るマンゴーが目についた。

誓ははたと顔をあげる。

陽当たりのよい休憩室の窓辺に、緑の葉をつけた水耕栽培植物がある。いつだったか、大きな黒い種からにょきにょきと芽が出ていた。いまは茎をのばし、大きな葉を茂らせている。デイサービスに通う老人が水耕栽培しているものだ。

誓は背筋が粟立った。

スマホに表示されたマンゴーの木と葉の形が全く同じだ。

八王子双竜会が事務所ごと飛んだままだということを思い出す。正確に言えば、あの消費者金融の窓口の奥にあったのは本部ではなかった。本来の本部は別にあるはずなのだ。

賢治は銃撃されたあとも、八王子双竜会と接触し、情報を流していた。だが彼は車椅子だ。エレベーターのない官舎で秘密裏に外出することなど、不可能だろう。

誰にも疑われず、毎日でも通えて情報を流せる場所は、錦糸町リハビリセンターしかない。まさかここを本部にしているのか。

「奥さん」

突然背後から声をかけられ、誓は悲鳴を上げてしまった。

賢治を担当する理学療法士が立っていた。

「どうされました」

「いえ……」

声が震えてしまった。動揺がもろに顔と声に出た。不意打ちすぎる。もう少し情報を整理して心の準備をしないと、冷静でいられない。

「旦那さんからちらっと聞いたんです。セックスセラピーのこと」

「申し訳ないですけど、お断りします」

「恥ずかしがることではありません。ご主人とまたセックスがしたいでしょう？　それは自然なことであり、我々はＱＯＬを向上させるひとつの治療法として、若くして麻痺のある患者さんやその奥様に施してきました」

　やけに勧めてくる。この男は本当に理学療法士なのか。八王子双竜会のフロントの人間かもしれない。ただの偽者で、ヤクザなのか。

　セックスセラピーと称して誓の卑猥な画像を盗撮して脅し、取り込む気か。

　誓が辞表を書いたことを、賢治はまだ知らないのだ。誓が情報源になると思っているはずだ。目の前の、この男も。

「夫とよく相談してみます」

　誓は男の横をすり抜けて帰ろうとした。強く腕を掴まれる。

「奥さん」

「……」

「もしかして、気づいちゃってます？」

　無言で睨み合う。誓は動揺がまさり、冷静な顔を作ることができない。

「フックが逮捕されちゃいましたからね。ここのことも話したのかな」

誓は腕を振り払い、逃げようとした。男の力にはかなわない。引き寄せられ、掴まれていた右腕を背中の後ろで捻じ曲げられた。悲鳴をあげようとした口を塞がれる。

誓は全力で暴れたが、理学療法士の腕力にかなうはずもなく、引きずられる。逃れようとして蹴り上げた足が、マンゴーの水耕栽培を蹴散らした。バッグの中身が散乱し、水に濡れる。誓は休憩室の奥にある扉の向こうに押し込まれた。物が積みあがった薄暗い廊下だった。理学療法士が誓を引きずりながら、突き当たりの扉に手をかけた。誓はその股間を蹴りあげようとした。見事にかわされ、大外刈りのような恰好で引き倒された。

「あははは、奥さん、元気だね」

今日はスカートを穿いていた。誰かと格闘する一日になるとは思ってもみなかったのだ。理学療法士は誓の両腕を抑え、スカートの中に手をやった。存分にショーツの上から尻を撫でまわす。

「ずーっとさわってみたいと思ってたんだー。奥さん、エッチなんでしょう。まあでも賢治さんに了解は取らなきゃだよねぇ」

拳が顔面に降ってきた。たったの一発なのに頬骨に凄まじい衝撃が走った。目に星が舞ってなにも見えなくなった。痛みと恐怖で体が弛緩してしまう。

理学療法士が廊下の先の扉を開けた。応接ソファが置かれた部屋だった。誓は髪を掴まれて、ソファに倒された。理学療法士は扉をきっちり閉めて、誓に向き直る。

誓は殴られた頬の痛みで顔に火が点きそうだった。捲れたスカートを直しながら、室内を見渡す。紫の胡蝶蘭が飾られている。いつか見た八王子双竜会の事務所そのものだった。

非常灯の下に鉄の扉がある。その向こうから、階段を駆け上がる音が聞こえてきた。

一人の男が非常扉から入ってきた。誓は非常口から逃げようと思ったが、男の顔を見て動けなくなる。海竜将だ。海竜もぎょっとした顔をする。

「え、なにどういうこと」

「バレたみたいだから」

理学療法士が言った。

「あらまあ……そう」

海竜は憐みの目で誓を見下ろした。誓は引き返し、廊下から逃げようとした。後ろから海竜に髪を摑まれぶんぶんと前後に振り回される。首に激しい衝撃が走って全く抵抗できない。

「ちょっと大人しくしようよ」

「やめて、痛いッ」

理学療法士に両足を摑まれ、持ち上げられる。結局またソファに戻された。

「どうする。やっぱ賢治さんに言わないとだよねぇ」

「まあそうだけど、その前にさ、せっかく目の前にいるんだし」

海竜と理学療法士が相談している。レイプするところを撮影するとか、脅して俺たちの犬になってもらおうとか、誓の体をまさぐりながら愉快そうに話している。警察を、マル暴を恐れる様子がまるでない。女性としてのプライドよりも、マル暴刑事としてのプライドが傷ついた。

――女マル暴刑事、なめるなよ。

誓は喉を枯らして叫び声をあげ、手当たり次第に暴れた。ガラステーブルの上の電気ケトルが手にあたった。必死に指を伸ばし、スイッチを入れる。次々と伸びてくる男たちの手を振り払い、ときに噛みつきながら、再びケトルのスイッチが持ち上がるのを待った。

一分で湯が沸いた。誓はケトルの持ち手を摑み上げ、海竜の頭に振り下ろした。中身は理学療法士の顔にぶちまける。

*

賢治はリハビリ室で待ちぼうけを食らっていた。妻の誓が迎えに来たのに、どこかへ行ってしまった。理学療法士が捜しに行ってから、もう三十分経っている。

セックスセラピーをするように説得するつもりだった。あたかもリハビリの一環と思わせて誓を裸にさせたり、自慰行為をさせたりする。動画に撮って脅す計画を立てていた。

フックが逮捕されたいま、いつ錦糸町リハビリセンターに八王子双竜会の実質的な本部があるとゲロってしまうかわからない。

ここは八王子双竜会が、経営者をギャンブルに沈めて乗っ取った。階下にある老人向けのディサービスセンターは、他で通所を拒否された認知症老人たちをかき集め、高額な利用料をせしめていると聞いた。送迎車で認知症老人を集めたあと、鍵のかかった部屋に閉じ込める。途中で昼食を出すだけだ。ヤクザが懐メロを流して終わる。老人たちは帰宅後にひどい扱いを受けていると訴えても、「認知症特有の被害妄想が出ているようですね」と言い逃れできる。まともな施設に見せるため、頭がはっきりしている老人たちは丁重にもてなしている。

賢治を担当している理学療法士は本物と偽者が二人いる。本物のもとできちんとリハビリする日もあるし、リハビリと称した偽者と取引や会合をする日もある。

今日は偽者との会合の日だった。

現場に戻れない賢治は、捜査情報がもっと欲しいし、万が一のときは証拠隠滅をしてくれる仲間が警察側に必要だった。誓が手っ取り早い。卑猥な写真を撮って脅すか、なんなら輪姦しているところを動画に撮って脅すか、と海竜やニセ理学療法士は賢治の前で何度も相談していた。

そして決まって賢治にこう言うのだ。

〝止めないのかよ。お前の妻をまわす話をしてんだよ〟

賢治はたいていこう答えていた。

〝好きにしていい。嘘つきの詐欺師で下半身ゆるゆるのクソ女、どうでもいい〟

誓は二度も賢治をだました。

一度目は、伝説のマル暴刑事の娘だと偽っていたことだ。賢治には幼馴染の恋人がいたのに、誓が割り込んできたのだ。自分の仕事にプラスとなる出自の女で、しかも八つも年下だった。肩書も体も、あまりにまぶしい。素直で従順なところも気に入った。あのとき、賢治と同じ選択をしないやつがいたら、それは男ではない。

二度目は、向島春刀との不倫だ。

一年前、職場に届いた怪文書で知った。自分が内偵しているヤクザと妻が寝ているなどにわかには信じがたかった。二人に接点があるとも思えない。証拠が提示されているわけでもない。暴力団では権力闘争が始まるとよく怪文書が回るし、警察組織でも同じことがある。いたずらか嫌がらせかと思ったが、月に一度は怪文書が届く。誓が片腕のない男にどうやって抱かれているのかの詳細が小説のように語られている文書まであった。

賢治は向島に二十四時間張り付いたこともあるが、誓と密会などしたことはないし、そもそも女っ気が一切ない。自宅マンションで向島を待つのは獰猛なドーベルマン一匹だ。

誰がなんの目的でこんなものを送ってくるのか。花岡や海竜に相談したら「警察内部の嫌がらせじゃないか」と話していた。伝説のマル暴刑事の娘を娶った賢治に対する嫉妬だと言うわけだ。

賢治が銃撃されたのはそんなときだった。

誓は献身的に介護してくれてはいる。だが生来スケベな女だったから、賢治の下半身不随を不満に思っているに違いなかった。

そして誓が現場復帰すると、今度は次々と不倫の証拠が自宅に届いた。一人で向島の事務所に出入りし、車の中では向島と親密そうに身を寄せ合う。向島が誓の頬を撫で、キスでもしそうな写真だった。

正直あんな女は死ねばいいと思っている。

どこからか悲鳴が聞こえてきた。ガラス張りの廊下を振り返る。ニセ理学療法士が顔を押さえ「熱い、熱い」と叫びながら走りすぎていく。トイレに駆け込んだ。顔をびしょ濡れにして出てくる。目が怒りで血走っている。

賢治は自力で車椅子に乗り、廊下に出た。

「どうしたの」

「お前の妻にやられたんだよ！」

「――なんで」

賢治はふっとなにかが途切れたのを感じた。

「バレてた」

「いま誓はどこにいるんだ」

「とりあえず事務所に拉致ったんだけど、えらい抵抗してくる。熱湯浴びせてきやがった。ああ、熱い、痛い……！」

ニセ理学療法士は再びトイレに飛び込んだ。頭を洗面台に突っ込み、蛇口をひねって顔のやけどを冷やす。水滴をまきちらし、賢治に言い放った。

「くそ。悪いけどやるぞ」

『姦《や》る』ではなくて、『殺《や》る』という意味だと察した。

「海竜さんも額がパックリ割れて激昂中。いま準備しているから」

殺人の準備を。

「あんたは帰った方がいいよ。死体は絶対にあげられないようにするけど、後々のアリバイとか、警察の取り調べで齟齬がないようにした方がいいだろ」

ニセ理学療法士がスマホを出した。送迎車の手配をしてくれようとしたが、賢治は拒否した。

「見学していく」

賢治のマル暴人生を滅茶苦茶にした女だ。

「見届けないと、気が済まない」

ニセ理学療法士が八王子双竜会の本部の扉を開けた。車椅子を押してくれる。賢治は中に入った。

誓は全裸にされ、幅の広い業務用ラップを全身に巻かれてソファの上に転がっていた。口をガムテープでぐるぐる巻きにされている。ひどく汗をかいていて、髪の毛が幾筋も顔に貼り付いていた。目を血走らせて、もがいている。

八王子双竜会の若い衆が三人がかりで、床と壁にブルーシートを敷いていた。

海竜は誓の脇の一人がけソファに座り、鏡とにらめっこしている。こめかみがパックリ割れていた。血塗れのティッシュが散乱している。絆創膏を何枚も重ね張りしていた。

「賢治さん、奥さんを叱ってやってよ。俺、こんなになっちゃったよ」

台無しだ、と海竜は言葉とは裏腹に大笑いした。

「楽しませてもらおうと思ったのにさー。こんな凶暴な女じゃ勃たない。賢治さん、よくこんなのとヤれたねぇ」

誓は顔を上げてこちらを見た。目玉が飛び出そうになるほどに見開く。悶え、なにか訴えている。助けてと言っているのだろう。

ニセ理学療法士は氷を顔に押し当てながら、どこかに電話している。

「女なんだよ。箱は三つくらいで足りそうだけど、どうだろうな。身長は百六十くらい。痩せてるけど、胸と尻はでかい」

ニセ理学療法士は電話を切り、残念そうに誓に言う。

「そんな体しといて、宝の持ち腐れっていうんだよ、奥さん。無茶しなきゃお互いに気持ちよくなって終われたのに。これから相当に痛いよ」

　誓が叫ぶようにもがく。なにか言いたいようだ。賢治は海竜に頼み、誓の口を塞ぐガムテープを取ってもらった。

「賢ちゃん、賢ちゃん……」

　誓が叫んだ途端、号泣した。泣きじゃくりながら訴える。命乞いかと思ったら、違った。賢治への糾弾だった。

「私がプレゼントを貰って喜んだことがあった？　そんなもの、いらなかったのに！」

　なぜかプレゼントの話になった。

「鹿島良子から全部聞いた！　私にプレゼントしたいがために、闇落ちしたの？　花岡に賄賂をもらうがままになってたの？」

「お前のためのはずないだろ。あのブランドものは、俺のために必要だったんだ」

　賢治は鼻で笑ってしまう。

「だってお前、どこの誰なんだよ。え？」

　誓は涙と鼻水で濡れた唇をきゅうっとすぼめた。

「伝説のマル暴刑事の娘だって言ったじゃないか。婚約して、親戚にも方々報告して、結婚式の招待状を送って準備万端ってところで、やっぱり違いましたって、いくらなんでもそれはないだろう！　お前は詐欺師だ！」

　当時、誓に向けることができなかった怒りがいま噴出した。誓は必死に言い訳する。

「私だって知らなかったの。入籍することになって初めて、戸籍を見たんだよ……両親からなにも聞かされてなかった。だから言ったじゃん、結婚やめようって！」

「そうとわかったから、はいやめようなんて言えるかよ、え!? お前だってそうだろ。本当はスケベなくせに、俺が撃たれて使い物にならなくなっても離婚もせずに下の世話を甲斐甲斐しくしただろ。ポイ捨てなんかできなかっただろ！ それと同じだ！」

本当に大っ嫌いだった。だが世間体や仕事のために誓を捨てられない。自分がそんなひどい人間だと認めたくない。だから賢治は誓に貢ぐことにしたのだ。

「きったねぇ血のきったねぇ面したお前に少しでも金のかかる物を着せて、食べさせたら、少しは……」

涙が溢れてきた。どうして自分が泣いているのか賢治はわからないまま、誓を糾弾し続けた。感情的になった車椅子の男を見て、ヤクザたちは少し冷めたようだ。

「賢治さん、終わったら呼んで」

ニセ理学療法士や若い衆は引き上げていった。海竜だけ残る。賢治が情にほだされて妻を逃がすことがないよう、見張るつもりなのだろう。

「全部自分のせい、自業自得だろ。俺は本当にお前との結婚生活が嫌だった」

「そう。わかったよ。そこを花岡に見抜かれたんだろうね」

ズバリ指摘された。腹の底が焼けるように痛くなる。

「ヤクザは刑事の心の闇に付け込む。最初から金をもらってたわけじゃないんでしょう。賢ちゃんが花岡にそれをせびるとも思えない」

「——最初は口紅だったよ。奥さんに、って」

結婚して半年ほどたったころだ。まだあのころ、吉竹組は分裂していなかった。賢治は向島一家の担当ではなく、八王子双竜会を内偵していた。フロント企業のドラゴンファイナンスが違法な取り立てをしていると情報を得て、捜査していた。そのころから海竜のことは知っている。ケイズダイナーの相模原工場の副工場長と親しいことを突き止めた。これが花岡だった。花岡本人がユーレイ組員とは気づかぬまま、情報源にしようとしていた。何度か接触していたところ、口紅を貰ったのだ。

〝女が出てっちゃって。家に新品が残ってるんですよ。捨てるのはもったいないし。よかったら持って行ってください〟

覚えているよ、と誓は言った。

「賢ちゃんがやたらブランド物をプレゼントするようになったのは、あのディオールの口紅がきっかけだった」

「誓、似合ってたよ。お前は目が鋭いから、ああいうオレンジのやわらかい色はきれいだし、なにより、美しいなと思ったんだ」

「口紅くらい、と軽い気持ちで受け取ったのが、闇落ちのきっかけだったんだね」

いちいち口に出されて腹立たしい。事実ではあった。

「心の中でずっとお前のことを汚いと思っていた。ディオールの口紅をつけたお前が俺のをしゃぶるのを眺めるうちに、大衆店のソープ嬢から、高級コールガールくらいにはなったかな、と思えた」

高級品をまとえば、どこの馬の骨かもわからない誓もそれなりに見える。

「お前には高貴でいてほしかった。俺はお前を軽蔑したくなかった……！」

だから受け取り続けてしまった。花岡からの贈り物を。

〝奥様に〟

〝奥様のために〟

〝奥様にどうぞ〟

数千円の口紅一本が、気がつけば数十万円するブランドバッグになっていった。

ヤクザは常にマル暴刑事の心の闇を探り、取り込もうとしてくる。自分にはなんの汚点もなかったのに、誓のせいで弱みを握られた。

「花岡とは蜜月だったんでしょう。なぜ撃たれたの」

「命を狙われているから警察の警護をつけてほしいと花岡から頼まれたんだ」

吉竹組の分裂をきっかけに、花岡は小林を消してベトナム人搾取で得たシノギを独占しようともくろんでいた。うまくいかず、却って小林のバックにいる本家吉竹組から狙われることになった。刑事である賢治を頼ってきたのだ。警察で守ってくれというわけだ。三月の話だ。

「花岡を特別待遇なんかできない。俺との関係がバレる。断ったら、これまでのことをバラすと脅してきやがった」

誓が目をひん剝いて、身を起こそうとした。

「三月の時点で、和グループホールディングスを舞台にした代理戦争が始まっているのを知っていたの？　知っていて、ほっといたの!?」

「確かにマル暴刑事としては飛びつきたいネタだった。だけど花岡を保護したら、やつは他の刑事と接触することにもなる。万が一、関係がバレたらと……」

銃撃の前日、花岡は興奮した様子で電話をかけてきた。頼むから一刻も早く保護してくれ、お前も巻き込まれているんだぞと言った。あの晩の会話を思い出す。あれが、花岡と交わした最後の電話だった。

〝それは脅しか。俺は金品を受け取っただけだ。抗争には関係していないぞ〟

〝違う、お前もすでに巻き込まれているんだ。お前の自宅に届いている怪文書だよ、奥さんと向島春刀の不倫を告発する。あれを送りつけていたのは――〟

電話はそこで切れてしまった。

賢治は、自分の銃撃事件の背後に大きな力が働いていると思っている。花岡はあの電話の翌日に、賢治を撃った。確かに口論はしたが、白昼堂々と銃撃されるほどもめてはいない。花岡にそんなことをする利点がないのだ。

前日の電話の様子から、花岡は怪文書の送り主が誰だかわかった様子だった。だが銃撃事件後に口封じされている。あの電話の向こうに、小林と黒幕がいたのではないか。その人物にそそのかされて、賢治を銃撃したのではないか。

「アホンダラ！」

突如、妻に罵られる。透明のミノムシのような恰好をしていても、迫力がある。

「抗争が始まりつつあると知っていて保身のために隠していたんか。あんたは最低最悪の闇落ち刑事やな。車椅子になってまでヤクザ側に加担して警察の捜査を翻弄する。あんたの正義はどこへいったんや！」

正義という言葉を真正面からぶつけてきた誓に、賢治は噴き出してしまった。そんな言葉を真面目に掲げる警察官はただの理想主義者だ。警察官として大事なことは正義を貫くことではない。手柄を上げ、階級を駆け上がり、市民や部下から尊敬されることだ。頭の悪い熱血刑事とは議論するだけ無駄だ。話は済んだと、賢治は海竜に合図しようとした。

「あんたは正義の警察官にも任侠ヤクザにもなりきれない、ただの中途半端なチンピラやな」

賢治は誓を睨み下ろした。

「官舎のあんたの部屋を見て、もっと早く気が付くべきやった。なんやねんあの自己啓発本しかない本棚は！　あんたは暴力団を知ろう、理解しよう、勉強しようと努力したことがあるんか？」

「マル暴講習で必要なことは習った」

「状況は刻々と変化しとんのやで。暴力団をどう抑え込み対策するか、頭をひねったことがあったんか？　あんたがこだわっているのはいっつもいっつも肩書やないか！」

「それ以上に大切なものがこの世にあるか？　人から尊敬され、一目置かれたいと考えて努力することのなにが悪い」

「なるほど」

誓が笑ったが、泣いていた。

「闇落ちは私がきっかけだったかもしれない。でも車椅子になったことで自省するどころか、そこからどうやってかっこつけて生きていくか、それしか考えていなかったんだね」

感情が冷めたのか、言葉が標準語に戻った。余計に屈辱的だ。賢治は誓を八つ裂きにしてやりたいほど憎いと思った。海竜を見て頷いた。

海竜は非常口を開けて、なにかを抱えた若い衆を部屋に引き入れた。ブルーシートの上に運び込まれてきたのは、裸のマネキンだった。ニセ理学療法士が大きなポリ容器を三段に重ねて運び入れてきた。バイオハザードマークがついている。感染性廃棄物を密閉する容器だ。横たえたマネキンの脇に並べながら、「やっぱり一箱じゃ足りないな」と独り言を言う。再び電話をかける。出前を注文するみたいに「念のためあと一つくらい」と言う。

最後に持ち込まれたのは、チェーンソーだった。海竜が受け取り、早速、エンジンをふかす。なにが始まるのか。なにをされるのか。恐怖からだろう、誓が喉を枯らして悲鳴をあげる。チェーンソーの稼働音でかき消された。

「賢ちゃん、お願い助け……」

散々自分を罵った女の命乞いに、賢治は笑いが止まらない。

「お前、向島とデキてたんだろ」

痛みと屈辱で懲らしめてやる。

「車の中でいちゃつきやがって。遅くまで捜査していたふりして、向島と逢引していた」

誓は違うと否定する。

「腕がなくても、勃てばなんでもいいってわけか。このクソ女」

嬉しそうな声をあげたのは、海竜だ。

「向島は決死十四人衆の一人だぜ。女にはなびかないって聞いた。俺はいま、向島の女と遊んじゃってるわけー」

海竜は少年のように目を輝かせ、マネキンの乳房を二つ、削り落とした。感染性廃棄物の容器に詰める。次に切断したのはマネキンの足の指だ。

「マネキンの足の指はくっついちゃってるから面白くないけど、実際は一本一本、ドスで切断していくからね」

感染性医療廃棄物の箱の底に、マネキンの足の指を入れる。切り取ったマネキンの乳房の隙間を埋めるよう、折った手の指も入れた。鼻を削り、耳を削ぐ。底から隙間なく、詰め込んでいく。昔話をしながらだ。

「体重百キロの巨漢をバラして、四十リットルの感染性医療廃棄物容器、四つに収めたことがあるんだ。親分に褒められたよ。普通はその倍は容器が必要なんだ。量が多けりゃ多いほど、協力してくれるお医者さんに迷惑がかかっちゃうでしょう。バレやすくなるし」

闇医者とのパイプがあるヤクザは、バイオハザードマークの入った感染性廃棄物の箱に入れて死体を処理する。それは病院を通して、専用の廃棄物処理施設の焼却炉に搬送される。汚染物質だから、誰にも中を検《あらた》められることなく、箱ごと燃やされる。

こうやって彼らは何人もの人間をこの世から消してきた。

「箱の数は少ないに越したことはない。これは俺にしかできない技なんだ」

海竜は誇らしげだ。

「この点だけは、俺を殴ることしかしなかった父親に感謝だよ。おもちゃが少しでも散らかっているとゲンコツだ。おもちゃ箱からぬいぐるみがはみ出ていても、トミカやレゴがかさばって蓋が閉まらなくても蹴り飛ばされる」

海竜は幼少期、箱の中に緻密に物を詰め込んでいかないと、生き残ることができなかったとよく話していた。いまは立体パズルでも楽しむように、マネキンをバラバラにして感染性廃棄物の箱の中に詰め込んでいった。四十リットル入りのケースを二つと半分で詰め終えていた。

「ぎゅうぎゅうに詰め込めば、二箱でいけるかも」

さあ本番だと海竜は立ち上がった。若い衆が感染性医療廃棄物の箱の中身を、そこらにぶちまける。傍らのガラステーブルの上に刃物が並んでいた。海竜はドスを取り、誓の脇にしゃがみこんだ。

「まずはおっぱいからね。邪魔な突起物から削り取っていくのが、隙間なく箱に詰め込むコツだよ」

若い衆が誓の頭と足を押さえつける。胸元のラップを海竜がドスで切る。誓のたわわな胸がこぼれ落ちた。誓は悲鳴を上げた。

「お父さん！　お父さん！　お父さん！」

天国に向かって叫んでいるのだろうか。海竜が誓の右胸をわし掴みにし、つけ根に刃を押し込んだ。血が溢れ、耳を切り裂くような悲鳴が響いた。

賢治は歓喜で体が震えた。自分を陥れプライドをずたずたにした女が、恐怖に泣き叫ぶ絵面を見て、心が晴れやかになっていく。

この先、行方不明になった女マル暴刑事の夫として、失踪当日のことをどう説明するか。どうやって悲劇の夫を演じようか。血のショーを楽しみながら、様々なシミュレーションを始める。

耳をつんざく大きな音がした。眼前の扉がへこみ、ドアノブが動いた。

賢治は無意識に車椅子のストッパーを外して、車輪を摑んだ。

また大きな打撃音がした。部屋が静まり返る。目の前の扉に穴があき、ドアノブが外れかける。三度目の打撃がある。ドアノブが外れた。その丸い穴から、大槌と複数の人影が見えた。

海竜とニセ理学療法士はすでに非常口の扉に手を掛けたところだった。誓の体を押さえつけていた若い衆も逃げようとしている。

非常口の鉄扉が開かれた。赤と黒のベストを着用した刑事が二人、待ち構えていた。

「警察だ！」

ニセ理学療法士は刑事二人に取り押さえられた。海竜はもみ合いの末に刑事の顔をドスで斬りつけ、逃げていく。待て、とマル暴刑事たちの怒号が響き渡る。

賢治の目の前では、ドアノブが外れた扉が全開になっていた。

ハイヒールの裏側が見える。

藪が警棒片手に突っ込んできた。警棒を賢治に振り上げたが、直前で止めた。殴る価値もないと思ったようだ。ハイヒールの足で、車椅子ごと賢治を蹴り倒した。賢治は床に後頭部を打った。カテーテルの尿袋を潰してしまい、中身が漏れた。

賢治は自分の尿にまみれながら、床に這いつくばり、捕り物を見ているしかなかった。

乗鞍が抵抗するニセ理学療法士の上に馬乗りになり、殴りつけている。逃げ遅れた若い衆が次々と床に叩きつけられ、後ろ手に手錠をかけられていく。

藪は誓を助け起こしていた。

「救急車！　ひどい血だ」

誓の右乳房を抉ろうとした切り傷が生々しく血を垂らしていた。

「誰か清潔なタオルを持ってきて！」

藪がハンカチを強く押し当て、止血している。誓は恐怖からか、過呼吸になっていた。全裸の体はすぐさま刑事たちが持ちよってきた毛布に包まれる。だが誓は毛布の中でもがいていた。藪にラップを切ってもらい自ら体に何重にも巻き付いた業務用ラップを外していく。

「落ち着いて、息を吐いて……！」

誓が藪の言う通りに息を吐き、呼吸を整えていった。藪は涙を浮かべて誓を毛布ごと抱きしめている。

藪の肩越しに、誓と目が合った。

誓が毛布の隙間から手を伸ばし、藪の腰をまさぐり始める。藪が身を引いて、なにごとかと誓の顔をのぞきこんだ。誓は無言のまま、藪の帯革から手錠を取った。右乳房から伝った血で、彼女の右腕に一本の赤い筋ができていた。右腕を動かすと痛むはずだが、歯を食いしばっている。毛布を全身にまといながら、四つん這いになって手錠を持ち、賢治のところへ近づいてくる。

新人として入ってきた彼女のことを、かわいいなと思ったのが最初だった。まぶしいなとも思った。頭がいいし度胸があるとも思った。ベッドの中では従順でとてもいとおしかった。ある瞬間から汚らわしくて嫌悪と憎しみしかなかった。

いま賢治は、誓が怖い。血塗れの手が伸びてくる。妻に手錠をかけられた。

＊

毎晩、向島が夢の中で誓に会いにきてくれた。夢の中で、向島は義手をつけていた。

「左腕がないと目立つから」

誓と二人でささやかに暮らしているのがバレるから。誓と向島は夢の中で、東南アジアのどこかの湖畔のコテージで暮らしている。誓は新婚旅行のハワイ以外に海外へ行ったことがないが、夢に出てくるそのコテージは湖畔に沈む夕日が美しい。バルコニーにハンモックがある。とても暑い場所だが、日が沈むと鳥の声がして涼やかな風が吹く。

かつて父が国外逃亡したヤクザを追ったカンボジアだ。トンレサップ湖畔のコテージに隠れていた。

〝家族旅行で来たかったで。ええところや。誓にあの夕日を見せてやりたいわ〟

父が国際電話で誓にそう話したのは、小学校五年生のときだっただろうか。写真をたくさん撮ってきてくれた。

誓は写真でしか見たことがない町で、向島と一緒に暮らしている。彼はいつもバルコニーのハンモックでうたたねをしていた。誓は左腕の義手を外してやる。

いつもそこで、目が覚めてしまう。

眩しいほどの白い天井が、誓を現実に引き戻す。誓は入院している。殺人未遂事件の被害者だ。

拉致されるときにニセ理学療法士に殴られ、頬骨にひびが入っていた。右乳房の脇に五センチの裂傷を負っている。傷は治るだろうが深く、十針も縫った。全治三か月と言われている。

あれから一週間経った。

海竜を含めて三人が現場から逃亡したが、うち二人は監視・防犯カメラのリレー解析で発見、逮捕している。海竜だけが見つからない。単独で逃亡しているのか。八王子双竜会は組長以下三十名の組員の殆どに逮捕状が出ている。組長にまでワッパがかかったのに、海竜は逃亡したままだ。ここまで大騒動になると上部団体である関東吉竹組の泉組長の逆鱗に触れるだろう。すでに消されたかもしれない。

誓はすでに辞表を出しているし、被害者だからか、海竜の逃亡についてあまり詳しい話を教えてもらえてはいなかった。

藪をはじめ警察は、誓がフラッシュバックに苦しめられていないか心配しているのだ。どうしてか、誓は毎晩熟睡している。明け方には向島と異国の地でひっそりと暮らしている夢を見て、癒されている。

むしろ、留置場にいる賢治の方が震えているらしかった。彼は毎晩のように悲鳴をあげるのだ。取調室では、「妻に復讐される夢を見る」とめそめそ泣くそうだ。

病室には看護師と女医くらいしか来なかった。取調べも始まっていない。男性は勿論のこと、他に十名ほどいる女性マル暴刑事が顔を出すこともなかった。来るのは藪だけだ。

今朝も藪は九時の面会開始時間ぴったりにやってきた。

「おはよう」

「おはようございます」

「おっ、今日はますます元気そう」

　自然と笑みがこぼれた。頬骨はまだ痛い。

「昨日は眠れた？」

「熟睡です」

　本当、と藪は疑わしい目だ。

「もしかして睡眠薬を出してもらっている？　マイスリーは中毒になるから気を付けて」

　捜査に行きたいだろうに、藪は朝から晩まで病室にいる。誓と病院食を一緒に食べる。誓と二人で一緒にテレビを見たり、スマホゲームをしたりする。聴取のタイミングを計っているように見えた。

「自分を取り戻すにはかなり時間がかかるだろうと思うけど、気長にいこうね」

　藪がテレビをつけながら、言った。

「取り戻す自分って、なんですか」

　誓は無意識に尋ねていた。藪の手が止まってしまう。

「取り戻すべき自分なんて、ないです。もともとなにもなかったのに」

「誓」

　藪はテレビを消して、ベッドの脇にある椅子に座った。

「あの日の話、してもいいかな」

「いいですよ。あいつらを法で裁いてください。私は証言しますし、戦えます」

　藪は少し考えこんだあと、身を乗り出した。

「誓ちゃんがされたことの前に、突入した私たちの話をしていい？」

誓は頷いた。

「私たちがあの日、どうしてノーマークだった錦糸町リハビリセンターに辿り着けたか、わかる？」

「私は闇落ち刑事です。監視がついていたのかと」

「違う。向島だよ。あいつが通報してきた」

誓はその名前を聞くだけで、胸が締めつけられる。みるみる目に涙が溜まっていくのを感じた。

「あんたが心配で、ずーっと前から、監視をつけてたみたいよ」

知らなかった。熱い想いがこみ上げる。拍動が早くなる一方だ。

「あの日はなかなかリハビリセンターから出てこない。診療時間が終わっても、誓と賢治と、賢治を担当しているやつらだけが出てこないまま、入口のシャッターが下ろされた。監視していた若い衆がなにかあると向島に一報を入れた。向島はヤクザだ。大事なあんたになにかあったとわかったら普通は日本刀やけん銃を持って手下を引き連れて殴り込みに行く。でもしなかった」

通報して、警察が解決するのを歯噛みしながら待っていたらしい。

「あんたが辞表を書いたことを知らなかったんだね。あんたのマル暴刑事としての立場を守りたかったんだと思う」

誓は嗚咽が漏れそうになり、両手で顔を覆った。

「向島は小林の件であんたに守ってもらったから」

誓は認めていないのに、藪はそう結論づけている。

「マル暴刑事のあんたの目の前で、血みどろの事件を繰り広げるわけにはいかなかったんだ」

ヤクザのメンツを捨てて警察に通報してくれたのか。

「向島は私の隣でじっと奥歯を噛みしめて、コンクリートマイクの音声を聞いてた」

中でなにが起こっているのか、壁に取り付けたコンクリートマイクで探り、突入のタイミングをはかっていたのだろう。そのための機材を置く前線本部は、隣のビルに入っていたカラオケ店に設置されていた。

「あの人、中の音声を聞いていたんですか」

誓が虐待されている音声を……。

「私の隣にいたからね」

「前線本部にヤクザを入れて大丈夫だったんですか」

「彼はあの場では情報提供者だよ。八王子双竜会の本部があそこにあったことは知らなかったけど、賢治が闇落ちして花岡と繋がっていたことは知っていたみたい。突入のタイミングを計るためにも、向島の情報が必要だったから、前線本部にも入れた」

誓は胸が苦しくなった。藪らが駆け付けたときにはもう暴行は始まっていた。ちょうど、賢治が闇落ちした経緯や花岡との関係を赤裸々に語り終えた直後だった。

「突入のゴーサインを出すタイミングが本当に難しかった。コンクリートマイクを設置した時点では賢治の告白しか聞こえなくて、誓ちゃんへの暴行が始まっていると気づけなかった」

藪は声を震わせながら言った。マネキンをバラバラにする音だけでは、なにが起こっているかわからなかっただろう。現場に散らばる細切れにされたマネキンを見て、初めて誓がされようとしていたことが判明したはずだ。

「お父さん、って叫んでたね」

無意識だった。「お父さん」と三度、喉が枯れるほど叫んだ。

「向島はそれを聞いて、態度を豹変させた。それまでは感情を押し殺して警察に協力していたのに、早く突入しろと乗鞍のネクタイを掴み上げた。殴りかかる寸前だった」

誓は溢れる涙を必死に手で拭ったが、追いつかない。

「誓。取り戻すべき自分がないなんて、言わないで」

藪までも泣いていた。トートバッグから一枚の鑑定結果を出した。

いつの間に調べていたのか——藪の用意周到さに、誓はあきれ果ててしまう。

「向島が二〇〇五年に犯人蔵匿罪で逮捕されたときのＤＮＡ型データと照合した」

「私のＤＮＡはどうしたんですか」

「あんたの煙草の吸殻」

藪に、闇落ちを厳しく咎められたとき、強引に唇に煙草を押しつけられた。誓を冷静にさせるために煙草を吸わせたのだと思っていた。吸い口の唾液のＤＮＡを採取するためだったのか。

「藪さんはそのときから気がついていたんですか」

誓は、ＤＮＡ鑑定結果を手に取った。


向島と誓。

親子である確率、九十九・九九パーセント。

「だってよく似ているんだもん。あんたたち」

誓はまた涙がこぼれた。

「向島の、狂おしいほどに誓ちゃんを守ろうとする姿は、父親そのものだったし」

藪がティッシュを三枚連続で取り、洟をかんだ。変な音が出る。誓は笑ってしまい、ほんの少しだけ、元気が出る。

「気づいたきっかけはなんだったんですか」

「私はあんたの相棒だよ。朝から晩までずっと一緒にいて嫌でもあんたのことが目に入って来る。一方で私は向島一家の担当として総長の顔や表情、一挙手一投足、全て頭に入っている」

まさに藪だから気がつけたと言えるかもしれない。一方で、賢治は気がつかなかった。怪文書にミスリードされたこともあるだろうが、誓のことを真に見ていなかったせいもあるだろう。

「特に、眉間にしわを寄せるときがよく似ているのよ。二人とも、右の眉頭が下がって左が上がる。ムッとしたときはその状態でぎろりと睨む。そっくりだった」

誓はまた泣いてしまった。お父さんに似ていると言われることが、こんなにも嬉しい。自分と顔が似ている親が存在していて、その人が心から誓を愛してくれていることが、誓に力を与えてくれる。

「もしかしてと思っていたときに、あんたと向島の大阪密会事件が起こった」

ホテルで一晩中なにをしていたのか、改めて問われる。誓は正直に答えた。

「あのとき、父親なのか初めて確かめたんです。向島は認めましたが、母親は誰なのか、なぜマル暴刑事のもとに養子に出したのか、どれだけ問いただしても話してくれませんでした」

「男女の関係になっていたわけじゃなかったのね」

「当たり前です。あの人は酔った私に耳までブランケットをかけて、遠くのソファでぼそぼそしゃべるだけでした」

藪が質問を続ける。

「誓ちゃんは、いつ気づいたの」

「――関東吉竹組にカチコミしたときです」

「それって初対面でしょう？」

せい、と呼ばれたのだ。

「あの人も驚いて、ついうっかり、娘の名前を呼んでしまったみたいです。私は夫の銃撃で頭に血が上っていたから、向島をガシガシ責め立てちゃいましたけど――」

ドーベルマンを連れている左腕がない男を前に、不思議と、恐怖を感じなかった。

「がなりたてればたてるほど、あの人の眉毛が困ったように下がっていくのを見て、なんていうか――」

愛情を。頭ではなく心で感じた。

「極めつけは、夏休み中に本家吉竹組の総本部に入ったあとの出来事です」

車の中で言い争いになった。

「結局、向島は怒るのをやめて、困った顔のまま、私の口に入った髪の毛を、指でひょいっと取ったんです」

娘の身の回りのこまごましたことに気を配り、なにかあれば取り除いてやる――父親らしい動作だ。

「また関西までわざわざ飛んで、向島を呼び出したのはどうして？」

「本当の父親なら、無理難題を言ってもすっ飛んできてくれるだろうなと思ったら、案の定でした」

藪は少し微笑む。

「向島は娘に首ったけというわけね。叱ることはあっても、拒絶はできない」

あの晩の向島は、フックや関東吉竹組との交渉で、小林の首を刎ねると決断したところだった。

「事務所に小林の身柄を持ってきて殺るか殺るまいかの大きな局面で、娘のあんたが『大阪に来て』と甘ったれてきた。普通は断る。でも向島は飛んで行った」

誓は心がねじれるほどに痛んだ。

「愛情深いお父さんです」

「やっと認めたね」

藪が目を細めて、いじわるに、誓を見ていた。

「やっぱりその時点で小林は事務所にいたんだね。事務所に突然現れたモデル風の女は女装した小林だった。向島はずっと小林を匿っていたことになる。犯人蔵匿罪と殺人未遂罪は確定的だ」

誓は慌てた。

「向島にワッパをかけますか」

「その前に、誓。ひとつ確認させて」

藪が身を乗り出した。

「取り戻すべき自分はちゃんといるでしょう。向島が誓ちゃんにしたのと同じことを、桜庭刑事もしたはずだよ」

誓はハッとして、藪を見つめた。

「だから向島の行動が父親のそれだとわかるんだよ。桜庭刑事から父親らしい愛情を注がれてこなかったら、向島の愛情もわかんなかったはずだよ」

誓はじわじわと涙が溢れた。『養子』という文字を見てから全く思い出せなくなっていた、父親との記憶が数珠繋ぎになって蘇る。手を繋いで歩いた大和川の土手道で、段ボールが擦り切れるまで一緒に滑って遊んだこと。八尾の北壕で水鳥に水を引っ掛けられて泣いた誓の顔を、ハンカチでごしごし拭いてくれたこと。生駒山登山道でおしっこを漏らしてしまった誓の下着とズボンを洗い、お腹から下をタオルで巻いて「女の子だから誰にも見られちゃだめだ」とずっと抱っこして下山してくれたことも、思い出した。

藪が誓の手錠と警察手帳を、ベッドテーブルの上に置く。

「戻っておいで、誓」

誓はうつむき、首を横に振った。

「私はヤクザの娘です」

「私しか知らない。絶対に秘密は洩らさない。頭の固い乗鞍にも報告しない。上層部に知られたら、あんたは警察にいられなくなるから」

「しかし父の名に恥じる行為をしてしまいました。向島を守ったんです。私は闇落ち刑事です」

「それは賢治だ。あんたはマル暴刑事のプライドをかけて、向島のワッパを見送ったにすぎない」

　藪が突如、断定するような言いぐさになった。

　病室の空気が一瞬で張り詰める。

「……なんの話ですか」

「あんたは吉竹組分裂抗争を阻止するため、向島の逮捕を一旦見送った。そうでしょ？」

　有無を言わさぬ調子で藪は言った。その目が狡猾そうに鋭く光る。誓はなにも言えなくなった。見えない手で藪に口を塞がれているようだった。

「吉竹組の分裂抗争はもう始まっている。双方に顔がきく向島を、小林のような雑魚のためにブタ箱に入れるわけにはいかない。娑婆にいて動いてもらわなきゃ困るんだ」

　殺人未遂の罪を握りつぶした誓の行為を、親子愛から来るものではなく、いったん逮捕を見送り泳がせている――という体裁にするつもりのようだ。

「しかも向島は娘のあんたにメロメロだ。あんたに強く言われると身を引く。小林の身柄を渡したんだから」

　いま暴力団界隈でなにが起こっているのか、誓なら向島から情報を取ることができると藪は言いたいのだろう。

　藪に肩を摑まれる。

「誓ちゃん。あんたにはヤクザの血が流れている。危なっかしい行動は多いけど、全て捜査のため、誰かの命を守るための行動で、決して私利私欲や情のためじゃない」

ついさっきまで誓と向島の親子愛にもらい泣きしていたのに、藪はいまそれをきっぱり否定した。いや、捨てろと言っているのだ。

「ヤクザの血が流れ、その思考を細胞レベルで理解しているからこそ、フックが立てこもったときに、向島の行動の裏にあった真実を誰よりも早く見抜いて、小林を殺害させずに済んだ」

藪の指が、誓の肩に食い込んでいく。

「吉竹組の分裂抗争を鎮めるには、誓ちゃん、あんたが必要だ」

誓は目を閉じた。原風景――父の書斎が浮かぶ。暴力団から一般市民を守るため、なんとしてでも暴力団の犯罪を阻止しようと奔走していた父の、書斎。

異国の地の湖畔のコテージで、向島の左腕の義手を外してやっている夢が、一瞬だけ蘇る。これは夢ではなく願望だった。

警察を辞めて、お父さんと一緒に暮らす――いま改めてその現実感のなさに気づく。

ただの夢物語なのだ。父、桜庭功が誓に残したあの原風景には、どうしても勝てない。

そして目の前の女が、それを許さない。

「誓。あんたは向島が父親だから逮捕を見逃したんじゃない。泳がせるために見逃した。いいね？」

強く何度も迫る藪の言葉の裏に、もう一つの意味を感じ取る。

――もう二度とヤクザに同情するな。父親であろうが、同じ血族であろうが。

「わかりました」

誓は警察手帳を、手に取った。ロッカーを振り返り、ベッドから足を下ろす。右腕を動かすと胸元がちくりとしたが、痛み止めが効いているうちは歩くことはできる。

「もう行きましょう、藪さん」

「でもまだ傷口が――」

「まだ事件は全てが解決したわけじゃない。三つもわかっていないことがあります」

藪が重々しく頷いた。

「花岡が夫を銃撃した理由がよくわからないこと」

「確かに。賢治は、花岡は誰かに指図されていたようだと言っていた」

「つまり夫の銃撃事件にはまだ黒幕がいる。海竜の行方もわかっていないし、それから夫に送りつけられた、私と向島の不倫をでっちあげた怪文書も誰の仕業かわかっていない」

夫の供述によると、消印は霞ヶ関郵便局だったという。誓がブラウスに着替えるのを横目に、藪が説明する。

「怪文書の件に付随して、もうひとつ、あんたに教えておかなきゃいけないことがある」

誓は手を止めて、藪を見据えた。藪の声がとても低くなる。

「あんたにはずいぶん前から、本家吉竹組系列のヤクザの尾行がついている」

誓の脳裏に、アロハシャツを着た妖怪が思い出される。まるで分身の術のように瓜二つの人間が並んでいた。

誓は全身から血の気が引いていく気がした。

「海竜をいますぐ見つけなきゃ」

無意識に呟いていた。嫌な予感がする。藪は戸惑った様子だ。

「早く手を打たないと、更なる激しい抗争に発展するかもしれません」

――私の血が、騒いでいる。

なんとしてもそれだけは防がなくてはならない。ヤクザの父が奔走していたように。そしてマル暴刑事の父のように、血眼になって。二人の父の名に懸けて、誓は抗争から東京を守る。

終章

大阪市天王寺区は九月末の今日は曇天だ。雲が不気味に瓦屋根の上に群がっている。

向島の目の前で、本家吉竹組総本部の観音扉が開く。警備の者が三名、待ち構えていた。向島は匕首《あいくち》の入った風呂敷包みを渡した。警備の者が中身を検める。

「ドス？　なんのためや」

「親分に聞いてください。板は持ってきていませんが」

匕首にまな板、この二つがそろってヤクザがすることといえば、指詰めしかない。

「まあ、こっちで準備しますわ」

一歩中に入る。扉が閉まる音を聞きながら、万歳した。断絶した左腕から、ワイシャツとジャケットの裾が垂れた。匕首を出したからだろう、警備の者は他に光り物が出ないか入念にボディチェックする。下半身から膝、足首までパンパンとはたくように触った。股間を握られる。黙って耐えた。

「あんた、警視庁の女マル暴、これで手なづけたんやて？」

殆どの組員は向島と誓の親子関係を知らない。知っているのは双子の組長と事務局長の水本だけだ。それは警視庁も同じだろう。一部は向島と誓が愛人関係にあると勘違いしたままだ。

誓は離婚した。一週間休んだだけで、桜庭誓として警視庁のマル暴刑事に復帰した。海竜の行方を血眼になって捜している。

向島の股間を触っていたヤクザの頭を、水本がはたいた。

「やめんかい。かりにも向島一家の総長やぞ」

「そうですけど」

「すまんのう。親分が待っとる」

水本が、向島が持参した匕首を預かった。

「今日エンコ詰めすんのか」

「誓がご迷惑をおかけしたことの責任をまだ取っておりません。お願いしていいですか」

向島は片腕がないので、指詰めは誰かに頼まないとできない。

「例の、柱の傷か」

水本は肩を揺らして笑った。

「親分らはあの傷を見るたびに、せいくらべの童謡を歌って笑っておったがな」

「穏便に済ませて頂けるのなら幸いですが。念のため」

「あの娘は肝が据わっとる、気に入った、さすが向島の娘やと。あっぱれという感じやった」

「そうでしたか」

正直、指詰めはしたくはない。左腕がない上に、右手の指が四本になったら、日本刀をまともに振ることはできなくなる。ピストルの照準も合わなくなるはずだ。

別にそれでもいいような気がした。

人を殺そうとしているところを、娘に見られた。それがなによりショックだった。背中の墨も、娘にだけは見せたくなかった。もう誰も殺したくない。殺されても構わないから、殺したくない。

飛び石のある前庭を抜けて、引き戸の玄関の中に入る。革靴を脱ぎ、靴下も脱いだ。靴下の中に凶器や毒物を隠していないかの確認のために毎度脱がされる。毎日若い衆がピカピカに磨く廊下の床が靴下だと滑るので、向島は率先して脱ぐ。万が一のときは重心を落として足をふんばる。左腕がない向島にとって、両足は第三の手なのだ。人を殺すときは必ず足も使う。

だがその万が一に備える必要も、もうないような気がする。

娘と再会したことで、向島はヤクザとして終わった。小林を殺しきれなかったこと、娘の温情に甘んじて殺人未遂の罪を逃れ、銃刀法違反で罰金を払っただけで済ませてしまったこと。全て任侠道に反する行動だ。

自分は小林を殺るつもりだったと自首するべきだった。だが自分をかばった誓の顔に泥を塗ることにもなる。どうにももどかしい思いをしていたところで、誓が錦糸町リハビリセンターから出てこないと若い衆から知らせを受けた。

娘がなにかに巻き込まれているのに、刃物も銃器も持たず、スマホを出して藪に電話をかけた。そんな父親の自分を、ヤクザの自分が冷ややかに見ていた。

娘を前に、もはや向島はヤクザではなくなった。四十年近くも心をゆだねてきた任侠道を捨ててしまった。なにかあれば警察を頼り法の下の裁きを願う、ただの父親になった。

盃を交わした子分たちの今後を考えなくてはならなかった。ヤクザとしてはこれからが勝負だったが、もう終わりだ。

向島は誓にかばわれ、誓を痛めつける輩に日本刀を振るうことをせず、警察に託したその瞬間から、任侠道から転落したも同然だった。
いや――二十八年前のあの日、生まれて初めて自分と同じ血が流れている生き物を目のあたりにしたあの瞬間から、ヤクザとして生きられなくなるカウントダウンは始まっていたのだと思う。たかだか十八の若造だった。別れの際に両腕で優しく娘を抱きしめてやることしかできなかった。もう二度と、自分と娘の人生が交わることはないと思っていた。

奥の院に通される。娘がつけた柱の傷に、勝手に目尻が下がってしまう。

向島は下座に座り、右手をついて、深く頭を下げた。

水本が若い衆に向島の到着を告げて、上座のすぐ脇にあぐらをかいて控えた。匕首を目の前に置いている。

襖が開き、矢島勇と進が順番に入ってきた。若い衆が、金糸で代紋が刺繍された分厚い座布団を敷いて、出て行った。

今日はそろって和服姿だった。二人はその上に同時に腰を下ろし、あぐらをかいた。

「よお、向島。東の方のゴタゴタは落ち着いたか。娘の加減はどうや」

向島は答えなかった。

「警視庁の女マル暴をヤろうとするなんて関東は怖いのう。ましてやあの桜庭誓を、やろ」

「お前が左腕を落としてまで守った赤ん坊に、なんてことをするんかのう。笹の代紋を勝手に掲げた関東吉竹組とやらを、許せんな」

勇と進が次々に言った。向島が誓に、母親のことや養子に出されるまでの経緯を話さなかったのは、向島が左腕を落とすに至る経緯を話さねばならなかったからだ。娘の命と引き換えに左腕を落としたと、口が裂けても娘には言わない。あの子はきっと嘆き悲しむだろうから。

向島は改めて額を畳に擦りつけた。誓が八王子双竜会にされたことをここでは話したくないし、思い出したくもない。

「改めまして、我が娘がこちらに赴いた際には無礼を働き、大変申し訳ありませんでした。つきましては――」

顔をあげて、水本を見た。水本が匕首を勇と進の間に置いた。

「エンコで許してもらえまっかということで、本人が道具を持参しとりました」

向島は覚悟を決めていたが、その時が近づいてくると思うと、右手の左指がちくちくと痛む気がした。

呆れたような口調で、勇が言う。

「向島。お前、あの娘のためにどれだけ体の部位を落とすつもりや」

「しかし――」

「左腕と引き換えに娘をなんとか生かしてもろたんやろ。今度はなんや。娘の無礼の帳消しのために小指を落とす言うんか」

進が続ける。

「お前、残り四本の指だけになるで。今後どうやって日本刀を握るんや」

引退する。

その言葉を口にしようとした。物心ついたときから任侠の世界にいたが、向島がここで生きていく以上に、娘が自分の居場所だと信じる場所で生きていくことの方が大事だった。

〝マル暴を生きる。これが私の人生です〟

言い切った娘に、向島は心から敬意と誇りを持っている。自分はもう後任を決めて極道を去る。娘に迷惑をかけぬように国外に出て、どこか物価の安い国で細々と暮らそうと考えていた。

例えば、カンボジアのプノンペンの湖畔にあるコテージとか。経営している韓国人マフィアとはいまでも交流がある。湖畔に沈む夕日をバルコニーから眺められる、美しいコテージだった。

桜庭刑事と会ったのはあれが最後だった。

〝あの娘《コ》に見せてやりたい〟

思わず口走った向島に、桜庭も頷いた。写真をたくさん撮っていた。二人の父親の総意だった。

誓が望むのなら、あの地で一緒に暮らせないか。失われた親子の時間を取り戻せないか。誓のためになんでもしてやりたいのだ。あのバルコニーにはハンモックがあった。うたた寝するあの子の髪をそっと撫でてやる。髪が口に入っていれば取ってやり、汗をかいていれば拭いてやる――。

ただそれだけを喜びに生きていくことを、向島はここ数日ずっと夢想していた。

思い切って今、口に出す。

「私は、引退――」

「向島よ」

遮られた。

「関東吉竹組との抗争はもう始まっとる。お前にはかつての決死十四人衆時代のように、日本刀を振るってもらわにゃ困るのだ」

　向島は唇を噛みしめた。この一年半、和解のために六本木と天王寺を行き来していた自分の苦労は、全く報われていない。

　花岡が死に、小林が逮捕された。代理戦争の手先にされたフックも捕まっている。これで和グループホールディングスを舞台にした抗争は手打ちだろうと思っていた。この双子はそんな気は毛頭ないらしい。

「決死十四人衆として、四代目のもとで拷問と暗殺を引き受けていた時代のことを思い出せや。ええ時代やったと懐かしんで、娘の成長に目ぇ細めとる場合やないで」

「せやで。お前はまだ四十六やろう。もっともっと活躍してもらわねば困るんや」

　向島は独立を保っている。関東にも本家にもついていない。これからもどちらかの肩を持つことは絶対にないのに、まるで双子は向島が本家につくような口ぶりだ。

　向島一家が本家についてしまったら、関東吉竹組は消滅するだろう。この双子のことだから、最後のひとりまで徹底的につぶしていくはずだ。何人消して来いと命じられるかわからない。血の宴が始まる。必ず一般人も巻き込まれてしまうだろう。

　余計な血は流さない。

　向島が関東吉竹組についた方が、力の拮抗でなにも起こらない可能性が高い。だが関東につくことはもう絶対にない。娘を凌辱した組の上部団体なのだ。

　向島はもう、引退するしかない。

　矢島勇と進が、同時に手を叩いた。

背後の障子が開いた。向島は振り返り、困惑した。

二人の若い衆が、亀甲縛りされた若い男を運んでくる。男は猿轡をかまされて、口からだらだらよだれを垂らしている。涙を流しながら、釣り上げられた魚みたいに暴れている。

向島の目の前に放り投げられた。乱れた長い金髪が涙と鼻水で顔に貼りつき、人相が見えない。

「顔がよく見えんようやで」

勇が言った。若い衆が、運ばれてきた男の顔にまとわりついた前髪をかきわけて、顔面をぐいっと向島の方に向けた。

目が合う。

向島は眼鏡をかなぐり捨てていた。胃の底が熱くなり、怒りの血が全身を駆け巡る。

関東吉竹組、八王子双竜会若頭補佐の海竜将。

娘を切り刻もうとした男だ。

海竜も向島を見るなり、真っ青になった。ますます暴れ始める。

「その男、関東吉竹組の息のかかった風俗店に逃げ込んでおったのを、拉致らせてここまで連れてきたんや」

警察は暴力団の事務所には監視を置いているが、息のかかった飲食店や風俗店までは二十四時間体制で監視はできない。人数が足りないし、昨今の働き方改革だなんだで現場から執念がなくなった。ヤクザはやる。敵対する組の関係先に若い衆を何日でも飲まず食わずで張りつかせる。命とプライドがかかっているのだ。警察官とは執念が違う。

「なんかしゃべりたいようやで。取ってやりいや」

　進が面白そうに肩を揺らして命令した。若い衆が暴れて逃げようとする海竜の上半身と頭部を押さえつけて、猿轡を外した。

「ごめんなさい、ごめんなさい……！」

　海竜はうつ伏せになり、向島に必死に謝罪した。

「知らなかったんです。向島さんの女だって、本当に知らなかったんです。知ってたらあんな目には――」

　勇が海竜越しに、なにかを放り投げてきた。白鞘の日本刀だ。それが滑り、向島の目の前で止まる。

「誓に取り上げられたんやろ？　お前のために刀工に一千万円で新調させたで」

　勇が言い、進が身を乗り出した。

「切れ味を確かめてみい、向島よ」

　向島はわき上がる激情を必死にこらえた。ここで目の前の凶器を手にしたら、向島の殺人未遂の罪に目をつぶり守った娘の苦労が台無しになる。いまここで感情に流され、この本家で双子の組長に従い、関東吉竹組系列のヤクザを手にかけるとなったら、確実に――。

　全面戦争が始まる。

「向島。好きなように使うたらええよ。スパスパとよう切れると思うでー。お前の身長、体重、腕の長さに合わせてこしらえた特注品やで」

「お前の大事な女の体に傷をつけたやつやからな。好きなように切り刻んでまえよ」

　海竜は芋虫状に拘束されてもなお、暴れていた。失禁している。

「ごめんなさい、許して。向島さんの女だって知ったときにはもう止められなくて――」

涙と鼻水でぐちゃぐちゃになった海竜は、唾液を飛ばして許しを請う。

あの日、この男に乳房をもがれそうになった娘の、断末魔の悲鳴をリアルに思い出した。

自分は外で歯を食いしばり、警察に協力していた。

後悔が押し寄せる。通報などせずに日本刀一本持って押しかければよかったのだ。そうすれば、娘をもっと早く救出できた。あの若く美しいなめらかな肌に、生々しい傷を負わせずに済んだ。

――お父さん、お父さん、お父さん！

向島は日本刀の柄を掴んでいた。強く上下に振り払って鞘を抜く。すぽんと抜けた鞘はするすると畳の上を滑り、誓が傷をつけた柱にあたった。

あの日、耐え忍んでいた自分の愚かさを、いま恥じる。

「誓は俺の女じゃない。娘だ」

向島は裸足の足で海竜の額を踏みつけて押さえた。日本刀を一旦空中で放し、逆手で下向きに持ち替えた。

海竜の頭を足で横向きにさせ、その鼻に日本刀を突きたてた。

「ぎえええええ！」

日本刀は畳に突き刺さった。手を離す。ピーンと背伸びしたように、海竜の眼前で日本刀が揺れる。

海竜の鼻がぽろりと畳に落ちた。顔の中央から血が噴き出す。海竜は恐怖と激痛に絶叫し、身体をうねらせる。

鼻があったところから蛇口をひねったように血がだらだらと溢れてくる。更に強く足で海竜の顔面を踏みつける。海竜は首から下をうねうねとのたうち回らせていた。

勇は手を叩いて歓喜の声を上げ、進は腹を抱えて笑っている。

向島は日本刀を逆手から順手に持ち替えて、畳から抜いた。初めて手にしたとは思えないくらいしっくり馴染む。切先を海竜の左こめかみの少し上、髪の生え際に食い込ませた。柄を握る手に力を込めながら、缶詰を開けるみたいに、ざくりざくりと耳の脇に向かって皮膚を切り裂いていく。日本刀の先が頭蓋骨を削る音が聞こえてくる。ゴリ、ゴリ、という不気味な振動が鞘を握る手にも伝わってくる。向島がなぞるあとにそって、海竜の顔面に赤い血が線となって膨れ上がっていく。

「あああ、あああ、あああ……!!」

海竜は恐怖と激痛で「あ」しか言うことができないようだ。

顎まで切ったところで、向島は日本刀を捨てた。懐から、指詰めのときに使う予定だった手ぬぐいを出す。右手に巻いた。海竜の左耳の脇からあごにかけてパックリと皮膚が割れ、血が溢れている。どろりとした血と脂肪が白っぽく浮かぶ隙間に、二本の指を力強く押し込めた。皮と筋肉の間に指をぐいぐいと食いこませていく。

海竜が断末魔の悲鳴をあげた。向島は手ぬぐいを巻いた手を何度も持ち替えながら、足に力をこめ、海竜の顔面から皮と肉を剥いでいった。

皮膚と筋肉の間にある脂肪がどろりとこぼれ落ち、指にまとわりついて滑る。何度も手ぬぐいを巻き直した。

先に鼻を落としたのは、その方が美しく顔面を剥ぐことができるからだ。海竜は悶えながら全身を痙攣させている。血管や神経はぷちぷちと簡単にちぎれていく。顔面の半分を剥いだときには、手ぬぐいが絞れるほどに血で濡れていた。

双子の妖怪が上座で、顔面剥ぎショーを楽しんでいる。水本の白いダブルのジャケットに血が飛んだ。迷惑そうな顔だ。背後に控えていた若い衆は震えあがっている。一人は嘔吐していた。

左側から顔面の中央まで剥いだ。顔の真ん中に左半分の皮がぶらぶらと垂れる。今度は右から剥いでいく。左側は筋肉の筋とまん丸の目玉だけが残されて、漫画みたいなツラが現れている。歯と歯茎がむきだしだ。笑っているみたいな滑稽な顔だった。

海竜はまだ生きている。失神しても、激痛で何度でも覚醒してしまうのだ。右顔面に恐怖を張りつかせている。剥がされた左半分の皮は能面のように無表情だ。

双子にショーの詳細を見せてやる。首をぐいっとひねり、右顔面を上にさせた。勇がチップをやるように、新しい手ぬぐいを投げた。向島は手に巻き直し、足で頭を押さえつけて、丁寧に海竜の右顔面も剥いでいく。

海竜の顔の周りに血だまりができていた。足をつきなおしたとき、血が飛び散った。あまりの出血量で、畳が血を吸いきれていない。

五分かけて顔面を剥ぎ取った。

海竜の手にその面を握らせる。

金髪の髪を生やした目玉と筋肉の筋だらけの顔面を見下ろす。海竜は目と唇を剥いて笑ったような顔をしたまま、動かない。息はしている。この後、自分の顔の皮と肉を胸に抱きながら、しばらく生きているだろう。出血多量で死ぬ瞬間まで、しゃべることもできず、茫然と自分の顔面を持って、息絶えていくのだ。

　水本が血の飛び散った襖と血だまりのできた畳を心配している。

「やはりビニールシートなりなんなりを敷くべきやったんやないですか」

「無粋なこと言うな、つまらん男やのう」

　進が耳を澄ませる。

「わしはこの音が好きなんじゃ。しゅわしゅわ、しゅわしゅわと、いい音が聞こえるやろー。カラカラに乾いた古いイグサが、血を吸う音や。ビニールシートはあかん。つまらん」

　勇がさらりと言う。

「ちょうど畳替えの時期やったしな」

　もうすぐ古希を迎える双子だが、相変わらず兄は合理的で弟は残虐だ。よほど楽しかったのか、進は向島に拍手している。

「ええもん見してもろた。ありがとうな。これが噂の顔面剥ぎか」

　勇がちらりと進を振り返る。

「まだまだこれからやで、弟よ」

「せやな。兄貴」

「さあ向島。関東吉竹組幹部の顔面の皮、全部ここにそろえろや」

　向島は自覚した。本家吉竹組の総本部で、関東吉竹組系列のヤクザを殺った。自分は問答無用で、本家側についたことになる。

吉竹組が分裂した当初から、向島は何度も本家側につくように言われていた。脅されていた時期もある。向島は関東吉竹組の泉組長を説得し、詫び状を書かせて何度も本家に持参したが、そのたびに目の前で破かれてきた。

〝向島。お前は本家につかなあかん〟

いま、この双子の思惑通りになったと認識したとき、最後に残った謎の答えが明確になった気がした。

仲野賢治銃撃事件だ。花岡の動機がわからないままだった。向島と誓が再会したのはこの四月なのに、その以前から不倫を告発する怪文書が関係者の元に届いていたということも、思い出した。

――双子の仕業だったのか？

勇が筋書きを作り、進が花岡を脅して賢治を銃撃させたか。そして小林に、花岡を殺害させた。関東吉竹組系八王子双竜会と繋がっていた賢治と誓の夫婦仲をこじれさせ、賢治が誓を憎むように仕向ける。誓になにかあれば向島が八王子双竜会と賢治を痛めつけると読んでいた。

関東吉竹組と向島を仲たがいさせることができる。

全てはこの結末のためのものだったのだ。

ヤクザはいつも人の心の闇につけこむ。警察だけではなく、ヤクザにも。向島を本家に抱き込み、関東吉竹組を潰すために、双子が関係する人物の弱点を突き止めて、仕組んだことなのか。

おうい、と双子が同時に若い衆を呼び、盃の準備をさせた。

「まずは関東の人間のツラを眺めながら、親子盃といくか。のう向島」

勇が言った。進も迫る。

「お前は今日から本家吉竹組向島一家の総長、向島春刀や。うちではどないなポジションに就かせるのがええかな、兄貴」

「そりゃお前、こんなおもろいショーを見せてくれはるんは向島春刀だけやで。四代目時代に若頭補佐やったんなら……」

弟が膝を叩いた。

「せや。いまの我らの若頭は仙台牛島やったか。あいつはほんま牛のようにトロい男やからな。いらんわ」

「せや。いらん。どや向島。本家吉竹組の若頭の座布団を用意したるで」

傍らにいた事務長の水本が反駁した。

「若頭はさすがに早すぎます。向島はまだ四十六ですわ。若頭補佐の頭がもう七十です。納得せえへん。周囲のもんや総本部長、舎弟頭がなに言うかわかりません」

「んならお前、いますぐ関東に飛んで泉の顔面剥いで持ってきいや」

水本は黙り込んだ。

「お前にはできへんやろ。向島はやる。なあ？　せやろ」

勇が言い、進が結論づけた。

「しかもお前、向島の娘は警視庁のマル暴刑事やで。パパが多少やんちゃしても目ぇつむってくれる、ほんまにええコやで」

水本は無言で畳を睨みつけている。

若い衆が親子盃の準備を始めている。『今上天皇』『天照皇大神』『神農大帝』と筆で書かれた三軸が壁に飾られた。三つの神を挟んで、筆書きの垂れ幕が張りつけられた。

『親　矢島勇進』

『子　向島春刀』

すでにこの宴は準備されていたようだ。矢島の双子は、向島が海竜を前に激情を抑えられないと、読んでいたのだ。

「こんなご時世やから、略式のまた略式でいこうやないか」

「せやな兄貴。それで十分や。派手に人を呼んだら向島がしてしもたこともバレるさかいな」

双子が次々と言葉を発する。

「水本、お前、媒酌人をせえよ」

水本は難しい顔のまま、引き受ける。

「立会人はどうしますか」

「そこにおるのでええやろ」

勇がニタニタ笑いながら、血塗れで自分の顔面を抱き震えている海竜を顎で指した。

「関東吉竹組八王子双竜会、若頭補佐の海竜将君が立会人や。頼むで」

海竜は蚊の鳴くような声で返事をした。

「楽しみやなァ、向島。なんでも言うてくれてかまわんで。必要な道具、人、金、全部集めて曳舟に送り込んだる」

「六本木は目と鼻の先やからな」

東京で、全面戦争が始まる。

向島がいま、その引き金を引いたのだ。

顔面を剝がされ死にかけた男を挟み、異様すぎる親子盃の儀が執り行われた。

飛び散った血を踏まぬように気をつけながら、水本が口上を述べ、神酒《みき》を掲げて口を三度切る。

盃に注いで箸で塩をつけて、矢島の双子に差し出す。

勇が盃に口をつけ、弟に回した。弟が一口飲んだ盃が再び水本に戻され、長い口上が始まる。

「たとえ親分が黒を白と言おうが従う。それが親子の縁である！」

向島の眼前に、並々注がれた盃が突き出される。

いまこれを振り払って逃げ出し、東京に戻って誓の手を摑んで異国の地へと飛び立つ——そんな空想が一瞬頭をよぎったが、所詮は絵空事だった。

向島はこの道に生きるヤクザとして、いま、自分が引いた引き金の後始末をせねばならない。

盃を受け取った。

日本酒に、向島の血塗れの指から垂れた血が滲み、波紋のように広がる。

向島は盃を飲み干し、双子にひれ伏した。

《参考文献》

『マル暴　警視庁暴力団担当刑事』　櫻井裕一　小学館新書

『県警ＶＳ暴力団　刑事が見たヤクザの真実』　藪正孝　文春新書

『大阪府警暴力団担当刑事　捜査秘録を開封する』　森功　講談社＋α文庫

『喰うか喰われるか　私の山口組体験』　溝口敦　講談社

『マル暴捜査』　今井良　新潮新書

『半グレ　反社会勢力の実像』　ＮＨＫスペシャル取材班　新潮新書

『教養としてのヤクザ』　溝口敦　鈴木智彦　小学館新書

『若者はなぜヤクザになったのか　暴力団加入要因の研究』　廣末登　ハーベスト社

『ルポ外国人マフィア　勃興する新たな犯罪集団』　真樹哲也　彩図社

『常識として知っておきたい裏社会』　懲役太郎　草下シンヤ　彩図社

『山口組四代目　荒らぶる獅子』　溝口敦　講談社＋α文庫

『六代目山口組ドキュメント　２００５〜２００７』　溝口敦　講談社＋α文庫

『山口組三国志　織田絆誠という男』　溝口敦　講談社＋α文庫

『最新全国ヤクザ業界地図　東日本編　２００５年度版』　竹書房

『最新全国ヤクザ業界地図　西日本編　２００５年度版』　竹書房

『くらべてわかる国芳ＶＳ芳年』　日野原健司　敬文舎

『「低度」外国人材　移民焼き畑国家、日本』　安田峰俊　角川書店
『奴隷労働　ベトナム人技能実習生の実態』　巣内尚子　花伝社
『ルポ　ニッポン絶望工場』　出井康博　講談社＋α新書
『Q＆A　誰でもわかる暴力団対策関係法の解説　反社会的勢力に対する実践的対応策』
愛知県弁護士会民事介入暴力対策特別委員会　民事法研究会
『組織犯罪処罰法ハンドブック』　加藤俊治　立花書房

《取材協力》
櫻井裕一（STeam Research & Consulting　元警視庁組織犯罪対策部警視）

初出「小説推理」二〇二二年一一月号～二〇二三年五月号
作中に登場する人名・団体名はすべて架空のものです。

吉川英梨●よしかわ・えり

1977年、埼玉県生まれ。2008年に『私の結婚に関する予言38』で第3回日本ラブストーリー大賞エンタテインメント特別賞を受賞し作家デビュー。著書に、「十三階」シリーズ、「ハラマキ」シリーズ、「新東京水上警察」シリーズ、「警視庁53教場」シリーズなど、警察小説の人気シリーズのほか、『虚心』『海の教場』『感染捜査』などがある。

桜《さくら》の血族《けつぞく》

2023年8月21日　第1刷発行
2023年9月12日　第2刷発行

著　者―― 吉川《よしかわ》英《え》梨《り》

発行者―― 箕浦克史

発行所―― 株式会社双葉社

東京都新宿区東五軒町3-28　郵便番号162-8540
電話03(5261)4818〔営業部〕
　　03(5261)4831〔編集部〕
http://www.futabasha.co.jp/
(双葉社の書籍・コミック・ムックが買えます)

DTP製版――株式会社ビーワークス

印刷所―― 大日本印刷株式会社

製本所―― 株式会社若林製本工場

カバー印刷―― 株式会社大熊整美堂

落丁・乱丁の場合は送料双葉社負担でお取り替えいたします。
「製作部」あてにお送りください。
ただし、古書店で購入したものについてはお取り替えできません。
電話03(5261)4822〔製作部〕

定価はカバーに表示してあります。

ISBN978-4-575-24660-5 C0093